마
탄
의
사
수

KB201018

마탄의 사수 31

초판 1쇄 찍은 날 | 2019년 8월 16일
초판 1쇄 펴낸 날 | 2019년 8월 23일

지은이 | 이수백
펴낸이 | 예경원

기획 | (주)인타임 김명국
편집책임 | (주)인타임 정미리
편집 | 이즈플러스

펴낸곳 | 예원북스
등록번호 | 제396-2012-000132호
등록일자 | 2012. 7. 25
SFN | 제1-406호

주소 | 경기도 고양시 일산동구 호수로 646-24 위너스21 II 빌딩 206A호 (우) 10401
전화 | 031-819-9431 팩스 | 031-817-9432
E—mail | yewonbooks@naver.com

ⓒ 이수백, 2017

ISBN 979-11-365-0049-6 04810
      979-11-6098-073-8 (set)

마탄의 사수

이수백 게임판타지 장편소설

31

INTIME GAME FANTASY STORY

Der Freischütz Musketeer

INTIME

차 례

Geschoss 1.

이하는 퀭한 얼굴로 보틀넥을 바라보았다.

그는 여전히 어떻게 된 상황인지 모르겠다는 표정으로 눈만 끔뻑이고 있었다.

'……모신나강이 사라졌어. 하얀 사신의 모신나강이…… 이거 뭐지? 혹시나 싶어서 다섯 번이나 확인했는데……. 블랙 베스에 추가 효과가 생긴 것 같지도 않고.'

모신나강이 사라지고, 블랙 베스의 모습이 비록 똑같더라도…… 이하의 기대까지 사라졌던 건 아니다.

모신나강의 공격력이야 어차피 블랙 베스보다 낮지 않던가?

그래서 딱 한 가지, 모신나강에서 꼭 옮겨와 줬으면 하는 효과가 있었다.

'5초 이상 부동 시 주변의 지형/지물과 동화되는 것…… 말

하자면 무한의 카모플라쥬! 그건? 그건 어떻게 된 거야?'

이하는 혹시나 싶어 블랙 베스를 몇 번이고 확인했다.

뭐 하나 달라진 게 없다. 심지어 블랙 베스의 퀘스트 숫자까지 확인했는데 그것도 동일했다.

여전히 봉인은 〈7개〉 그대로였고, 공격력이나 사거리 무엇 하나, 아니 문구 하나 달라진 게 없었다.

"아저씨이이이! 어떻게 된 거냐고요! 설명 좀 해 주세요!"

"어, 아! 어?"

"어아어 같은 소리 말고! 뭐가 어떻게 된 거냐고요! 합성된 다면서요! 전설급만 있으면 된다면서요? 근데 왜 블랙 베스가 똑같냐고요!"

무엇보다…… 보틀넥 당신의 레벨 업은 뭐야?

합성을 시도한 당신의 등급이 올랐다는 게 대체 무슨 뜻이냐고!

이하가 가장 황당하게 생각하는 것.

그건 바로 실패와 함께 업적 팡파르가 울린 일이었다.

〈업적: 모루의 신의 열렬한 후원자(S)〉

축하합니다!

당신은 자신의 모든 재산을 투입하여 모루의 신과 그 신도의 후원을 위해 힘써 주었습니다! 당신 덕분에 또 한 명의 신도가 전설의 재현을 위해 힘쓸 수 있게 되었음을, 모루의 신께서는 기뻐하고 계십니다! 언젠가 당신이 후원하는 대장장이가 신화 속의 모든 재료를 다룰 수 있게 되었을 때, 모루의 신께서 직접 강림하사 당신을 칭찬 하실지도 모르겠군요.

　보상: 근력 +15, 체력 +10, 후원 대장장이의 절대적 신뢰

　〈모루의 신의 열렬한 후원자〉 업적의 첫 번째 등록자입니다.

　업적의 세 번째 등록자까지 명예의 전당에 기록되며, 기존 효과의 200%가 추가로 적용됩니다.

　효과: 근력 +30, 체력 +20

　무려 S급 업적!

　그러나 업적 창을 다시 살핀 이하의 표정은 결코 밝지 않았다.

　'고작……이거? 전 재산을 때려 박았다는 표현을 쓸 정도라 면 역시 업적 취득 조건은 '전설급 아이템을 합성으로 인해 소 멸당했을 때'라는 건데……. 그 대가가 고작―'

　명예의 전당 등재까지 포함하면 근력 45에 체력 30.

　엄청난 수치다.

　'그래, 엄청난 수치인 건 알겠는데…….'

　스탯 포인트 75개는 근접 전투 직군에게 필수적인, 엄청난 수치라 할 수 있다.

　단순히 레벨에 따른 스탯 포인트 계산이라면 무려 레벨 15 개의 상승치 아닌가?

‘아악! 하나도 안 기뻐! 차라리 스탯 포인트를 주던가. 신뢰는 개뿔이나.’

이하는 투덜거림을 멈출 수가 없었다.

후원 대장장이는 결국 보틀넥이다. 헬앤빌에서 일하던 드워프를 이곳, 시티 가즈아까지 불러와 공병단장의 자리를 준 게 누구인가.

이하와 보틀넥 사이에는 이미 충분한 신뢰 관계가 쌓여있는 셈이었다.

그런 상태에서 절대적인 신뢰라니?

"보틀넥 아저─"

"들었어. 망치를 내리치는 순간, 블랙 베스의 목소리를 들었어. 아니, 블랙 베스의 모습을 본 것 같기도 하군."

"어, 네?"

보틀넥의 눈빛이 서서히 정신을 차리기 시작했다.

마치 정신을 놓은 것처럼 흐리멍덩한 눈이었던 그의 안구가 반짝거리기 시작했다.

"분명히 들었다고, 성주!"

"뭐, 뭐래요? 뭐라고 했어요? 응? 총은? 하얀 사신의 총은 어떻게 됐는데요?"

"블랙 베스가 분명히 말했어."

"뭐라고요?"

"'꺼─억'이라고!"

"……."

보틀넥은 일부러 자신의 가슴팍을 때려 가며 진짜 트림 소리를 내었다. 이하는 황당해서 말문이 턱 막히는 기분이었다.

"……그게 무슨……."

"이 자식이 먹은 거라고! 하얀 사신의 총을 말이야, 우하하핫! 정말 살아 있는 총이었어. 말 그대로 정말 살아 있었다고!"

보틀넥은 달려와 이하의 손을 붙잡고 덩실덩실 춤을 추었다.

"고맙네, 성주! 바로 이거였어! 내가 아무리 망치를 두드려도 부족했던 마지막 한 조각이 바로 그것이었다고! 나도 이제 선조들의 뒤를 이을 자격이 생겼어!"

"우왁! 뭘 혼자 신나 가지고! 뛰고 난리예요!? 내 총은 사라졌는데!"

"응, 응, 나도 알지! 하지만 걱정 말게, 걱정 마!"

보틀넥은 희희낙락 웃으며 춤을 추다가 우뚝 멈춰 섰다.

이하는 물론이고 보틀넥 주변의 다른 드워프들조차 자신들의 보스가 미친 것 아닌가, 하는 눈빛으로 바라보고 있었다.

자신의 마음을 도저히 주체하지 못하는 드워프는, 이하의 눈을 똑바로 보며 입을 열었다.

"내 목숨을 바쳐서라도, 성주가 원하는 도움을 줄 테니까."

그의 목소리는 진지했다.

이하는 보틀넥의 목숨을 건 다짐을 받았다.

그리고 그것을 반품(?)하기 위해 노력했다.

"……아니, 그래서 내 총이 사라진 건 어쩔거냐고요오오오오! 그 다짐 돌려줄 테니까 그냥 블랙 베스나 업그레이드시켜 달라고!"

한참을 날뛰던 보틀넥은 시험해 볼 게 있다며 이하를 내쫓다시피 대장간 밖으로 몰았다.

"자, 잠깐만요! 내 아이템! 내가 맡긴 거라도 줘야죠!"

"기다려 봐, 지금 그게 중요한 게 아니라니까! 며칠 후에 다시 와! 그건 그때까지 만들어 놓을 테니! 이거야 원! 성주가 말귀를 못 알아먹는구만!"

"아니, 말귀는 보틀넥 아저씨가 못 알아듣고 있다니까—!"

쾅—!

대장간의 문이 거칠게 닫혔다.

"……그래도 이거 내 도신데……."

도시의 성주가 해당 도시에 입점한 세입자에게 내쫓겨 나는 장면이라니!

심지어 그 세입자에게 무기마저 강탈(?)당한 입장에 있는 이하로서는 그저 억울할 따름이었다.

"하아아…… 블랙 베스 업글 기회를 이렇게 날리나?"

이하는 한참이나 보틀넥의 대장간 문 앞에 쪼그려 앉아 있었다.

전설급 총기를 언제 다시 만져 볼 수 있을까? 그런 기회가 있기는 할까?

'결국 블랙 베스와 나는 끝까지 같이 가야만 하는 사이라는 건가? 이 새끼, 근데 〈꺼―억〉이라고? 장난하나!'

이하는 문득 쥐고 있는 총기에 분노가 치밀었다.

총기 주제에 〈꺼―억〉?

그러다 불현듯 궁금해졌다.

'잠깐만. 트림을 할 정도로 '진짜 살아 있는' 거라면…….'

하물며 젤라퐁도 트림을 하진 않는다.

이하가 보았던 '트림을 하는' 유일한 생명체는 오직 꼬마뿐이다. 불곰인 녀석이 이하의 요리를 잔뜩 먹고 트림을 하는 경우를 한 번 보았을 뿐이다.

'그러면 깨울 수도 있다는 건가? 젤라퐁처럼 대화가 가능한 뭔가로 바뀌는……. 이거 혹시 퀘스트 단서 아냐?'

불현듯 현시점에서 생각할 수 있는 가능성 하나가 떠올랐다.

블랙 베스의 봉인 퀘스트.

'봉인을 전부 해제하면 어떻게 되는 거지? 다른 형태로 바뀌는 건가?'

여섯 번째, 일곱 번째 퀘스트를 통해 단순히 추가 스킬을 두 개 더 얻는 게 아니라, 일곱 개의 스킬을 다 얻는 순간 블랙 베스가 변화하는 방식이라면?

이하의 눈이 반짝반짝 빛나려던 찰나, 그 생기는 순식간에 사그라들었다.

"그래 봤자 정신 승리지…… 5,000m 저격이야 어찌어찌 연습으로 갈고닦는다지만 레벨 300 이상의 몬스터를 어디서 찾나. 신대륙의 극동부쯤 가면 있을까? 아니, 무엇보다 5,000m 저격은 이제 보기만 한다고 쏠 수 있는 것도 아닌데……."

[블랙 베스의 봉인—6]
내용: 5,000m 이상 거리에서 레벨 300 이상의 몬스터를 일격에 처치(0/1)

"하아, 결국 당장은 퀘스트에 매달릴 수도 없다는 뜻이고. 그렇다면 현 상태로 이고르나 파우스트를 상대해야 한다는 것인데…… 어렵겠지. 그러면 남은 건 하나뿐이야."

이하는 수정구를 꺼내어 들었다.

블랙 베스의 상태가 어떻게 된 건지, 그것도 며칠 뒤엔 보틀넥에게 들어야 한다.

결국 무기도 없는 상태가 된 자신이 할 수 있는 일은 무엇인가?

"이렇게 끝낼 수는 없어. 어떻게 잡은 기회인데 그걸 이렇게 날리냐고!"

그리곤 수정구를 발동시켰다.

슈와아아아……!

다시 찾아온 곳은 하얀 사신의 거처였다.

이하의 생각은 이곳에 처음 왔을 때와 똑같이 변했다.

"하얀 사신의 업적이 있을 거야. 백사병 물약까지 사용한 사람을 여기까지 찾아오게 해 놓고 총기만 달랑 줄 리가 없어. 미들 어스가 그렇게 허술할 리가 없지."

합성이라는 키워드를 던져 준 뒤, 허무하게 날리게 만들었다.

그렇다면 뭔가 있다고 봐야 한다. 미들 어스가 지금까지 해 온 행태를 생각하면 이곳에 반드시 무언가가 있을 것이다.

아직 자신이 발견하지 못한, 아주 중요한 것이!

어쩌면 〈하얀 사신의 전설 속 모신나강〉이라는 거대한 '미끼'를 통해, 소탐대실을 꾀하게 만드는 무언가가 있을 것이라는 생각을 지울 수 없었다.

그것은 미들 어스에 의해 수없이 많이 속아 보고, 굴러 본 자만이 가질 수 있는 일종의 육감이나 다름없는 발상이었다.

샤아아아아――――!

하얀 사신의 일지와 그의 정보들을 찾아 헤매는 이하의 등 뒤로, 새하얀 빛이 잠시 나타났다가 사라졌지만 이하는 전혀 느끼지 못했다.

그것은 마치 날개와 같은 모습이었다.

"꺼내라."

"응."

람화정은 고개를 끄덕였다.

완드를 쥔 오른손을 내밀고, 왼손은 그것을 보조하는 느낌으로 가볍게 올린다.

평소의 캐스팅과 달리 정석적인 스킬 사용 자세를 취한 그녀의 표정은 그 어느 때보다 진지했다.

"심연은."

"어두워."

파아아아————…….

그녀의 완드 근처로 마나의 알갱이들이 모이고 있었다. 여느 때의 새파란 알갱이들이 아니었다.

파란색 사이에 숨은 검은 알갱이들, 아르젠마트는 그것들을 유심히 바라보다 다시금 입을 열었다.

"어둡기만?"

————————…….

마나의 폭풍은 점점 더 빠르고 강해졌다.

람화정은 입을 제대로 열 수도 없었다. 젓가락같이 얇은 팔은 완드를 쥐는 것조차 버거워, 그녀의 온몸이 부들부들 떨릴 지경이었다.

"어둡기만 한가?"

아르젠마트는 다시 한 번 물었다.

람화정은 자신의 맞은편에 선 그를 보았다.

마나 폭풍이 그녀의 푸른 머리칼을 사방팔방으로 휘날리게 만들 지경이 되어서야 마침내 그녀는 입을 열었다.

"아니, 차갑기도."

푸화아아아─────────ㄱ!

그 순간, 람화정의 완드 근처에 모여들던 새카만 마나의 알갱이들이 모두 푸르게 변했다.

아르젠마트는 목청을 높였다.

"사용해!"

"〈심연의 얼음Ice of Abyss: 덩어리Mass〉."

─────────────────!

조각Piece에서 덩어리Mass로. 람화정의 완드 끝에 모여 있던 심연의 얼음이 발현되는 순간, 그녀의 눈앞에 퀘스트 창이 떴다.

이하와 만년설산맥을 내려온 이후 오늘로서 무려 8일째였다.

람화정은 단 하루도 로그아웃하지 않았던 성과를 마침내 오늘에서야 이룩해 낸 셈이었다.

"오…… 빠…… 언…… 니……."

지금 이 순간, 가장 생각나는 두 사람을 떠올리며, 람화정은 그대로 뒤로 쓰러졌다.

얼음으로 만들어진 아르젠마트의 레어에서 벌러덩 누워 버리려는 그 순간, 그녀의 머리와 허리를 아르젠마트는 자연스레 감싸 들었다.

"음."

곯아떨어지듯 기절해 버린 그녀를 보며 아르젠마트는 흐뭇한 미소를 지었다.

단언컨대 블라우그룬을 포함한 그 어떤 드래곤도 보지 못했던 미소였다.

잠시 후, 람화정의 육신은 그대로 사라졌다.

피로도 누적에 따른 강제 로그아웃이었지만 아르젠마트는 당황하지 않았다.

"넘었다, 인간이."

자신의 품 안에서 사라진 람화정의 기운이 느껴진다는 듯, 아르젠마트는 여전히 그 공간을 바라보았다.

그러곤 곧장 텔레포트를 사용했다.

잠시 후, 아르젠마트가 나타난 곳은 블라우그룬의 레어였다.

"우, 우와앗!? 아르젠마트 님?"

"블라우그룬, 고맙다."

"갑자기 무슨 말씀이세요? 자, 잠시만요. 하이하 님을 불러야—"

"아니, 됐다."

"네?"

이하를 부르려던 블라우그룬은 그대로 멈췄다.

아르젠마트는 블라우그룬을 앞에 두곤 자신이 하고픈 말을 쏟아 내었다.

마치 이야기할 사람이 없어서 답답했다는 수다쟁이 아줌마 같은 태도였으나, 정작 입에서 나온 말은 몇 마디 되지 않았다.

"……그게 무슨 말씀이시죠?"

"그대로다, 그럼."

"잠깐—"

슉—!

아르젠마트는 그대로 사라졌다.

블라우그룬은 앉지도, 서지도 않은 자세에서 책을 읽는 것도, 이야기를 듣는 것도 아니었던 묘한 느낌으로 그 모습을 바라만 보았다.

미들 어스는 최소 1인 이상의 유저가 있어야 중요 사안이 진행된다.

아르젠마트가 굳이 이야기하지 않아도 블라우그룬이 들은 모든 얘기는 이하에게 전달된다는 뜻이었다.

─하이하 님?

─어, 블라우그룬 씨. 왜요?

─방금 아르젠마트 님이 다녀갔는데요.

─그 아저씨? 뭐래?

그 시각, 여전히 하얀 사신의 집을 뒤적이던 이하의 행동이 멈추었다.

블라우그룬의 말이 자신의 해골을 때린 것만 같은 기분이었다.

─방금 뭐라고 했어요?

─네? 저도 들은 대로만 말씀드리는 거예요. '인간 여자, 벽을 넘었다. 두 번째 얼음. 시작.'이라고만 하시던데요.

─두 번째 얼음……? 그게 뭔데요?

─글쎄요. 그렇게만 전해 드리라던데요?

─두 번째 얼…… 아니, 잠깐. 그거 설마…….

이하는 어쩐지 두근거리는 마음을 감출 수가 없었다.

치요가 바토리와 하나가 되는 그 순간부터, 모든 게 급변하고 있었다.

그중에서도 가장 빠르게 변하는 지점이 바로 이 부분이지 않을까, 싶은 것.

─2차 전직?

　미들 어스가 내부에서부터 소용돌이치고 있다는 느낌을 받은 이하였다.

　똑…… 똑…….
　물방울 떨어지는 소리만 들릴 정도로 동굴은 매우 어둡고 조용했다.
　인공적인 빛이라곤 전혀 존재하지 않는 곳이었는데, 한쪽 귀퉁이로부터 조금은 다급한 발걸음 소리가 벽을 울렸다.
　그 소리에 반응하듯 신경질적인 목소리가 들려왔다.
　"약속 시간이 몇 시였는지도 기억 못 하는 멍청이였나."
　"캬캬캿, 뭐 어때? 어차피 미들 어스는 지금 낮인데."
　이고르의 웃음소리가 동굴 내부에서 쩌렁쩌렁 울렸다.
　무려 3시간을 늦고도 미안하다는 기색 하나 없는 상대를 보자, 파우스트가 분노로 몸을 부들부들 떨었다.
　"그래도 약속은 약속이다. 다음번에도 안 지키면─"
　"안 지키면? 그깟 해골 드래곤 두어 마리 얻었다고 날 어쩔 수 있을 것 같아?"

거의 한 치 앞도 보이지 않는 어둠이었으나 이고르는 정확하게 파우스트와 눈을 맞추고 있었다.

2m가 넘는 자이언트는 160cm 전후의 리자디아를 내려다보았다.

그러나 리자디아 또한 전혀 눈을 피하지 않았다. 오히려 비웃음을 머금던 파우스트가 뼈로 된 완드를 장난스레 꺼내 들었다.

"드래곤 따위를 믿고 그러는 것 같나?"

"아니면?"

이고르도 입술을 실룩거리며 도발의 수위를 올렸다. 파우스트가 도발에 넘어가 주겠다는 듯 마나를 끌어모을 때였다.

"두 사람 모두 그만두시죠."

또 다른 목소리.

이고르는 흥이 깨진다는 듯 파우스트에게서 고개를 돌리며 바위에 걸터앉았다.

"함부로 끼어들지 마, 치요의 똥개."

사스케는 전혀 동조하지 않고 자신의 용건을 말했다.

"빌미를 주지 마시죠. 저도 그러고 싶지 않으니까요. 다만 치요 님께서 여러분의 정확한 상태 정보와 푸른 수염에게 받은 지령의 내용을 원하고 있다는 말을 전하고 싶습니다."

파우스트는 잠시 움찔거렸으나 이고르는 전혀 개의치 않는다는 듯 하품을 쩍 했다.

"상태 정보? 똑같지. 달라질 게 뭐 있다고."

"너무 무시하시는군요. 푸른 수염이 그때 당신들에게 한 짓을 기억하고 있습니다. 내 눈을 무시하지 말아 줬으면 좋겠는데요. 당신들이 뱀파이어의 힘을 전해 받은…… 아니, 푸른 수염에 의해 강제로 주입되는 것을 분명히 봤습니다. 이 대낮에, 사람들의 눈을 피한다는 핑계지만 빛 한 점 없는 동굴에서 만나는 것도 우습고요."

사스케는 이미 알고 있었다.

그들의 행동 패턴을 진작 파악한 것은 물론이거니와, 자신이 지금까지 생각했던 것들을 이미 오프라인 상태에서 치요에게 보고한 바 있기 때문이다.

치요는 그들이 뱀파이어화되었다는 것을 깨달았다.

그러나 문제는 경험의 유무!

이하에게 당한 '사망 페널티' 때문에 미들 어스에 접속할 수 없어, 뱀파이어로서 제대로 활동해 본 적이 없는 치요였기에 이고르와 파우스트를 통해 뱀파이어의 장단점에 대한 간접경험을 얻고자 했다.

"협조하지 않으셔도 된다고 하셨습니다."

사스케가 차갑게 웃으며 말을 이었다.

"레에게서 들어 아시겠지만 치요 님은 당신들을—"

"—충분히 통제할 권위와 힘이 있다……는 얘기를 하고 싶은 건가?"

"그렇습니다."

사스케는 그나마 말이 통하는 파우스트를 향해 돌아섰다.

지극地極의 어둠이었지만 사스케 또한 어둠 속에서 활동하는 닌자였기에, 어둠 속에서도 충분히 상대를 볼 수 있는 스킬이 있었다.

"홋, 하지만 딱히 말해 줄 것은 없다. 사스케 당신이 생각하는 것과 치요가 생각하는 것. 그냥 그렇게 여기면 되니까. 무엇보다 치요 스스로 접속하면 알게 되는, 이 뱀파이어……라는 것에 대해선 도리어 우리가 물어보고 싶은 게 많은데."

"캬캬캿, 새끼 내숭 엄청 떠네."

이고르가 비웃으며 말했다.

"저 똥개가 모르고 물은 것 같아? 그러니까 내숭은 떨지 말자고. 어차피 우리 '세 사람의 상태'가 똑같다는 건 깔고 들어가야 하잖아. 뱀파이어 삼 형제라고 불러야 하나?"

셋 모두 뱀파이어의 힘을 얻은 것이지 않았나.

셋 모두 2차 전직을 하지 않았나.

그러니 굳이 그 점으로 눈치 싸움을 하지 말자.

이고르가 하고자 하는 말은 그것이었다. 파우스트는 이고르를 향해 눈살을 찌푸렸다.

아직 치요와 대화 한 번 해 보지 않은 상태에서 벌써 정보를 풀다니!

이고르는 파우스트의 눈길을 무시하며 사스케에게 말했다.

"그보다 똥개, 지금 중요한 건 그게 아니야. 우리가 앞으로 해야 할 일이지."

"해야 할 일이 대체 뭡니까."

"드래곤 길들이기."

"네?"

"캬캬캿, 웃기지 않나? 우리가 개장수도 아니고 개를 잡으러 돌아다니는 이유가 대체 뭐일 것 같아!? 앙?"

카가가가각—!

동굴 벽과 이고르의 검이 긁히며 스파크를 만들어 냈다.

"그, 그건 전력 상승을 위한—"

"……굳이 대답 할 필요 없다. 사실 이고르도 정확한 이유는 모르고 있으니까. 저 짓 하는 것도 모르는 걸 감추기 위해서고."

일부러 강압적인 분위기를 만들어 내며 사스케의 입을 다물게 만들려던 것.

이고르가 굳이 동굴 벽을 긁어 가며 행패를 부리는 이유를 파우스트는 명확히 이해하고 있었다.

"뭐, 인마!?"

이번엔 자신의 의도를 파악당한 이고르가 파우스트를 향해 눈을 부라렸으나, 파우스트는 그 눈길을 무시하곤 말했다.

"어쨌든 레에게 지시받은 사항은 하나뿐이다. 두 달 안에

리치 드래곤 4기 이상을 만들어 오라는 것. 치요한테는 그렇게 전달하면 된다. 우리의 상태는…… 이고르가 말한 것처럼 말하면 알아들을 것이고."

파우스트는 난동을 부리는 이고르에게서 떨어지며 사스케에게 말했다.

파우스트와 이고르도 제법 눈치가 빠르고 똑똑하다지만, 판세를 읽는 능력에서 치요와 비교할 깜냥은 되지 않았다.

그들로서도 푸른 수염이 어째서 리치 드래곤을 만들라고 시켰는지, 그 이유를 알아내고자 했다. 치요의 머리를 통해서.

"……알겠습니다. 여러분들의 목표와 상태는 그대로 전하도록 하죠. 허나, 행동은 각별히 신경을 쓰는 게 좋겠습니다. 여러분들이 치요 님과 함께 있다는 걸 이미 하이하 녀석이 밝혔기 때문에—"

"알고 있어. 그래서 당분간 이곳에서 몸을 숨기고 있으려는 거다. 보름 이상 푹 쉬면서 우리에 대한 관심이 떨어질 때쯤 다시 나서면 되겠지. 목표치까지 앞으로 두 마리밖에 남지 않았으니 시간적 여유가 없는 것도 아니고."

"그럼, 그럼! 캬하핫, 여유가 너무 많아서 탈이지!"

사스케는 파우스트와 이고르의 목소리에서 강자의 여유를 느꼈다. 그러나 그들의 본심까지 파악할 수는 없었다.

'뉘앙스로 보아, 리치 드래곤 네 기를 만들면 회수해 갈 것처럼 느껴졌어. 레가 노리는 건 뭐지?'

'얼굴에 곰팡이 슨 NPC 따위한테 놀아날 줄 알고?! 캬캬
캇! 최대한 천천히 드래곤을 모으다 보면 치요 년이 정보를 물
어 오겠지. 그렇다면 이 힘을 보유한 채로 마왕군에서 벗어날
수 있는 빌미를 찾으면 돼!'

파우스트와 이고르에게 슬그머니 다른 마음이 생기는 것도
어쩌면 당연한 일이었다.

사람은 힘을 갖게 되면 변하기 마련이다.

2차 전직을 마치고, 리치 드래곤을 두 기나 얻었음에도 푸
른 수염 측에 소속된 유저들과 NPC 사이에서는 여전히 묘한
긴장감이 흐르고 있었다.

이하는 블라우그룬에게 들은 정보를 토대로 람화연에게 긴
급히 귓속말을 날리려 했다.

그러나 람화연은 이미 로그아웃한 상태였다.

—방금요?
—네. 본부장님이 로그아웃하신 지 30분도 채 안 됐습니다.
갑자기 나가시던데 무슨 일이신지 말씀도 안 해 주셔서—
—아, 아아. 그래요? 흐흐, 그렇구나. 알겠습니다, 자청 님.

자청에게조차 말을 하지 않고 급하게 나갔다?

람화연이 그 정도로 급박하게 다룰 사건은 하나뿐일 것이다.

'람화정과 관련된 일이겠지. 좋아, 돌아오면 물어볼 수 있겠군.'

블라우그룬에게 전해 들은 말만으로도 상당한 추리가 가능했다.

단어의 나열에 불과한 데다 드래곤이 한 말이었지만, 이하는 그것만으로도 대략적인 상황을 예상하고 있었다.

'마지막 말을 생각하면 아직 2차 전직이 끝난 건 아닐 거야.'

이하가 아직도 하얀 사신의 거처를 뒤적거리는 이유 중 하나였다.

1차 전직은 클래스 타워에서 무기를 잡는 것으로 끝났다. 2차 전직은?

2차 전직도 어떤 무기나 기타 등등의 사건에 의해 결정될까?

'그러진 않을 거야. 2차 전직은…… 퀘스트일 가능성이 크다.'

2차 전직의 퀘스트가 뜨더라도 얼마든지 거부가 가능하다. 이하는 기정의 사례를 통해 그 점을 이해하고 있었다.

'모르긴 몰라도…… 2차 전직은 1차 전직 때와는 완전히 다를 거야. 같은 직업군 안에서도 그 유저가 어떤 방식으로 플레이했고, 어떤 식으로 NPC나 기타 요소에 접근해 있는지를 따져 가며 퀘스트를 부여하겠지. 그렇게 보자면 1차 직업이 같더라도 2차 전직으로의 갈래는 몇 가지 이상으로 세분화될

가능성도 있다.'

람화연이 접속하길 목이 빠져라 기다리면서 이하는 하얀 사신들이 수집하고 기록한 자료들을 살폈다.

그렇지만 내용이랄 것들은 거의 보이지 않았다.

"크라바비 기사단 기본 교리…… 크라바비 기사단 편제 관련…… 크라바비 기사단 예상 침투 경로…… 거의 다 이런 자료들뿐이네."

한때의 적국이었던 크라바비에 대한 정보는 엄청 많았다.

빼곡하게 적힌 데다 수시로 업데이트된 정보가 기록되어 있어, 이하로서도 그 치열함에 잠시 감탄할 정도였다.

'과연…… 〈인육 사냥꾼〉이라고 매도당할 만했네.'

크라바비 소속의 인원들은 하얀 사신의 이름만 들어도 오줌을 지렸을지 모른다. 예상 침투로에 숨어 있다가 언제나 완벽한 저격을 성공시키는 적이라니!

자료 조사만 치열하게 한 게 아니라 실제로 그 위력을 증명했던 하얀 사신이기에, 크라바비의 인원들이 수모를 당한 것이리라.

'지금 생각해 보면 국가전도 나름 재미있었단 말이지. 유저들끼리 치고받고 싸울 멍석을 깔아 줘 버렸으니…… 나도 그때나 마음 놓고 전쟁처럼 저격을— 음!?'

하얀 사신의 기록들을 살피며 예전 일을 추억하던 이하의 몸에 갑자기 소름이 돋았다.

그 느낌이 무엇인지는 이미 겪어 본 바 있었다.

'정령? 정령의 낌새가 느껴진다. 그것도 수가 제법 돼.'

동시다발적으로 느껴지는 것만 여섯이었다. 그 느낌은 분명히 자신을 향해 오고 있었다.

아니, 엄밀히 말하면 그들은 이하에게 오는 것이 아닐 것이다.

"……여기! 여기로 오는 거구나!?"

하얀 사신의 거처!

그곳에 들어간 수상한 자를 탐색하기 위해 오고 있는 병력일 가능성이 높았다.

이하는 황급히 지하실에서 올라가 입구를 숨겼다.

낡아 빠진 카펫을 덮고, 그 위에 바스러지기 직전의 의자까지 올려놓아 가린 후에야 이하는 조심스레 창문으로 다가갔다.

'퍼지고 있어. 큭큭, 이거야 원, 아직 눈에 보이지는 않지만…… 낌새가 느껴지니까 편하긴 하네. 아니, 그래도 방심은 하면 안 되지. 정령이 없는 자들이 있을 가능성도 있으니까.'

이곳은 우드 엘프들의 도시 근방이 아니다!

자이언트가 주종족인 샤즈라시안 인근. 그렇다면 정령과 친한 자는 거의 없다고 봐야 할지도 모른다.

이하는 정령의 낌새로 모든 것을 파악했다고 생각했던 것을 반성하곤 제대로 외부를 살폈다.

'역시, 여섯이 아니었어. 정령을 보유한 자만 여섯. 그 외에…… 대략 보이는 것만 열.'

최소 열여섯 명이 넘는 사람들이 넓게 퍼지며 이하가 있는 집을 포위하기 시작했다.

어쨌든 정령과 함께 있다는 점에서 저들이 마魔와 관련된 세력일 가능성은 줄어들었다.

현재 이하와의 관계에서 적대적 수치가 급상승한 우드 엘프일 가능성도 없다면? 남은 것은 자이언트들뿐.

자이언트 중 이하를 보며 눈에 쌍심지를 켤 세력은 거의 없다.

이고르와 짜르를 제외한다면 사실상 없다고 봐도 좋을 정도다.

허나, 이곳은 짜르가 올 만한 지역도 아니고 무엇보다 짜르의 인원들은 전원이 검사이지 않은가?

지금까지 이하가 싸워 본 짜르의 인물 중 정령을 다루는 자들은 없었다.

'그렇다면 저자들은 아마도…….'

[샤즈라시안 연방 216레인저가 금지 구역에 있는 자에게 고한다! 넌 지금 포위됐다! 지금이라도 정체를 밝히고 무조건 투항하라!]

"역시."

상대방의 목소리는 적대적이었다. 하지만 이하는 안도의 한숨을 내쉬었다.

'샤즈라시안 연방 소속의 NPC. 흐흐, 뭐 저들에게 있어선 〈인육 사냥꾼〉의 집에 누가 들락거리는 게 당연히 싫겠지.'

하얀 사신의 거처를 무조건적인 악惡으로 규정하고 그곳을 감시해야만 하는 자들!

슈와아아아······!

순간, 연보랏빛 막이 이하가 있는 집을 둘러싸기 시작했다.

[다시 한 번 고한다! 넌 지금 포위됐다! 양팔을 머리에 올리고 당장 투항하지 않으면 무력 진압하겠다!]

'호오, 공간을 잠근 건가?'

이하는 살벌한 외침을 들으면서도 특별히 긴장하지 않았다.

구대륙의 보통 NPC들이 자신을 잡겠다고?

'젤라퐁, 기습 공격이 생기거든 나 좀 보호해 줘!'

[뭉뭉!]

지금 시점에서 힘을 보일 필요도 없다는 게 이하의 생각이었다.

저들의 정체가 샤즈라시안 연방의 일반 레인저라면.

저벅, 저벅, 저벅.

이하는 양팔을 들지도 않은 채 하얀 사신의 거처 정문을 열었다.

끼이이이…….

눈밭에 반사된 햇빛이 이하를 빛나게 만들었다.

"나는 퓌비엘 소속, 시티 가즈아의 성주이자 토온 사살자, 하이하다! 동맹국 샤즈라시안이 어째서 나를 적대시하는가! 샤즈라시안 연방 216레인저의 책임자는 당장 앞으로 나오라!"

그러나 단순히 햇빛 때문에 빛나는 것만은 아니리라.

이하의 당당한 태도는 자이언트들을 일순 긴장하게 만들기 충분했다.

그리고 당당한 태도보다 더욱 잘 먹히는 것은 역시 미들 어스의 시스템이었다.

〈위엄〉

설명: 개인이 성공할 수 있는 가장 높은 위치 중 한 곳에 도달한 자만이 가질 수 있는 기운.

효과: 대륙 공통 명성 3,000 이하 자국 NPC의 절대적인 존경

대륙 공통 명성 1,000 이하 타국 NPC의 절대적인 존경

"어서 나오라 하지 않았는가!"

이어진 이하의 호통.

그것으로 하얀 사신의 거처를 포위하고 있던 216레인저 소

속 자이언트 스물다섯 명의 당황이 고스란히 느껴졌다.

그러던 중 한 명의 자이언트가 무리 중앙에서 주뼛거리며 다가왔다.

"하, 하이하……님이십니까? 이곳은 출입이 금지된―"

"소속과 이름은?"

"―예?"

"소속과 이름을 밝히라고 했다, 자이언트."

빌빌대던 지난날의 이하는 그 자리에 없었다.

하얀 사신과 관련된 그 어떤 정보와 자료도 놓치지 않기 위해서, 이하는 무슨 짓이든 할 각오가 되어 있었다.

그것이 설령 자신의 성격에 맞지 않는 일이라도 말이다.

"처, 처음 뵙겠습니다! 샤즈라시안 연방 북서부 제3국경관리연대 소속, 216레인저 단장, 중위 미하일입니다!"

자이언트는 대검을 가슴에 붙이며 이하를 향해 경례했다.

샤즈라시안과 퓌비엘은 예로부터의 동맹국으로, 미니스―크라벤과의 국가전을 함께했던 동지 아니던가?

자국 소속이 아니므로 경례까지 할 필요는 없었지만, 이하의 '위엄'앞에서 중위 수준의 공통 명성을 가진 NPC는 전혀 기를 펴지 못했다.

"크흠. 처음 뵙겠소—다, 미하일 중위."

"네?"

처음 뵙겠소, 와 처음 뵙겠습니다, 가 합쳐져 버린 이상한 인사말이 자이언트를 혼란스럽게 만들었다.

평소 어울리지 않는 짓이라지만 이런 식으로 자신의 위엄을 깎을 순 없는 이하였기에, 황급히 '컨셉'을 잡아야만 했다.

'이런 거 제일 잘하는 사람이라면— 으, 으— 역시 알렉산더겠지?!'

"퓌비엘 소속, 시티 가즈아의 성주 하이다."

"옛! 존함은 익히 들어 알고 있습니다, 영광입니다."

어색하기 짝이 없는 말투였으나, 자이언트는 그것을 쉬이 받아들였다.

이하가 이룩한 업적에 짓눌린 NPC들로서는 반항할 엄두조차 제대로 낼 수 없었다.

"여기가 금지 구역이라는 것을 알지 못해 실례를 했군. 혹시 이유가 있는가?"

"그, 그건……."

"하얀 사신…… 때문인가?"

"그렇습니다! 이미 알고 계시는군요. 그 악독한 인육 사냥꾼 때문에 이곳은 특별 관리 구역이 되었습니다. 샤즈라시안에 거주하는 자라면 그 누구도 발을 들이지 않는 곳이죠. 국법에 따라 현장에서 체포 후 재판을 받거나, 경우에 따라 생명이 위험할 수도 있으니까요."

이하가 먼저 운을 떼자 미하일의 표정이 한결 밝아졌다.

이하에게 기가 눌렸다지만 그 또한 한 개 소대급을 이끌고 있는 군인다운 태도였다.

이하를 굳이 언급하지 않고도 자국민을 빗대어 가며 우회해서 협박하고 있었던 것이다.

"어째서 그렇지? 하얀 사신은 이미 죽었다고 들었는데."

물론 이하는 그런 간접 경고를 가볍게 무시했다.

미하일이 대답을 못 하고 뜸을 들이자 이하가 그를 향해 한 걸음 다가섰다.

"말해 줄 수 있겠나, 미하일 중위."

"죄송하지만 본국에서도 중히 여기는 일이라 말씀을 드리기가 어렵습니다."

"내가 특별히 부탁해도 말해 줄 수 없다는 건가?"

"하이하 님께서 이곳이 금지 구역인지 모르셨다고 하셨으니, 오늘 일은 특별히 보고 드리지 않겠습니다. 그러나, 추후에는 출입에 유의하셔야 할 겁니다. 지난번에도 이곳에 다녀가신 걸 알고 있으니까요."

이하는 잠시 움찔했다.

이곳에 오래 있어서 적발된 것이 아니었다. 지난번 블라우그룬과 다녀갔을 때 이미 알고 있었단 말인가?

즉, 이곳에 알람 마법과 유사한 장치가 되어 있다는 뜻으로 봐야 한다.

나중에 다시 온다 해도 이들에게 들킬 수밖에 없다는 의미라면……?

당장 결정을 내려야만 했다. 지금 물러서면 아무것도 되지 않으리라.

"그럼 샤즈라시안 대통령 관저로 가서 물어보면 되나?"

"대, 대통령 관저ㅡ 말입니까?"

"그래. 북서부 제3국경관리연대소속, 216레인저 단장, 중위 미하일이 경계 근무에 너무나 충실해, 질의에 답하지 않아 그 사실을 알아내기 위해 왔다고…… 레믈린 관저로 가서 말하면 되겠지. 알았네. 괜히 바쁜 시간 빼앗아서 미안ㅡ"

"자, 자, 자, 잠시! 잠시만요!"

이하가 수정구를 꺼내어 들자 미하일은 이하의 팔을 막았다.

샤즈라시안 연방은 왕국이 아니다. 즉, 연방의 수도엔 왕궁이 아니라 대통령의 관저가 있다.

물론 이하는 그곳과 직접적인 친분은 없었지만, 마음먹기에 따라 그곳에 들어가는 건 일도 아니다.

신대륙에서의 활동이 워낙 길었을 뿐, 이하의 대륙 공통 명성은 웬만한 샤즈라시안 소속 유저들보다도 훨씬 높은 수준이니까.

거기에 온갖 인맥들을 동원한다면?

예컨대 교황청의 '우르바노 2세'와 '퇴마의 추기경'만 언급

해도 샤즈라시안 대통령은 당장 이하를 위한 시간을 내줄 것이다.

"알겠……습니다. 후우, 그렇다면 말씀드리도록 하지요."

"그래? 고맙군! 덕분에 시간을 아끼게 됐으니!"

이하의 강공은 결국 미하일의 백기 선언을 받아 낼 수밖에 없었다.

'그저 높은 사람 부른다고 하면 벌벌 떠는 군바리의 비애란…… 미안하다. 나도 군 생활 해 놓고 이렇게밖에 대우해 줄 수가 없구나!'

이하는 미하일의 손을 잡아 감사를 표하면서도 그를 보는 눈빛은 감춰야만 했다.

그들의 불쌍한 처지에 너무나 동감해 버렸다간 기껏 잡은 분위기가 다시 꺾일 테니 말이다.

"모두 철수한다!"

미하일은 주변의 NPC들을 향해 외쳤다.

이하는 낄낄거리며 그들을 따라갔다.

그곳은 하얀 사신의 거처에서 약 1시간여 떨어진, 레인저들의 막사가 있는 아주 작은 경계 소초였다.

Geschoss 2.

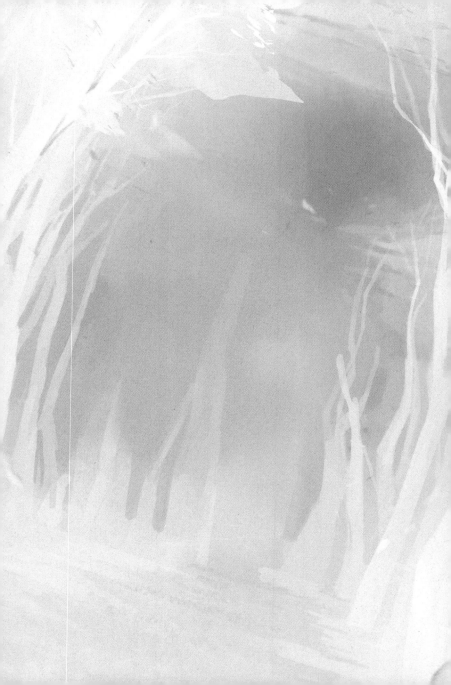

"아늑하고 좋군. 옛날 생각나는데."

"하이하 님께선 레인저 생활을 하신 적이 있습니까?"

"그 비슷한 건 해 봤지."

레인저는 결국 수색대다. 육군 출신인 이하에게 이런 작은 소초 단위의 부대는 무척 익숙한 것이었다.

또한 이곳까지 오는 동안 유저는 한 명도 보지 못했다.

즉, 이곳에 있는 모든 레인저는 전부 NPC라는 뜻이므로, 이하는 도리어 마음을 풀어 버렸다.

이하의 말에 호감을 느꼈는지 미하일의 눈이 반짝였다.

"드십시오. 생강과 마유주를 넣은 차입니다."

"으음~ 잘 마시겠네."

생강 냄새와 시큼한 요거트 냄새가 나는 마유주를 섞은 차?

냄새가 조금 거슬렸지만, 이하는 언제나 즐기는 음료라는 느낌으로 잔을 들었다.

 자이언트 잔이었기에 인간에겐 거의 대접 같은 크기였다.

 이 묘한 냄새에 이 크기. 이하는 속이 울렁거리는 것을 느꼈지만, 참고 꿀꺽꿀꺽 잘 삼켰다.

 "호오! 이거 제법 맛있군."

 미들 어스 내이므로 알코올의 효과 따위는 적용되지 않는다. 그저 냄새와 맛이 100% 느껴질 뿐.

 이하의 열연을 보며 미하일은 옅은 미소를 띠고는 자리에 앉았다.

 "어디서부터 말씀드려야 할지……."

 "숨길 것 없네. 나 또한 샤즈라시안 연방을 위한 힘이 되고 싶을 뿐이니까. 혈맹이라는 게 그렇지 않은가. 신대륙 원정 당시에는 반탈과 아문산 삼 형제로부터 도움 받은 것도 있으니 그걸 갚고 싶기도 하고."

 "반탈 님을 아십니까!?"

 이하는 겨우 떠올린(?) 샤즈라시안 유명인의 이름을 써먹었다.

 신대륙 원정 항행 당시 포함되었던 멤버들이지만 그 후로 연락 한 번 하지 않아 '안다'라고 하기 서먹한 그런 사이지만…….

 "알다마다. 나와는 한배를 타고, 같은 모험을 한 전우 아니겠나.”

이런 자리에서 그런 말까지 조잘거릴 필요는 없었다.

‘적어도 거짓말이 아니라는 점에서 괜찮지 않을까?’라고 이하는 생각했다.

이런 이야기를 꺼낸 이유도 아예 없는 것은 아니다.

화통한 성격의 자이언트들은 전우애, 우정, 신뢰를 숭배한다. 즉, 미하일과 친해지기 위해 가장 좋은 방법으로 사용한 것이다.

‘기껏 강자 컨셉 잡아 놓고 이제 와서 음식으로 빌빌거릴 수도 없으니 원. 차라리 처음부터 음식 공세로 갔어야 했는데! 기요—미프가르 씨의 음식 한 방이면 그냥 발랑발랑 쓰러졌을 텐데 말이지.’

정 안 되면 그 방법이라도 써야 한다.

고생하는 샤즈라시안의 장병을 위한 위문 열차!

불행일까, 다행일까. 이하가 어떤 요리로 이들을 제압(?)할까 다방면으로 고민하던 것은 모두 쓸모가 없게 되었다.

“그렇다면 말씀드려도 되겠습니다.”

“음?”

“인육 사냥꾼의 거처…… 그곳이 어째서 금지 구역이 되었는지 말입니다.”

샤즈라시안 ‘야만 용사’ 영웅의 후예, 반탈. 그의 이름값은 생각보다 더 컸다.

이하는 두근거리는 마음으로 미하일의 이야기를 들었다.

그에게서 나온 말은 이하의 생각보다 조금 더 충격적인 것이었다.

"……출몰? 아, 아니, 잠깐. 하얀 사신은 분명히 처형—"

"예. 인육 사냥꾼은 죽었지요. 인육 사냥꾼을 처형했던 곳은 한적하지만 여유가 있는 소도시였습니다. 그러나 이제는…… 완전한 유령 도시로 변했습니다. 거주자가 없는 유령 도시이면서, 동시에…… 인육 사냥꾼의 유령이 나오는 유령 도시지요."

"하얀 사신의 영혼이……."

"그렇습니다. 마구잡이로 접근하는 자들을 죽이는 바람에 더 이상 살 수도 없고, 아니…… 아예 접근 자체가 불가능합니다. 저희가 이곳을 지키는 이유도, 혹 그가 자신의 생전 거처였던 이곳을 찾아올까 싶어 특별히 관리하고 있는 겁니다. 다행히 지금까진 그런 일이 없었고요. 그보다 최근 몇 년간 방문자라곤 하이하 님이 처음이었지요."

이하는 하얀 사신의 거처 인근을 포위했을 때, 미하일과 그 부하들이 어째서 그토록 긴장했는지 알 수 있었다.

몇 년 만에 금지 구역에 찾아온 사람을 그들은 '하얀 사신'으로 생각했을지도 모른다.

알람 마법은 같은 종류의 마나라는 걸 알려 줄 뿐, 그 정체까지 말해 주는 게 아니니 말이다.

즉, 처음 온 사람이 이하라고 생각한 것도 수년간 아무도 오지 않았던 곳이기에 유추한 것이리라.

"그러면? 대처는? 샤즈라시안의 대처는 어떻게 되고 있나?"

"공식적으로는 대통령께서도 인정하지 않고 있습니다."

"어째서? 영혼이 활개를 치고 날뛴다면 그걸 제압하거나—"

"저희도…… 제압하려고 상당히 노력했습니다."

미하일은 본국에 대한 자부심이 넘쳤다. 실제로 호승심 강한 자이언트들이 그곳에 가지 않았을 리가 없다고 생각했다.

거기까지 생각이 다다르자 이하의 눈이 휘둥그레졌다.

그게 벌써 얼마 전의 이야기던가?

그때부터 지금까지 처리를 하지 못했다고?

"인육 사냥꾼이 유명한 건 생전의 악행 때문만이 아닙니다. 비록 공식적으로 그의 영혼에게 당했다는 발표를 할 수는 없지만…… 알 만한 사람은 다 알지요. 지금까지 그를 처리하러 갔다가 희생당한 기사와 마법사들은 이루 셀 수 없을 지경입니다."

그곳에 간 모든 인원이 사망했다는 의미인가?

그리고 그 '치부'를 감추기 위해, 샤즈라시안 내부에서 입단속을 철저히 하고 있다는 사실 또한 알아낸 셈이었다.

'하얀 사신…….'

이하의 몸이 부르르, 떨렸다.

죽었다고 생각했는데 아직 살아 있다니?!

'아니, 엄밀히 말하면 살아 있는 건 아닌가? 어쨌든 영혼의 상태라면—'

대화는 가능하지 않을까?

"미하일 중위."

"네?"

"어디로 가야 그를 만날 수 있지?"

이하는 눈을 반짝거리며 물었다. 미하일은 양손을 퍼덕거리며 손사래를 쳤다.

"그, 그건 말씀드릴 수 없습니다! 위험하기도 하거니와, 본국의 골칫거리를 타국의 하이하 님께 함부로 공개할 수는—"

"미하일 중위? 그러면 레믈린 관저로 가서 '미하일 중위에게 들었는데, 거기가 어디냐'라고 물어볼까?"

"아, 아아아……."

미하일은 머리를 감싸 쥐었으나 그런다고 봐줄 이하가 아니었다.

한 번 약점을 잡은 이상 끝까지 물어뜯는 게 전투의 기본 방식이다.

잠시 후, 이하는 웃는 얼굴로 216레인저 소초를 나왔다.

"고맙네! 자네에게 들었다고 어디 가서 절~대 소문내지 않을 테니 걱정 말고!"

하얀 사신의 영혼이 출몰하는 지역은 이곳에서 그리 멀지 않은 곳이었다.

그러나 샤즈라시안 전역 지도를 구입한 이하에게도 딱히 눈길이 가지 않는, 아주 후미진 장소였다.

비밀을 숨기고 통제하기엔 아주 적합한 장소이리라.

'좋아. 우선 가까운 마을부터 가 볼까. 아차차, 알려 주긴 해야지.'

귀환 스크롤을 사용해 마을로 귀환, 워프 게이트를 통해 하얀 사신의 영혼 출몰지 인근 마을을 향하며 블라우그룬에게 귓속말을 넣었다.

—블라우그룬 씨! 흥미진진한 소식이 있는데, 궁금하죠?

—네? 뭔데요?

—하얀 사신— 아니, 인육 사냥꾼이 누군지 안댔죠?

—네, 그치만 죽었다고—

—영혼이 남아 있대.

—……뭐라고요?

—영혼이 남아 있대요! 흐흐, 게다가 막 주변인들을 공격하고 그러나 봐! 재미있을 것 같지 않아요? 빨리—

샤아아아……!

이하가 말을 끝마치기도 전, 주변에서 청록빛이 번쩍였다.

"어디요!? 어디?"

"내가 도와 달라고 할 때보다 더 빨리 오는 것 같다?"

"에헤헷. 제가 그럴 리가 있나요. 근데 어디 있어요? 인간의 영혼이 공격을? 네크로맨시 마법에 당한 걸까요?"

이하가 야속하다는 표정으로 말하자 블라우그룬은 귀여운 애교를 부려 보았다.

"일단 가면서 얘기해 줄 테니까 들어나 봐요. 갑시다! 샤즈라시안 연방, 하미나 캐슬, 2인!"

이하 또한 그를 보며 피식 웃고는 워프 게이트의 NPC에게 동전을 튕겼다.

"위엄을 괜히 꼈나."

"네?"

"아뇨, 아무것도…… 여기까지 오면 자연스레 알게 될 줄 알았는데, 생각보다 힘드네."

이하와 블라우그룬은 주점에 마주 앉아 있었다.

이하는 한숨을 내쉬었다. 하미나 캐슬에 도착하자마자 정보를 수집하기 시작했으나 별다른 수확이 없던 탓에 힘이 좀 빠졌다.

'미하일이 거짓말을 한 건 아닐 거야. 성의 규모치고는 갑옷을 입은 NPC들이 엄청나게 많은 편이니까.'

돌아다니는 유저들의 수도 많지 않으므로 대다수가 NPC

라는 의미!

"하얀 사신? 그게 뭐요? 아, 인육 사냥꾼?! 퉤! 말 걸지 마쇼."

"……인육 사냥꾼에 대한 이야기라면 나는 할 말 없습니다."

"누군데 그런 재수 없는 이름을 꺼내는 거야? 혼나고 싶어!?"

그러나 이하가 원하는 정보를 쉽게 말하는 자들은 없었다.

하얀 사신이나 '시모'라는 이름만 나와도 자이언트들은 학을 떼는 경우가 많았다.

차라리 그러면 다행이었으며, 개중에는 공격적으로 돌변하여 이하를 경계하는 자들도 있었다.

〈위엄〉 버프를 Off 상태로 돌려놓은 것을 이하는 조금 후회했다.

'하지만 위엄 가지고 정보를 추출하는 건 한계가 있지. 무엇보다 위험하단 말이야.'

미하일 앞에서는 잘난 척, 난리를 칠 수 있었으나 여기는 엄연히 일국의 성이다.

이곳에서 타국민인 자신이 위엄 버프를 앞세워 힘으로 찍어 누르는 것은 역효과를 가져올 가능성이 컸다.

이하는 자신이 나서서 '갑질'을 할 수 있을 때와 해선 안 되는 때를 본능적으로 구별할 줄 알았다.

"여기에 있는 건 맞는 거죠?"

"응, 그건 맞을 거예요. 미하일이 거짓말을 했을 리는 없을 테니까. 그러면 다들 숨기고 있다는 건데……."

애당초 미하일도 '비공식적인 일'로 치부해 버리고 있었다.

그러나 그건 일반 소문일 때나 그렇지, 이곳은 미하일이 직접 말해 준 장소다.

'하얀 사신의 처형지 바로 인근이야. 즉, 이 근처를 수색, 경계하는 경비나 기사 NPC들은 알 만하다는 얘긴데.'

노골적으로 이야기를 감추는 이유는 자신이 샤즈라시안 소속이 아니기 때문일까.

'샤즈라시안 소속…… 소속이라. 내가 자이언트가 아니라서? 으음, 아닌데. 그보단 더 혐오스러워하는, 뭔가 똥이나 벌레 같은 걸 보는 반응인데…… 그게 뭐지?'

이하의 마음 한구석에 자꾸 무언가가 걸렸으나 그게 뭔지 정확하게 짚어 낼 수 없었다.

"그냥 입을 열게 할까요?"

"흐흐, 좋은 생각이긴 하지만 적어도 이 성안에서 그러면 안 돼요. 괜히 나서 봤자 좋을 거 없지."

"하지만 저쪽에서는 나서려고 하는데요?"

"응?"

블라우그룬은 주점의 문 쪽을 가리켰다. 이하는 고개를 돌려 그쪽을 바라보았다.

스윙 도어 앞에 2열종대로 서 있는 것은 분명히 하나의 기사단원들이었다.

끼이이익—!

저벅, 저벅, 저벅.

그들은 그대로 문을 열고 들어와 이하와 블라우그룬이 있는 테이블을 감쌌다.

"인육 사냥꾼에 대해 물어보고 다니는 게 자넨가?"

"음? 누구십니까?"

"하미나 캐슬 소속 기사단 화이트가드다. 당신을 체포한다."

"엥?"

자이언트들의 위압적인 태도와 모습에도 이하는 당황하지 않았다.

오히려 당황스러운 것은 이 성 소속의 기사단이 직접 출동하여 자신을 잡으려 하는 태도였다.

"체포? 누구 맘대로 하이하 님을—"

"자, 잠깐! 블라우그룬 씨, 스톱!"

이곳에 도착하고 정보를 수집하러 다닌 지 1시간이 막 지난 터였다. 그런데 벌써 자신을 잡으러 오다니?

이하는 차라리 잘됐다고 생각했다.

"좋아요, 체포하시죠."

그러곤 블라우그룬을 향해 윙크했다.

이하가 순순히 손을 내미는 모습을 보며 블라우그룬은 원망스러운 눈길로 그를 바라보았다.

—참으라는 거죠?

—가끔은 인간들 포승줄에 묶여도 보고 하는 것도 좋죠. 다 경험이지, 안 그래요?

블라우그룬에겐 한입거리도 안 될 작은 마을의 기사단 NPC들이다.

그들에게 수갑 차듯 팔이 꽁꽁 묶이며 블라우그룬이 한숨을 내쉬는 건 당연한 일이었다.

하미나 캐슬로 즉각 압송당한 이하와 블라우그룬은 곧 따로 취조를 받게 되었다.

이하로서도 제법 신선한 경험이었다.

"누가 보내서 왔냐고!"

콰아아앙—!

자이언트가 테이블을 내리치자 공중에 떠 있던 조명이 흔들거렸다. 이하는 놀란 눈으로 앞에 선 자를 바라봤다.

"힘이 세시네요."

"이 자식이 장난하나! 인육 사냥꾼에 대해서 계속 캐묻고 다니는 저의가 뭐냐고 물었다! 누가 시켰어!"

"그걸 누가 시켜야 하나요? 제가 궁금해서 그런 건데요?"

"퓌비엘 출신이라고 하지 않았나! 부모도 전부 그렇다면서!"

"네, 맞습니다."

"근데 왜 인육 사냥꾼에 대해서 묻고 다니냐는 말이다!"

콰아아아앙―!

자이언트 조사관은 다시 한 번 테이블을 내리쳤다.

이하는 저러다 테이블이 먼저 부서지겠다는 걱정을 했다.

성으로 끌려와 블라우그룬과 헤어진 후, 취조를 받기 시작한 지 벌써 20분이 넘었건만, 이야기는 도돌이표였다.

"아까도 말씀드렸지만 그게 무슨 잘못인지 모르겠다니까요! 그냥 궁금해서 물어보고 다니는 건데, 안 되는 겁니까? 퓌비엘 출신이 물으면 안 돼요?"

"안 되지! 물을 필요도 없고! 하지만 너는 물었어. 왜냐하면 퓌비엘 출신이 아니니까!"

"거, 아저씨 무지 답답하네! 나는 퓌비엘 출신이 맞고―"

"그럼 이 총은 뭐야? 하얀 사신의 총기 아닌가!?"

"―하얀 사신의 총기! 일 리가 없죠. 하아아……."

하얀 사신의 총기는 제가 입수했었습니다만, 날려 먹었습니다.

라는 말을 삼키며 이하는 흥분을 가라앉혔다. 실제로 사라진 그 총기를 떠올리자 아쉬움이 샘솟았다.

'쩝, 블랙 베스가 흡수……한 것 같은데. 성능 같은 건 흡수를 못 했으니 그냥 사라진 거지. 그나저나 이런 쓸데없는 질문은 언제까지 하려나?'

여기까지 오면 어떤 정보들을 캐낼 수 있을까 싶어 순순히 따라왔건만, 이렇게 답답한 상황만 계속되다니.

"아, 그리고. 퀴비엘에도 머스킷티어라는 직업이 엄연히 있는데 왜 총을 쓰는 게 이상하다는 거죠?"

"……인육 사냥꾼이 총기를 사용하고 있으니까."

"사용했었다, 가 아니라 사용하고 있다?"

이하는 눈을 가늘게 뜨며 자이언트를 노려보았다.

현재형의 종결 어미. 이자는 무언가를 알고 있다.

"크흠! 아니, 들을 필요 없다. 거짓말쟁이는 가장 깊숙한 지하 감옥으로 보내는 수밖에. 이봐! 이 녀석 끌고 나가고 다음 꼬맹이 데려와!"

동시에 무언가를 숨기고 있다.

이하는 자이언트 간수에게 끌려가며 조사관을 향해 소리쳤다.

"그 꼬맹이한테 나한테 하는 것처럼 대했다가는 오늘 전부 작살 날 겁니다~"

"시끄러!"

이하는 자신의 진심 어린(?) 경고가 묵살당하는 모습에 어쩐지 웃음이 나올 것만 같았다.

'지하로 깊게도 파 놨군. 층수 개념이 불확실하긴 하지만 적어도 지하 7층 이상이다. 엄청난 건설 기술인데? 하긴, 위에 아무런 건물이 없으니 가능하려나.'

순수하게 감옥 용도만을 위해 만든 지하는 상당히 깊었다.

역시 성의 규모를 생각해도 맞지 않는 비대한 사이즈였다.

사실 좀 우습기도 했다. 퓌비엘에서조차 감옥은 구경도 해 본 적이 없건만, 동맹국인 샤즈라시안 연방의 구석진 성의 지하 감옥에 갇히게 될 줄이야.

미들 어스 플레이 내내 단 한 번도 생각해 보지 못한 경험이었다.

이하는 최하층까지 끌려간 다음 내던져졌다.

"들어가!"

"아, 너무하네. 내가 뭘 했다고? 아직 나 피의자 아닙니까, 피의자! 무슨 잘못을 한 범인도 아닌데 이런 곳에 왜 가두는—"

"시끄럽다!"

자이언트들은 횃불을 들고 다시 계단을 올랐다.

한 치 앞도 보이지 않는 어둠 속에서, 이하는 미소 지었다.

'죄를 지은 것도 아니다. 나에 대해 어떤 재판을 한 것도 아니야. 근데 다짜고짜 지하 감옥 최하층?'

역시 무언가 있다.

일반인들을 이렇게 취급했다가는 난리가 날 것이다.

즉, NPC들의 과잉 반응은 이하가 이미 상당한 수준에 접근했다는 지표이기도 했다.

"질문 속에 답이 있다, 질문 속에 답이 있어……. 방금 그

질문을 한 의미가 뭘까."

샤즈라시안 연방은 자이언트 종족으로만 구성된 게 아니다.

인간도 분명히 있고 간혹 우드 엘프나 미야우, 리자디아 등 변태적인(?) 난이도의 플레이를 원하는 유저들도 분명히 있다.

'즉, 머스킷티어라는 직업도 희귀하지만 없지는 않을 거야. 근데 총을 가지고 그렇게 트집을 잡는다? 만약 그게 하얀 사신의 총기라면 뭐 어쩌려고? 압수하게? 압수해서 뭐 하게?'

이미 처형당해 영혼이 된 인육 사냥꾼에게 전달이라도 할까 봐 저러는 것일까.

이하는 웃음이 나왔다.

'아니, 그것도 멍청한 소리잖아. 인육 사냥꾼은 난동을 피우고 막 주변인들을 공격하고 아주 그냥 난리라면서. 가까이 다가갈 수도 없다는 얘기 아녔나?'

미하일의 뉘앙스는 분명히 그런 식이었다.

이하가 은근슬쩍 블라우그룬을 부른 것도 혹시 모를 일에 대비하기 위함인 부분도 있었으니까.

그런데 그런 하얀 사신에게 총기를 전달할까 걱정한다?

"애당초 영혼인 사람한테 전달한다고 뭐 쓸 수나 있겠냐만은……. 굳이 그런 걱정을 한다는 게 이상— 아니, 잠깐. 그러게. 이상한데? 왜 굳이 그런 걱정을 하지?"

하얀 사신은 이미 처형당한 영혼이다. 그에게 무기를 전달한다한들 무엇이 바뀔까?

어쩌면 무기 전달을 걱정하는 게 아닐 것이다.

그에게 다가갈 수 있는 자를 경계하는 것이라면?

"⋯⋯잠깐⋯⋯ 그렇다는 말은 즉⋯⋯."

하얀 사신의 영혼이 공격하지 않는 부류가 있다?

만약 그런 부류가 있다면 무엇일까.

"아, 아아아?! 잠깐, 잠깐."

확실히 질문 속에 답이 있었다. 자이언트 조사관은 계속해서 물어봤었다.

출신이 어디야!

미들 어스 유저에게 출신 따위가 어디 있는가?

캐릭터의 출신은 해당 캐릭터를 만들 때 소속했던 국가가 된다.

추후 망명을 하거나 국적 변경을 하더라도 최초 소속 국가가 미들 어스 캐릭터의 고향이자 출신지가 되는 것이다.

'근데 퓌비엘이라고 몇 번이나 말했지만 믿지 않았어. 왜 믿지 않았을까?'

이하는 자리에서 벌떡 일어났다.

파사사삭⋯⋯.

돌 부스러기들이 이하의 손끝에서 떨어져 내렸다.

"아마도⋯⋯ 응?"

벽을 짚은 자리에서 무언가 이상한 느낌이 났다.

우둘투둘한 돌벽임에도 날카로운 무언가로 긁힌 자국이 있었다. 그것은 분명 인위적으로 새겨진 것이었다.

'이런, 불로 쓸 만한 걸 다 뺏겨서 밝힐 수가 없네.'

횃불을 비롯하여 불을 밝히는 아이템이나 라이트 마법 등은 이곳에서 사용할 수 없다. 감옥이라는 장소가 유저들에 대해 갖는 페널티.

그것을 이하는 '뺏겼다'고 표현하며, 돌벽의 자국을 손가락으로 쓰다듬어 보았다.

어둠 속에서 이 방향, 저 방향으로. 그리고 마침내 벽에 긁힌 자국의 처음을 찾는 데까지 성공했다.

'여기서부터인가? 크다. 큰 글씨로 쓴 것 같은데. 문장? 글?'

이하는 더듬더듬 그것을 만지며 쫓아갔다.

사아악, 사아아악, 사아아악…….

"……설마…… 이거?!"

한 글자, 한 글자를 따라갈수록 이하는 몸에 소름이 돋았다.

마치 눈이 보일 정도의 집중력으로 모든 글자를 손가락으로 읽어 냈을 때, 이하는 보이지도 않는 그 벽을 멍하니 바라볼 수밖에 없었다.

죽어서도 잊지 않으리.
모든 크라바비인들을 죽일 때까지!

모든 판린드 동포들을 위하여!

—시모—

"하얀 사신이…… 남긴 글인가? 여기가 처형당하기 전 갇혀 있던 그 방?"

이하는 어렴풋이 알 수 있었다.

"출신지! 내가 판린드 출신인가 알아보기 위해 물어본 거였어! 그렇다면 쉬워진다! 현재 하얀 사신의 영혼은 판린드인만큼은 공격하지 않는다는 뜻이야. 자신이 판린드 출신이니까."

어쩌면 미들 어스는 처음부터 퀘스트와 같은 〈자격이 있는자〉를 이곳으로 유인한 것인지도 모른다.

아무리 높은 수준의 인공지능이어도 결국 NPC에 불과한 간수들. 질문에도 한계가 분명했다.

처음엔 몰랐으나, 지금 이 순간 이하는 적어도 스스로 문제를 풀었고 그다음 문제에 다다랐다는 것을 깨달을 수 있었다.

"처음부터 그랬어. 내가 여기서 물어봤던 모든 질문에 자이언트들이 보였던 그 반응……."

이하는 미하일은 물론, 하미나 캐슬의 일반 NPC나 감옥까지 자신을 체포하여 끌고 온 조사관 NPC들이 사용했던 일관된 '단어'를 이하는 기억하고 있었다.

하얀 사신에 대해서 물어보아도 그들의 반응은 언제나 같았다.

'〈인육 사냥꾼〉. 그들은 시모를 오직 인육 사냥꾼이라고만 불렀다. 이름도 아니고 하얀 사신도 아니었어. 그럴 수밖에 없겠지! 그들은 전부─'

하얀 사신이 저주해 마지않는 과거 크라바비 국가이자 현 크라바비 지역의 출신들.

자이언트 종족의 NPC들이지 않은가?

"그렇다면 지금 날뛰는 하얀 사신의 영혼은 지역, 인종 차별과 관련된 일이었단 말인가?"

슈와아아……!

이하의 눈앞에 홀로그램 창이 떴다.

[나는 행동했다. 그럴 수밖에 없었다─1]
설명: "크라바비는 우리의 호의를 받아들일 기회를 수없이 많이 가지고 있었다. 그러나 그들은 내 형제, 자매들을 욕보였으며 약하고 죄 없는 동포들을 짓밟는 만행을 저질렀다. 그들은 모를 것이다. 우리가 얼마나, 어떻게 참았는지. 누군가는 알려 줘야 한다, 그들에게. 비록 악마의 탈을 뒤집어쓰는 한이 있더라도 말이다."

판린드 민족의 영웅, 하얀 사신의 뿌리 깊은 원한은 그의 육신을 죽어서도 안식에 들지 못하게 만들었다. 오직 한 가지 원념으로 활동하는 하얀 사신의 영혼을 만나 그를 영원한 안식으로 인도하자.

그러나 명심하라, 그에게 인정받은 자만이 그를 만날 수 있음을.

내용: 하얀 사신의 원혼을 만나 그에게 이야기 듣기
보상: 나는 행동했다. 그럴 수밖에 없었다―2
실패 조건: 하얀 사신에 의한 사망 시
실패 시: [되살아난 하얀 사신] 취소, 퀘스트 루트 원상 복귀

― 수락하시겠습니까?

비통한 마음에 이입하여 퀘스트 창을 읽던 이하의 눈이 휘둥그레졌다.

"어? 어어, 어어!? 어어! 어!"

말더듬이처럼 어어, 밖에 말할 수 없었다.

퀘스트 내용은 간단하다. 다만…… 보상과 실패 페널티가 이하의 눈길을 끌었다.

보상은 연계 퀘스트! 그리고 실패 페널티는?

"되살아난 하얀 사신 '취소'? 퀘스트 루트 원상 복귀?!"

[되살아난 하얀 사신]이라는 퀘스트를 이하는 받은 적이 없다.

하물며 퀘스트 루트가 원상 복귀된다는 표현은 무엇인가!

온갖 괴상한 방법으로 미들 어스를 경험해 온 이하조차도 딱 한 번밖에 보지 못한 것이었다.

'삼총사의 후예, [명중]이 될 때…… 그 테스트를 통과하던 그 시절에만 봤던 거다. 게다가 이미 죽은 하얀 사신이라는 걸 알려 줘 놓고, '되살아난'이라는 표현이라니!'

네크로맨서의 언데드 등으로 살아나는 게 아니라면, 부활과 관련된 것도 이하는 딱 한 번밖에 경험해 보지 못했다.

블라우그룬을 살릴 때 사용했던 신화급 아이템, 이스터 에그. 그 부활절 달걀만이 오직 NPC를 완전 부활시킬 수 있지 않은가.

이하는 떨리는 몸을 진정시키려 했으나 쉽지 않았다. 처음은 전설급 총기를 찾으러 왔을 뿐이었다.

그 총기를 너무나 쉽게 찾고, 너무나 허무하게 잃어 그다음은 하얀 사신과 관련된 또 다른 정보를 캐내고자 했을 뿐이다.

애당초 전설의 저격수를 모델로 만들어진 NPC라면, 조금이라도 전투에 도움이 되는 사실을 얻을 수 있지 않을까 했던 작은 바람밖에 없었다.

그런데 이건 무엇인가.

머리로는 아직도 전부 이해하지 못했다. 그러나 일련의 흐름이 암시하는 바를, 체감하고 있었다.

꿀꺽,

"이거 어쩌면……."

―하이하! 하이하 있어!?

―어, 람화연 씨!

그 순간, 이하의 머릿속에 귓속말이 울렸다.

평소답지 않게 잔뜩 흥분한 람화연의 목소리가 들리자 어쩐지, 빛 한 톨 들어오지 않는 지하 감옥이 밝아지는 느낌이 들었다.

―화정이가! 화정이가 퀘스트를 받았는데―

―아! 그거 2차 전직이지?

―어, 어떻게 알았어?

―흐흐, 때려 맞춘 거지. 어떻대? 퀘스트 내용은? 아, 람화정 씨는 접속 안 했네?

이하는 람화연의 얼굴이 보이는 것만 같아 웃음이 나왔다. 동시에 어떤 안도감마저 느껴졌다.

실버 드래곤과 람화정을 직접적으로 이어 준 것은 아니었으나, 두 존재가 서로 만나게 된 계기는 이하 때문이지 않은가?

'뭔가 찡하구만. 어린 새를 둥지에서 떠나보내는― 아니, 근데 람화정 씨보다 내가 더 약하니 이런 말 하기도 민망하군.'

이하가 킬킬거릴 때쯤, 람화연의 흥분은 모두 가라앉아 있었다.

즐거운 소식을 전하고 싶은 마음이었건만 먼저 아는 체를 하며 초를 쳐?

여전히 눈치도 없는 이하는 웃고 있을 뿐이었다.

―[심연의 얼음 추출]이 퀘스트 내용이라던데, 자세히는 모르겠어. 바로 또 잠들었거든. 하이하 당신한테만 얘기해 달라고 해서 잠깐 들어온 거야.

―아, 그래? 역시 소개시켜 준 사람의 고마움을 아는구만.

―쳇, 좋아하기는.

―뭐?

―아니, 아무것도. 그럼 내일 잊지 말고. 나 간다.

―자, 잠깐, 람화연!

이하가 람화연의 이름을 불렀으나 그녀는 이미 로그아웃한 상태였다. 갑자기 조금 냉랭해진 그녀의 마음을 이하가 알 리가 없었다.

'왜 이러지? 많이 바쁜가? 그나저나 내일…… 내일!? 이제 현실은 내일이구나!'

그러곤 깨달았다.

현실 시간으로 내일이 바로 연말이라는 사실을.

오늘 아침에 접속했으므로 아직 이하에게는 미들 어스 시간으로 4일 가량을 버틸(?) 여유가 있지만, 그건 여유라고 부르기도 민망한 것이었다.

"으으, 하필 이 타이밍에! 나도 뭔가 이상한 냄새가 나는 퀘스트를 받았는데!"

이하는 결심했다.

퀘스트까지 눈앞에 뜬 이상, 더는 시간 낭비를 할 겨를이 없었다.

—블라우그룬 씨.

—네.

—나갑시다, 드래곤 폼.

—알겠습니다.

콰콰콰쾅——————!

굉음과 함께 지하 감옥 전체가 흔들리기 시작했다.

지상의 비명과 온갖 어지러운 소리들이 이하의 귀에도 들려왔다.

잠시 후, 버벅거리는 발소리들과 함께 지하 계단 아래가 빛나기 시작했다.

"어서 내려가라, 미천한 것."

"히—익! 알게, 알겠습니다!"

다시 소년의 모습으로 변한 블라우그룬에게 밀려가며, 다섯 명의 자이언트가 우르르 내려오는 중이었다.

위엄 버프를 다시금 켠 이하는 당당한 자태로 철창 앞에 서 있었다.

"성주에게 고하라. 내가 직접 하얀 사신을 처리해 주겠다고. 그리고 너희들은 하얀 사신의 원혼이 나오는 곳으로 나를 안내하라."

이제 이하에겐 자이언트들이 무언가를 숨기고 있든, 하얀 사신을 욕보이든 그것이 중요한 게 아니었다.

퀘스트가 뜬 이상, 무슨 수를 써서든 이것을 해결하는 것. 오직 그것에만 온 정신을 쏟을 따름이었다.

샤즈라시안 북서부의 작은 성에서 브론즈 드래곤이 출몰했다는 소식이 자이언트들 사이에서 퍼졌으나 곧 잊혔다.

근방에 드래곤 레어가 있는 것도 아니고, 드래곤 습격 이벤트도 아닌 이상 사실이 아닐 가능성이 높다는 게 샤즈라시안 주력 자이언트 유저들의 판단이었다.

물론 그런 소문이 돌 때 즈음, 이하는 이미 하미나 캐슬에서 마차로 40여 분 거리에 있는 지역에 들어선 상태였다.

"저곳인가."

"그, 그렇습니다. 인육— 사냥꾼이…… 처형되고 버려진 바로 그곳입니다."

주변은 철저하게 보안이 지켜지고 있었다.

자이언트 수색병들이 혹 이곳으로 들어가는 인물이나 불순분자들이 있을까 감시하는 곳.

높게 쌓인 벽과 강철로 만들어진 문은 하얀 사신의 원혼이 밖으로 빠져나오지 못하게 막기 위함일까?

아니면 판린드 지역 출신들이 안으로 들어가지 못하게 하기 위함일까?

그게 무엇이든 이하에게 중요한 건 아니었다. 중요한 건 이제 이하 자신이 저 안으로 들어가야 한다는 점이었으니까.

'후우우…… 이제 대선배님을 뵙는 건가?'

이하와 블라우그룬은 마차에서 내렸다.

경계를 서던 자이언트들이 인간의 모습을 보며 잠시 움찔거렸으나, 이하와 함께 온 자이언트를 보고는 더 이상 아무런 말도 하지 않았다.

"열어라."

"하, 하지만…… 저희는 이곳으로 들어갈 수 없습니다. 말씀드렸다시피―"

"알고 있으니 열어."

이하가 눈을 부라리자 자이언트는 철문의 자물쇠를 열었다.

아주 오래되고 녹슨 경첩이 울부짖었다.

여기까지 오는 동안 이미 들어서 알고 있는 바였다.

샤즈라시안에서 비밀로 부치고 있는 공간이자, 하얀 사신의 원혼이 나오는 곳.

그를 잡으러 들어갔던 수많은 자이언트들이 죽어 나간 곳.

그러나 이하는 들어가야 했다.

하얀 사신을 직접 만나, 그의 원한을 풀어 주기 위해서.

정확하게는 보상을 받기 위해서 말이다.

콰아아아앙……!

철문이 닫혔다.

이하는 밖에 있는 자이언트들이 무어라 쑥덕거리는 소리를 들었지만 더 이상 신경 쓰지 않았다.

수정구를 꺼내 위치를 저장하는 것부터 하얀 사신을 찾는 작업이 시작되었다.

"블라우그룬 씨, 쉴드는 항상 치고 다녀요. 특히 드래곤 하트가 있는 지점은 이중, 삼중으로."

문안으로 들어서자마자 공기가 달라졌음을 느낄 수 있었다.

"네? 어차피 인간의 영혼을 찾으러 온 거 아닌가요?"

"제 말 들어서 나쁠 거 없을 거예요. 기왕이면 나도 걸어 주고."

"알겠습니다."

"위험하다 싶으면 바로 텔레포트입니다."

"네."

블라우그룬은 이하와 자신에게 배리어 마법을 걸었다.

이하는 느린 걸음으로 우선 주변 탐색부터 실시했다.

과거에 마차가 다녔을 좁은 길을 사이로 좌, 우에는 언덕이 솟아 있었다. 침엽수림이 조성된 언덕 사이 저 멀리, 과거에는 마을의 외벽으로나 쓰일 법한 울타리가 보였다.

'첫 번째 포인트라면 바로 여기. 좌우의 언덕 위에서 아래를 노리는 건데…… 그건 너무 빠르지 않나?'

대규모 공격이 예정된 상태였다면 모를까, 이곳은 입구에서 너무 가깝다.

이하 자신이 하얀 사신이었다면? 결코 이런 가까운 곳에서 저격을 노리진 않을 것이다.

'기사뿐만 아니라 자이언트 마법사 등의 직업군도 하얀 사신의 영혼을 처리하러 왔다고 했었다. 그렇다면 저 위치에서 저격하는 건 너무 가까워. 마법사 한 사람이라도 놓치는 순간 하얀 사신 자신이 ―'

카아아아아―――――――아!

"크악!"
"하, 하이하 님!"

주변을 살피며 걷던 이하의 몸이 뒤로 날아갔다. 블라우그룬이 황급히 다가오려 했으나 이하는 그를 밀쳐 냈다.

"언덕으로! 저쪽 언덕배기로 가요, 좌측 경사지 뒤로!"

"네? 하지만—"

카아아아아—————————ㅇ!

"—흡!"

뒤로 주춤주춤 물러서던 블라우그룬의 머리통이 크게 흔들렸다.

중심도 못 잡고 아예 한 바퀴를 뒹굴어 버린 후에야 블라우그룬은 이하가 말한 장소로 빠르게 기어갔다.

이하 또한 넘어진 자세 그대로, 몸을 낮춘 채 블라우그룬의 반대편 경사지 아래로 몸을 숨겼다.

"하아, 하아. 블라우그룬 씨! 괜찮아요?"

"저는 괜찮습니다! 하이하 님은요? 쉴드가 한 방에 깨졌는데!"

"괜찮아요! 데미지는 안 들어왔으니 걱정 마!"

그러나 이하의 심장은 미친 듯이 뛰고 있었다.

폭발할 것처럼 박동하는 심장은 방금 전 이하의 상태를 고스란히 알려 주는 꼴이었다.

'죽었어. 블라우그룬의 쉴드가 아니었으면 죽었다. 그나마도 한 방에 깰 정도로 강하다니…….'

심박이 빨라진 것은 살아난 것에 대한 기쁨이나 하얀 사신을 발견했다는 사실 때문이 아니었다.

'어디서…… 쏜 거지?'

자신의 목숨을 노리는 자를 발견할 수 없는 것에 대한 두려움.

그것이 이하의 심장을 달리게 만들었다.

언제나 저격만 하던 입장에서 저격 대상물이 되자 느껴지는 공포감은 상상을 초월하는 것이었다.

"하이하 님! 하이하 님!"

"어, 아아?"

"괜찮으신 거 맞죠?"

반대편 경사지 뒤에서 블라우그룬이 걱정스러운 눈빛으로 이하를 바라보았다.

물론 그의 실체는 브론즈 드래곤이다.

이하보다 백배는 믿음직스러운, 존재 자체가 위대한 드래곤 말이다.

그럼에도 '꼬마'의 상태에서 자신을 걱정하는 눈빛의 그를 보니, 이하의 굳어 있던 마음은 조금씩 풀리기 시작했다.

"블라우그룬 씨, 확성 마법 좀 써 줄래요?"

"확성 마법요? 잠시만요."

블라우그룬은 캐스팅을 했다.

다행히 경사로 뒤편에 숨은 후로는 공격이 이루어지지 않았기에 마법은 손쉽게 쓸 수 있는 환경이었다.

[하얀 사신에게 알립니다! 우리는 싸우러 온 것이 아닙니

다! 공격하지 마십시오!]

이하는 쩌렁쩌렁하게 울리는 목소리로 우선 그를 향해 외쳤다.

눈이 폴락거리기만 할 뿐, 답변은 들려오지 않았다. 이하는 다시 한 번 외쳤다.

[저는 싸우러 온 게 아닙니다! 자이언트가 아닙니다! 저는 당신의 총기를 갖고 있— 었습니다!]

지금은 없지만, 이라는 말은 붙이지 않았다. 그래도 이 말이 통한다면 더 이상 공격은 하지 않을 것이다.

이하는 잠시 기다렸다.

"후욱, 좋아. 〈플래티넘 쉴드〉."

그리고 일어섰다. 블라우그룬이 휘둥그런 눈으로 말리려 했으나, 그럴 틈도 없었다.

저벅, 저벅, 저벅.

이하는 다시 도로 한가운데에 서, 눈眼에 힘을 주었다.

[하얀 사신, 시모 님께 고합니다! 저희는—]

카아아아아————————ㅇ!

플래티넘 쉴드를 강타하는 소리는 마치 커다란 깡통을 발로 차는 것과 비슷했다.

　"하이하 님!"

　이하의 목이 꺾일 듯 뒤로 넘어가며, 육체 전체가 눈밭에 나뒹굴었다.

Geschoss 3.

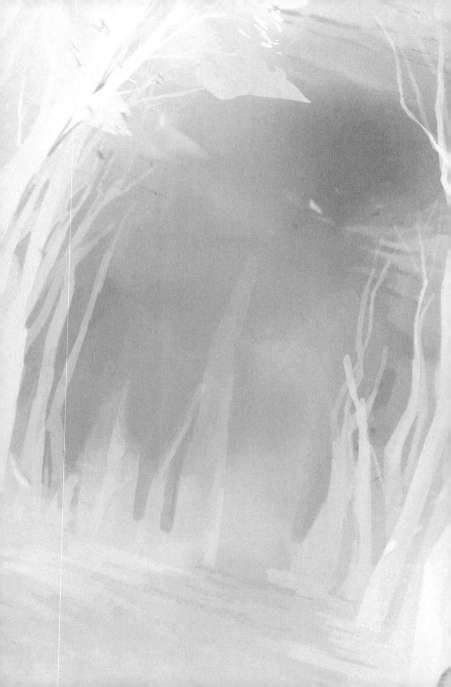

"괜찮으세요? 하이하 님!"

블라우그룬은 당장이라도 달려 나올 기세였다. 그것을 알기에, 이하는 입을 열었다.

"아……. 안 먹히네."

퉁——————!

또다시 총성이 들려왔다.

이하는 후다닥 몸을 뒤집곤 경사지 아래로 기어들어 갔다.

완벽한 엄폐를 끝내는 와중에도 이하의 발이 있던 부분에서 파악—! 하며 눈덩이가 튀어 올랐다.

'또 쏜 건가?'

그 짧은 찰나에 또 한 발의 사격을 해낸 셈. 이하의 움직임이 조금만 늦었어도 이번엔 발목이 날아갔을 것이다.

"네? 뭐가 안 먹혀요?"

"목소리가 안 들렸을 리는 없는데…… 역시 안 되는 건가."

"무, 무슨 말씀을 하시는 거예요! 무차별 공격을 하는 인간 영혼을 앞에 두고—"

"아니, 무차별이 아닐 줄 알고 그랬죠. 기대하고 있었거든."

이하는 아쉬움에 입맛을 다셨다. 블라우그룬이 황당한 얼굴로 물었다.

"기대요?"

"자이언트가 아니면 안 쏘지 않을까 하는…… 쩝, 텄네요."

크라바비 출신만 쏠 것이다, 라는 게 첫 번째 가정이었다. 그러나 그게 아니었다.

'판린드 출신이 아닌 이상 모조리 쏴 버리나 보군.'

이하는 이마를 문질렀다. 방금 자신을 가격한 총탄은 정확하게 미간을 맞춘 상태였다.

그렇다면 어떻게 해야 하는가.

이하는 다시 한 번 퀘스트 창을 띄웠다.

[나는 행동했다. 그럴 수밖에 없었다—1]

설명: "크라바비는 우리의 호의를 받아들일 기회를 수없이 많이 가지고 있었다. 그러나 그들은 내 형제, 자매들을 욕보였으며 약하고 죄 없는 동포들을 짓밟는 만행을 저질렀다. 그들은 모를 것이다. 우리가 얼마나, 어떻게 참았는지. 누군가는 알려 줘야 한다, 그들에

게. 비록 악마의 탈을 뒤집어쓰는 한이 있더라도 말이다."

판린드 민족의 영웅, 하얀 사신의 뿌리 깊은 원한은 그의 육신을 죽여서도 안식에 들지 못하게 만들었다. 오직 한 가지 원념으로 활동하는 하얀 사신의 영혼을 만나 그를 영원한 안식으로 인도하자.

그러나 명심하라, 그에게 인정받은 자만이 그를 만날 수 있음을.

내용: 하얀 사신의 원혼을 만나 그에게 이야기 듣기

'판린드 출신이라는 건 미들 어스에 없다. 그럼 인정받으라는 소리는 결국⋯⋯.'

그에게 이야기를 들으라고 한다.

그러나 그는 공격한다. 공격받지 않으려면 인정을 받아야 한다.

인정은 어떻게 받는가?

"그럼 그렇지. 그래⋯⋯ 이렇게 나와야 미들 어스지."

하얀 사신의 원혼을 제압하라는 뜻이다.

"후우우⋯⋯ 잠깐 잊고 있었어."

"뭘요?"

"저격은 나 혼자만 하는 게 아니라는 사실. 미들 어스의 저격수가 모두 내 편일 거라고 혼자 오해하고 있었다는 사실."

이하는 블랙 베스를 꺼내어 들었다.

지금까지 저격수 포지션으로 나왔던 모든 유저나 NPC는 모두 이하의 관계자나 다름없었다.

엘리자베스를 마주했을 때, 브라운을 마주했을 때도 목숨 걸고 서로를 죽이려 하지 않았다는 게 그 방증이었다.

'하지만 이건 다르다. 하얀 사신은…… 달라.'

그가 살아 있었다면, 제정신을 갖춘 인간이었다면 이하의 편이 되었을지도 모른다.

그러나 지금은?

'내 퀘스트 목표일 뿐이야. 이미 죽은 사람이고, 사실상 모든 미들 어스 생명체를 무차별적으로 공격하는 한 맺힌 영혼일 뿐이다! 그렇다면―'

싸워 주마.

이하는 부르르, 떨었다.

긴장과 흥분이 동시에 몰려들어 이하의 얼굴이 기묘하게 바뀌는 것을 보고 블라우그룬의 눈빛 또한 바뀌었다.

"적을 찾아볼까요?"

그리고 이하는 천연 저격수였다.

"네. 아마도 정면에 보이는 마을의 폐건물 창문 어딘가일 것이고, 거리는 대충 1,300m 전후일 거예요. 아무리 길어도 1,500m 이상은 아냐."

"네, 네?"

이하를 향한 두 발의 저격과 블라우그룬을 향한 한 발의 저격. 적은 무려 세 발이나 쐈다.

이하에게 있어서 세 발의 정보는 저격수의 위치를 추측하기에 충분한 모든 정보를 포함하고 있었다.

'우선 각도상 언덕 위는 아니야. 피탄 각은 눈높이에 가까웠고, 피격 충돌 방향으로 보아 방향은 정면.'

현시점에서 정면 방향이며 몸을 숨길 수 있고, 저격을 가할 범위라면 역시 폐허가 된 마을뿐.

'그리고 피격 후 총성 도달까지 약 2.2~2.3초. 적의 총이 사망 전과 같다면 모신나강이다. 총구 속도는 초속 808m. 미들어스의 특성상 총구 속도와 발사 후 속도의 차이는 크지 않아. 역산하면 발사 거리는 1,300m 전후가 된다.'

정면 방향이며, 눈높이의 발사각이 나오며, 1,300m 거리로 몸을 숨길 만한 곳.

이하의 사고는 벌써 하얀 사신을 [적]으로 규정한 상태였다.

"마나 탐지부터 해요."

"알겠습니다."

블라우그룬이 즉각 마나를 탐지를 실시하는 동안 이하는 총기의 상태를 점검했다.

'좋아, 이상 없다. 탄창도 충분하고.'

블라우그룬이 위치 확정을 끝내면, 즉각 마나 투시를 사용, 빠르게 격발한다.

거리는 이미 확인했으므로 스코프의 클릭 또한 조정을 마친 상태. 얼마나 빠르게 움직이느냐가 관건이겠으나 이하는 자신 있었다.

플래티넘 쉴드도 아직 유지되는 중이므로, 한 발 정도는 버틸 수 있다는 믿음이 있기 때문이기도 했다.

'한 발 맞고 쏘는 한이 있더라도 맞출 수 있어.'

후우, 후우, 하아…….

이하가 호흡을 다 가다듬었을 때, 마침내 블라우그룬의 마나 탐지도 끝이 났다.

"하이하 님!"

"좋아! 어떤 건물에—"

"없는데요?"

휙, 발돋움을 하며 권투 선수가 훅을 날리듯 몸을 돌린 이하였으나, 블라우그룬은 이하가 원하는 답을 주지 않았다.

"—에에— 엥?"

블라우그룬에게 고개를 돌리는 순간, 이하는 느꼈다. 자신의 관자놀이를 향해 벌써 무언가가 날아오고 있음을.

카아아아아———————ㅇ!

뺨을 후려 맞은 듯, 이하의 몸이 옆으로 날아갔다.

'〈마나 투시〉!'

날아가는 와중에도 이하는 멀리 있는 폐건물들을 살폈다. 그 어떤 것도 보이지 않았다.

　플래티넘 쉴드가 꺼졌다.

　눈 위에서 한 바퀴를 옆으로 구른 후, 이하는 블라우그룬의 옆으로 기어들어 갔다.

　날아가는 그 찰나의 순간, 이하의 눈에도 분명히 보였다.

　멀리 폐건물들 안에는 아무런 마나도 느껴지지 않았다.

　"대단해…… 어떻게 이럴 수가 있죠, 하이하 님?"

　"뭐, 뭐가요?"

　"마나가 안 느껴져요! 영혼인 이상 마나가 없지는 않을 텐데! 이렇게 완벽하게 숨길 수 있다니! 네크로맨서가 없이 스스로 영혼 상태가 되어 지상에 있는 것도 신기한데, 그 와중에 자신의 기척을 감출 수 있다는 게 말이나 되는 일인가요!? 대단해! 멋져, 하얀 사신!"

　눈을 반짝거리는 블라우그룬을 보며 이하는 고개를 저었다.

　'하여튼 조금만 신기한 게 나오면 이런다니까. 반대로 말하자면…… 드래곤이 놀랄 정도로 드문 일이라는 뜻이겠지.'

　보통 문제가 아니었다.

　적을 찾지 못하면 쏠 수도 없다.

'건물 내부에 숨어 있을 줄 알았는데 그게 아닐지도 모르겠어.'

이하는 몸이 날아가기 직전, 마지막으로 보았던 마을을 떠올렸다.

폐건물의 창틀, 그곳에 총기를 걸치고 쐈을 거라는 게 이하의 추측이었다.

'거리나 각도, 몸을…… 아니, 영혼이니까 몸이라고 하면 좀 그런가. 하여튼 형태를 숨길 수 있을 만한 곳이라면 그곳이 유일한데.'

따라서 눈에 힘을 주고 보았다.

그러나 어두컴컴한 폐건물의 창틀 중, '빛'이 번쩍인 곳은 없었다.

'총구 화염Muzzle Flash이 안 보였어. 머스킷이라면 없을 가능성이 있지만 탄환의 속도로 보아 머스킷은 아니야.'

머스킷이라면 오히려 대환영이다.

구름처럼 뿜어져 나오는 화약 연기가 위치를 고스란히 드러내 줄 테니까. 그러나 그런 건 없다.

즉, 하얀 사신은 분명히 생전 총기를 사용하고 있을 것이다.

이하의 추측은 논리적이고 합당하게 흘러가고 있었으나, 그게 한계였다.

현재의 추측으로 나온 답은 한 가지밖에 없었다.

'저 폐건물의 창틀 뒤에 숨은 게 아니라는 뜻. 다른 곳에서

쏜 거야.'

　설령 초탄과 두 번째 탄을 폐건물의 창틀 뒤에서 쐈더라도, 세 번째 탄은 다른 곳에서 쐈을 가능성이 있다.

　"크흐흐…… 과연."

　"뭐가 과연이에요?"

　"전설은 전설이다, 라는 느낌이네요. 눈이 내리는 설원에서 무적이었다 이거지?"

　이하는 미들 어스의 하얀 사신, 인육 사냥꾼과 현실에 존재했던 동명의 저격수를 떠올리며 미소 지었다.

　은신의 대가.

　스코프도 사용하지 않아 그 어떤 빛 반사도 없으며, 자신의 숨결조차 내보이지 않으려 했던 천재 저격수.

　'그런 상대와 역저격Counter Sniping 싸움을 하게 될 줄은 몰랐는데…….'

　하얀 사신이 어디에 숨었는가.

　그가 어디서 자신을 노리고 있는가.

　범위라면 지정할 수 있지만, 정확한 지점을 짚어 낼 수 없는 이상, 이 문제를 해결할 수는 없을 것이다.

　"어떻게 할까요? 눈발이 나리고 있어 님부스 콜 라이트닝도 가능합니다. 아니면 일반 콜 라이트닝으로 건물들만 지정 타격하는 것도 가능할 것 같고요."

　블라우그룬의 양손에 청록색 마나들이 모이고 있었다.

기상 조건상 번개와 관련된 마법을 쓰기에도 아주 좋은 상황이다. 이하는 그를 말리려다 말고 그냥 두었다.

여기서 자존심만 세워 저격전을 한다?

훌륭한 마음가짐이지만 효율은 떨어진다.

"네, 해 보세요. 일단 눈앞에 보이는 건물, 싹 다 날려 버려요."

"알겠습니다."

무엇보다 적은 하얀 사신, 전설의 저격수다.

이하는 보고 싶었다. 그리고 동시에 어떤 믿음이 있었다.

이하 자신에게는 오히려 불리한 믿음이었으나, 전설의 저격수라면, 그동안 숱하게 찾아왔던 자이언트 기사단과 마법사단을 격퇴했던 원혼이라면…….

"〈님부스 콜 라이트닝〉"

블라우그룬은 구름을 향해 스파크를 쏘아 올렸다.

눈발이 갑자기 거세어지며 벼락이 쏟아지기 시작했다.

콰쾅, 콰쾅, 콰쾅—!

그 혼란한 틈을 타, 블라우그룬은 모습을 드러내곤 마을의 폐건물들을 지정했다.

"〈콜 라이트닝〉"

쾅—! 쾅—! 쾅—!

한 발, 한 발, 번개가 떨어질 때마다 오래된 건물들은 산산조각 나며 부서졌다.

나무 조각들이 파편으로 튀거나, 불이 붙어 그대로 타오르는 등, 정면에 보이던 건물 십여 채가 순식간에 사라졌다.

'그러나 이 정도로 당하진 않겠지.'

이하는 고개를 내밀지도 않은 채 요란스러운 블라우그룬의 마법 잔치를 즐겼다.

블라우그룬의 마법은 분명히 강하다.

하지만 지금까지 마법사도 수십 명이 죽었다고 했었다.

블라우그룬의 마법이 아무리 강하다고 해도 여러 명의 인간 마법사들이 동시에 마법을 펼친다면 이 정도 파괴력을 내지 못할 리가 없다.

그럼에도 아직까지 하얀 사신의 원혼은 남아 있다.

즉, 마법 '따위'로 그를 없앨 수 없다는 의미일 것이다.

"여전히 탐지되는 마나는 없어요. 제 마법에 당한 걸까요?"

카아아아아————————ㅇ!

블라우그룬의 작은 체구가 나가떨어졌다.

드래곤 스케일이 자동으로 감싸고 있어 치명적인 상처는 입지 않았으므로, 이하는 그 모습을 보며 웃을 수밖에 없었다.

"낄낄, 이제 됐어요. 마법 취소하고 돌아오세요."

"우, 웃다뇨, 하이하 님! 이 상황에서 웃다니요!"

블라우그룬은 벌떡 일어나 이하를 향해 걸어왔다. 구름에서 떨어지는 벼락은 곧장 사라지지 않았다.

천둥이 우르르릉, 거리는 소리 속에서 이하는 귀를 기울였다.

퉁————————!

총성이 들려온 것은 약 3초 전후가 지난 다음이었다.

이하는 고개를 끄덕였다.

적은 이미 움직였다. 그것도 한참 전에 움직였을 것이다.

'역시 쉽지 않네. 하긴 이 정도는 해 줘야지. 거리도 제법 되고.'

하얀 사신이 자신을 부르고 있었다.

이하 또한 그것을 받아들이기로 했다.

"이렇게 된 이상 드래곤 폼으로 돌아갈까요!? 제깟 녀석이 아무리 날뛰어도 브레스를 뿜어 버리면—"

"아, 아. 괜히 그랬다가 영혼까지 싹 다 타 버리면 어쩌려고? 흐흐, 이제 블라우그룬 씨는 됐어요."

"네? 됐다뇨?"

"오늘은 이만 돌아갑시다."

그의 이야기를 들으려면 그에게 인정받아야 한다. 그가 원하는 방식으로 그를 제압해야만 한다.

대규모 범위 마법이나, 드래곤의 브레스를 활용하는 것으로는 그의 인정을 받을 수 없으리라.

"돌아간다고요? 그냥요?"

"네. 그리고 블라우그룬 씨는 이제 오지 않아도 돼요."

"그, 그게 무슨 말씀이세요?"

"다음에는…… 나 혼자 와야겠어."

1:1 저격전.

이하는 마음을 굳혔다.

다만 준비가 조금 필요할 뿐이다.

"하이하 대 하이하가 됐네. 아, 요즘은 해위해라고 하던가? 재미있겠어."

이하가 중얼거리는 것을 들으며 블라우그룬이 영문을 모르겠다는 표정을 지었다.

이하와 블라우그룬은 주변을 정리한 후, 텔레포트했다.

앞으로도 따라오겠다는 블라우그룬을 극구 말린 다음 이하는 로그아웃했다.

역저격Counter Sniping에 대한 조언을 구해야 했다.

"돈 아끼지 말고 큼지막한 거 사 가야 해!"

"아이고, 걱정 마시라니까요. 김 반장님 댁에 가는 데 설마 빈손으로 갈까."

"빈손인 게 아니라! 괜히 생색내기용으로 이상한 거 말고,

실속 있는 걸로 사 가라는 거지. 저녁 먹고 가라고 해도 폐 끼치지 않게 식사 전에 눈치껏 빠져나오고—"

"알았어요, 알았어. 엄마는 내가 아직도 열두 살인 줄 아나 봐. 갔다 올게요!"

이하는 현관문을 나오며 실실 웃었다.

때마침 점심시간이 되어 잠깐 집에 들른 모친과 이제 막 출타하려는 이하가 마주쳤다.

간만에 옷을 빼입고(?) 나가는 이하를 보며 모친이 눈을 반짝이며 이유를 물었고, 이하는 결국 사실을 털어놔야만 했다.

'12월 30일에 손님이라, 바쁘실 텐데 괜히 시간 뺏는 거 아닌가 모르겠네.'

이하는 미들 어스에서 로그아웃하자마자 김 반장을 찾았다.

오랜만의 전화임에도 스승은 박대하지 않았다.

'욕은 좀 섞였지만.'

간 보지 말고 빨리 오라는 말에 이하는 후다닥 씻고 이렇게 집을 나서게 된 것이었다.

'어디 보자…… 실속 있고 큰 거…… 명절 선물도 아니고 연말 선물로 사려니 뭘 해야 할지, 원.'

이하는 김 반장의 집 근처 마트에 들어가 선물을 골랐다.

고기 세트 하나와 과일 세트 하나까지 묵직하게 들고서야 마침내 벨을 누를 수 있었다.

"크흠, 반장님! 하이하입니다!"

벨 소리가 끝날 때가 되었건만 현관문이 열릴 기색은 없었다. 이하는 다시 한 번 벨을 눌렀다.

"반장님~ 하이하…… 무슨 소리야?"

이하는 현관문에 조심히 귀를 대었다. 쿵, 쾅, 쿠당탕탕 하는 소리들이 집 안에서 울려 퍼졌다.

그 소리가 무엇인지 이하는 잠시 후 알 수 있었다. 현관문이 열리고, 땀을 뻘뻘 흘리는 김 반장의 얼굴이 그 증거였다.

"하아, 하아…… 이 세끼! 2시까지 온다며!"

"30분 전에 오는 게 예의 아니겠습니까."

"그, 그거는 인마! 훈련할 때나 그런 거지! 아유, 더워."

"12월 30일에 더우세요?"

"다 너 때문에— 휴우, 아니다. 말해 뭣 하냐."

김 반장이 무언가 말하려다 삼키자, 이하는 피식 웃었다.

굳이 듣지 않아도 김 반장이 지금까지 무엇을 하고 있었는지 충분히 예측할 수 있었다.

이하가 찾아간다 했을 때 싫은 소리를 잔뜩 했던 그였지만, 역시 싫어할 리가 없었던 것이다.

나름대로 손님(?)을 맞이하기 위해 집 안 청소부터 갑자기 준비하고 있었으니 땀이 뻘뻘 날 수밖에.

당장 이하에게 꿀밤이라도 때릴 것 같은 말투였으나, 그를 바라보는 김 반장의 눈빛은 한없이 부드러웠다.

―여보! 손님 그렇게 밖에 세워 둘 거예요?

"후우, 그렇지. 그래. 들어 와. 이렇게 귀한 곳에 또 누추한 분이 오네, 참 나."

"……뭐가 바뀐 거 아녜요, 반장님?"

이하가 황당한 얼굴을 하자 김 반장은 버럭, 성질을 내었다.

"그럼 세꺄, 누추한 곳에 귀한 분이 온 거냐?"

"그, 그 말이 아니라―"

"낄낄, 들어와라."

이하의 당황하는 모습까지 보고 나서야 그는 만족스러운 표정으로 집 안에 들어섰다.

현관 앞에 서 있던 김 반장의 아내는 이하를 보며 함박웃음을 지어 보였다.

"어유, 이게 누구야. 군복 입고 있을 때는 완전 아저씨 같더니만, 오히려 더 어려졌네! 보기 좋다!"

"사모님, 오랜만에 인사드립니다. 여기, 이거……."

"뭘 또 이런 걸 다 사 왔어~? 고마워, 잘 먹을게."

비단 이하의 선물 때문만은 아닐 것이다. 그것을 받으면서도 김 반장 아내의 눈은 연신 이하의 얼굴과 다리를 향하고 있었다.

이하의 사고 사실을 그의 아내가 몰랐을 리 없다.

걱정과 안도가 뒤섞인 그녀의 눈빛은 이하에게도 충분히 와닿았다.

"좋은 거 사 왔냐? 이 세끼, 또 무슨 국거리 이런 거 사 온 거 아니지? 투뻴뻴, 구이용, 인마, 어?"

"여보! 어디 그런 말을 해욧!"

김 반장은 이하에게 장난을 치다 본전도 못 찾은 채 아내에게 혼쭐이 났다. 군 시절과 전혀 바뀌지 않은 부부를 보며 이하는 웃을 수밖에 없었다.

김 반장이 훈련병들을 죽일 듯 갈구면, 그의 곁에까지 와서 훈련병들을 보듬어 주던 어머니 같은 존재. 그게 바로 이하의 기억 속 '김 반장의 사모'였다.

"반장님도 참. 제가 누굽니까."

"누구긴 누구야, 뺀질이 하이하지. 앉아라."

"넵!"

이하는 어쩐지 집에 돌아온 기분이 들었다.

거실 한편에 미들 어스 접속기가 놓여 있는 모습이 눈에 들어왔다.

그동안 어떻게 지냈는지, '공룡'은 잘 쐈는지, 별다른 문제는 없는지 등등의 이야기를 하고 나서야 이하는 본론을 꺼내어 들었다.

"하얀 사신? 시모 하이하? 그 핀란드 저격수 말하는 거냐?"

"네. 그리고 요즘은 해위해라고 한답니다."

"나 때는 세꺄, 다 하이하라고 했어. 그래서 니 이름 처음 봤을 때부터 열 받았던 거거든."

"크으, 굳이 열까지 받으셔야 해씀까?"

"흐으음, 하여튼 역저격이라……. 참 재미있는 게임이란 말이지."

전설의 저격수를 모델링한 NPC와의 저격전.

그 승부에 대한 이야기가 나오자 김 반장의 표정도 사뭇 진지해졌다.

"그래, 어떻드나?"

"어떠나마나 그냥 당했습니다. 당최 어디서 쏘는지, 보이질 않으니 뭘 할 수가 없더라고요."

"흐흐, 그래야지. 이름만 같다고 하이하가 아니야! 감히…… 시모를 당할 수 있을 것 같아?"

김 반장은 자신이 하얀 사신이라도 된 것처럼 기뻐했다.

아니, 이하의 당황과 고통을 즐기는 모습에 더 가까울 것이다.

"총구 화염도 안 보이고, 위장은 완벽하게 한 데다, 게임 시스템을 활용해서 찾으려 해도 찾아지질 않습니다. 어떻게 해야 하죠?"

"뭐, 현실이라면 Gunfire locator를 사용해서 찾는 게 가장 빠르지. 열영상 카메라를 통해서 달궈진 공기의 루트를 통해

1차 위치를 뽑고, 각 방향의 음향 탐지를 통해 삼각함수로 2차 위치를 뽑아내서 크로스 체크 하는 거거든. 파병 갔을 때 미군 놈들이 쓰는 거 봤는데 진짜 기가 맥히더라."

"……미들 어스에는 그런 게 없을 것 같은데요."

조금 더 도움이 되는 말씀을 해 주시면 안 될까요? 이하는 목구멍 끝까지 나온 말을 가까스로 삼켰다.

그러나 김 반장은 계속해서 웃고 있을 뿐이었다.

이하와 눈을 빤히 마주치던 그의 표정이 차츰 굳기 시작했다.

"아까 하는 말 들어 보니까 세 발 맞았다면서."

"네."

"넌 죽었어."

"네, 네?"

"여보, 무슨 그런—"

"넌 죽었다고."

김 반장의 아내가 갑자기 튀어나온 묵직한 단어를 없애려 했으나, 그의 분위기는 바뀌지 않았다.

굳었던 김 반장의 표정은 어느새 분노로 변하고 있었다. 그를 바라보는 이하가 당황스러울 정도였다.

"저격수가 세 발 맞은 것을 자랑으로 여기는 거냐? 세 발을 맞고도 적의 위치를 특정하지 못했다고? 그럼 뭐가 남지?"

"……."

"확실히 저건 게임이야. 아주 잘 만들어진 게임이지. 나도 아직 하고 있을 정도로 재미있다. 그러나 적어도 저격을 한다고 생각한다면 진지하게 해야 한다."

"……네, 반장님."

이하는 고개를 끄덕였다.

김 반장의 말마따나 너무 안일했던 건 사실이었다. 블라우 그룬도 함께 갔었고, 이하 자신의 실력을 많이 믿기도 했었다.

신대륙의 난이도를 겪은 이후로 구대륙의 NPC나 몬스터 따위는 당할 자가 없을 거라고 생각했다.

'건방진 생각이었어.'

그게 바로 자만이 낳은 오판이었다.

김 반장은 이하의 이야기만 듣고도 그 점을 정확히 지적하고 있었다.

"넌 아주 신중해. 가끔 덜렁대긴 하지만. 그리고 겁이 많았지. 그건 아주 중요한 요소다."

"그렇……습니까?"

겁이 많다는 건 칭찬일까, 욕일까. 이하는 고개를 갸웃거렸다.

"그래. 저격수에게 빼놓을 수 없는 필수 요소라고 한다면 신중함과 겁을 꼽고 싶을 정도니까. 하지만 그건 현실에서의 이야기야. 게임에서의 넌 어떻냐. 아니, 네가 하는 말만 들어도 알 수 있어. 적의 탄환을 무서워하고 있나? 만약 그게 실전이었다면? 탄환 하나, 네 몸에 닿는 순간 네가 사랑하는 사람들을 두 번 다시 볼 수 없다는 각오는 하고 있나?"

"······아닙니다."

"그 정도로 게임을 하라는 말도 우습긴 하지만 저격이라면······ 그런 정도의 긴장감과 현실감을 유지할 수 없다면! 너는 평생 가도 하얀 사신을 이길 수 없을 거다."

김 반장은 단정적으로 이야기했다.

하얀 사신을 모델링한 NPC가 어떤 수준인지 그는 전혀 알지 못한다. 그럼에도 저런 단정적인 말을 이하는 통렬하게 느끼고 있었다.

김 반장은 이하가 아는 저격에 관한 한 가장 뛰어난 인물이다.

그런 그가 하는 말이었기에 이하는 본질적인 문제가 무엇인지 느낄 수 있었다.

"그럼······ 방어막 같은 걸 활용하지 말라는 말씀이십니까? 녀석을 공략하려면─"

"네가 생각해. 네 목숨을 한 번 버는 것은 좋아. 그러나 그런 스킬들을 써서 긴장감을 유지할 수 있을까."

"그건······."

이하는 입술을 가볍게 깨물었다. 〈플래티넘 쉴드〉나 블라우그룬의 쉴드 마법들이 자신에게 걸린다면?

또 먼저 나설 것이다. 자신의 신체를 먼저 내밀어 적의 탄환을 유도할 것이다.

그게 가장 '편한' 방법이니까.

한 발만 맞으면 죽을 때의 긴장감이 계속될 리가 없었다.

"이번에는 네 수준을 몰라 하얀 사신이 속아 넘어가 줬을지 모른다. 그러나 다음번에도 그런 식이라면 하얀 사신은 널 아예 쏘지 않을 거야. 놈을 반드시 잡아야 한다면서? 그래서 평생 잡을 수 없을 거라고 한 거다. 놈이 모습을 드러내지 않는데 어떻게 잡을 거야?"

"그것도 그렇네요."

이하는 동그랗게 눈을 뜨고 고개를 끄덕였다.

하얀 사신은 단순 몬스터가 아니라 NPC의 한 형태다.

학습 효과가 있는 미들 어스에서, 탄환을 몇 발 먹여도 이하가 죽지 않는 걸 알아차리고 나면?

과연 그가 이하를 발견한다 한들 쏠까?

'그냥 숨겠지. 피에 미친 원혼이라지만, 저격 후 이동까지 빠르게 하고 있다는 건 생각은 할 줄 안다는 뜻이니까.'

이하가 미처 생각지 못한 부분까지 김 반장은 건드리고 있었다.

이하는 역시 잘 왔다는 생각을 했으나 근본적인 의문은 전혀 풀리지 않은 상태였다.

"그럼 쉴드 같은 것 없이 승부해 보겠습니다. 하지만…… 적이 보이지 않는데 어떻게 잡죠? 그 위장을 도저히 깰 수가 없으니……."

"저격수를 만났을 때의 기본 교전 수칙은 너도 알잖아. 디코이를 활용하고, 피탄 각과 총성을 활용하고……."

"그, 그거야 저도 알지만— 적이 보이질 않아서 어떻게 쏴야 할지 모르니까 드리는—"

"믿어."

"네?"

김 반장은 자세를 고쳐 앉았다.

그리고 이하의 눈을 뚫어져라 보았다.

이하는 평생을 국군 저격의 발전과 후진 양성에 기여한, 노老 저격수의 눈을 마주 보았다.

"이하야, 저격은 보고 쏘는 게 아니다."

"……"

노 저격수의 눈에 있는 것은 열정이 아니었다.

젊은이들의 눈에서 타오르는 열정이 발견된다면, 노 저격수의 눈에는 이미 모든 것을 태우고 난 뒤에 남은 무언가가 있었다.

열정과는 명백히 다른 것이었다.

그러나 식어 버린 쇳물처럼, 그것은 흔들리지 않고 단단하게 굳어 특정한 형태를 지닌 상태였다.

자신이 평생을 바쳐 온 일에서 경지를 이룩한 자만이 가질 수 있는.

그런 눈빛을 '신념'이라 부르는 게 아닐까, 하고 생각할 때 김 반장이 말했다.

"믿고 쏘는 거야."

이하의 머릿속이 새하얘졌다.

극과 극이 머릿속 한 뿌리에서 이어진 느낌이 들었다.

"믿고…… 쏜다……."
이하는 중얼거렸다.
집에 와서도 도통 김 반장의 말이 머릿속에서 떠나질 않았다.
무언가 조언을 얻고, 귀가 후 즉각 미들 어스에 접속해서,
12월 31일이 되기 전에 하얀 사신을 제압한다!
이게 이하의 기본 계획이었다.
그러나 김 반장에게 한 소리 듣고 온 후로는 미들 어스에 접
속할 마음조차 들지 않았다.
이하로서도 어쩐지 자신이 믿고 있던 모든 것을 배신당한
기분이 들었기 때문이었다.
'훈련 때는 그런 말씀 없으셨다. 부사관 학교에서 들었던 말
은 그게 아니었어.'
통상의 저격수는 개인 플레이를 하지 않는다.
이하가 미들 어스에서 움직였던 것과 달리, 현실에서는 저
격수와 관측수가 함께 2인 1조 내지 3인 1조로 움직인다.
바람과 거리를 읽는 관측수와, 관측수를 믿고 그의 정보를

바탕으로 스코프의 클릭을 조정, 목표를 향한 영점을 잡고 격발하는 게 사수 아니던가.

이하는 두 가지 분야 모두에서 최고점을 받았었다.

그런 이하조차 그 어떤 교육에서도, 오늘의 김 반장이 했던 말을 들었던 기억은 없었다.

'오히려 이런 말을 들었던 곳은 따로 있었지.'

미들 어스 안에서 들었었다.

구세대의 [명중], 미스 엘리자베스.

그녀에게 커브 샷을 배울 당시 이하가 들었던 가장 황당한 발언 중 하나가 아니었던가.

'믿고 쏜다…… 근데 그 얘기를 김 반장님한테 듣게 될 줄이야.'

이하는 침대에 누워서 뒤척였다.

믿고 쏘라는 의미는 단순히 자신의 마음이 가는 곳으로 쏘라는 의미가 아니었다.

분명한 근거가 있는 말이었다.

저격수는 세계 공용, 하나의 종족이다. 생각하는 것도 똑같다는 뜻이지.

특히나 경지에 오른 저격수일수록 말이다.

그러니 네가 믿으면 된다.

적이 어디서 쏘는지 네가 알게 되는 건 당연해.

적을 보고, 관찰하는 순간 너는 스스로 타깃이 되는 거니까. 이해하니?

아뇨, 그게 무슨 말씀이신지…….

네가 너를 쏜다는 뜻이다! 세상에 그만큼 쉬운 일이 어디 있겠어!

"하아아…… 전혀 쉽지 않은데요. 내가 나를 쏜다고? 생각하는 게 똑같다?"
최상위 저격수일수록 생각과 행동이 일치된다는 뜻.
머리로는 알 것도 같았다. 그러나 그것을 적용하여 격발하는 일은 결코 쉬운 게 아니다.
저격수와 저격수가 마주하는 상황에서, 그곳에 적이 있으리라 믿고 쏜다고?
'쏘는 순간 내 위치는 발각된다. 만약 그 자리에 적이 없으면—'
자신은 죽는다.
그건 목숨을 건 도박 아닌가?
저격이 도박이 아니라고 배운 이하에게 있어, 믿고 쏘라는 말은 그만큼 상반되는 의미일 수밖에 없었다.
'홀수가 나올지, 짝수가 나올지 걸고 쏘라는 뜻이랑 뭐가 다

른데요, 반장님!?'

이하는 말문이 막혔던 자신을 자책했다.

그때, 물어봤어야 했다.

김 반장에게 따지다가 꿀밤을 한 대 얻어맞는 한이 있더라
도 물어봤어야 했다.

그러나 그러지 못했다.

김 반장의 기세에 완전히 눌린 데다, 머릿속이 혼란스러워
그럴 정신이 없었다.

하얀 사신? 멋진 사람이지. 아직도 저격사에 이름이 남는
멋진 인물이야.

하지만 그는 어디까지나 과거의 망령일 뿐이다.

그날 이후로 저격수 간 교전 수칙과 교리는 엄청난 발전을
거듭해 왔다.

네?

그리고 너는 그 모든 교육을 가장 우수하게 끝마친 〈현대
저격수〉다.

그것도 인마, 나한테 배웠잖아! 육군 역사상 가장 훌륭한
교관한테 배운 거라고!

넌 〈과거의 망령〉 따위에게 절대 지지 않아!

바, 방금 전까지 제가 하얀 사신한테 상대도 안 될 거라고—

지금은 그렇지.
그러나 네가 정신만 차린다면……지지 않는다, 이하야.

이하는 자신의 가슴을 문질렀다.
그 말과 함께 김 반장은 이하의 가슴을 주먹으로 꾸욱, 눌렀었다. 힘도 별로 들어가지 않은 그 행동이 어찌나 부담스럽고 아팠던지.
"휴우, 하여튼…… 김 반장님도 정상은 아니라니까."
파병 나갔을 때 대체 무슨 일이 있었던 건지 이야기를 듣고 싶었던 이하는 그 길로 일어나 귀가할 수밖에 없었고, 지금까지 침대에 누워 뒹굴거리며 그 말들을 곱씹고 있는 중이었다.
"저 뜻을 완벽하게 알아내야 도전이라도 할 텐데…… 흐으음. 미치겠군. 혹 떼러 갔다가 혹을 붙이고 온 느낌이잖아. 벌써 12월 30일 저녁인데, 올해 안에 해결하고 싶—…… 어?"
이하의 몸이 스프링처럼 튕겼다.
침대가 덜컹거릴 정도로 강한 반동을 이용해 일어난 이하는 달력을 살폈다.
오늘은 12월 30일이다. 그리고 현재 시간은 벌써 오후 6시경. 즉, 벌써 12월 30일이 끝나 간다는 뜻이었다.
그럼 내일은?

"어, 어어! 내, 내일이 12월 31일이네? 뭐야? 왜?"

오늘이 12월 30일이니 내일이 12월 31일인 것은 당연하다. 누구에게, 무슨 질문을 하는지도 모를 정도로 이하는 당황했다.

"내, 내일이 람화연 오는 날이잖아! 이런 젠장! 지금 이럴 때가 아냐!"

이하는 후다다닥 달려가 컴퓨터를 켰다.

그러나 벌써 며칠 전에도 웬만한 레스토랑은 예약이 끝나지 않았던가?

'안 돼, 안 돼. 제발, 선생님, 하느님, 시모 해워해 님!'

말도 안 되는 소리를 하며 이하는 유명 맛집의 전화번호들을 눌러 댔다.

부디 한 곳이라도 얻어걸리길 바라는 마음이었으나 세상일이 그렇게 쉽게 돌아갈까.

스마트폰의 배터리가 다 될 정도로 전화를 돌려도 수확은 없었다.

이젠 정말 작은 식당 말고는 구할 곳도 없는 시점에서, 12월 30일의 저녁 9시가 막 지나고 있었다.

"……큰 났다."

이하는 최후의 보루를 믿기로 했다.

─……형, 내가 무슨─ 내가 무슨 지니냐!? 소원을 빌면 다 되는 줄 알아?

"그, 그러지 말고. 너 어디, 아는 곳, 좋은 데 없어?"

─허, 참. 데이트 장소로 좋은 곳을 나한테 물어보는 거야, 엉아?

"너 그래도 인싸잖아! 어? 경영학과! 학생들도 많을 거 아냐! 친구 없냐?"

기정의 격앙된 목소리에 이하도 빠르게 답했다.

그리고 이하가 마지막으로 내뱉은 말은 두 사람 모두에게 상처만 남길 뿐이었다.

"없……구나…… 미안…….."

매일 미들 어스만 하는 기정의 현실 친구는 몇이나 될까.

미들 어스 안에서라면 모를까, 밖에서라면 이하나 기정이나 별반 다를 바도 없었던 것이다.

─서, 성스러운 그릴로 가면 람화연이 화내겠지?

"농담 좀 보태서 암살자 같은 거 보낼지도 몰라. 야, 미치겠네. 어떡하냐?!"

─몰라. 형 일이니까 형이 알아서 해. 정 안 되면 이모네 식당은 어때? 이모 음식 솜씨 좋잖아! 인사도 드릴 겸! 개업식 때 들러 보니까 내부도 깔끔하고 좋던데.

"뭐? 야 이, 미친놈아! 그걸 말이라고 하냐!"

이하는 펄쩍 뛰며 소리 질렀다.

식당을 추천해 달라고 했더니 이하의 모친 식당을 추천하는 마음 씀씀이란!

그러나 곧이어 들려온 기정의 목소리는 사뭇 진지했다.

—왜? 람화연 정도의 인물이 연말까지 같이 보내자고 하는 것 보면 엉아한테 분명히 마음이 있는 거 아냐? 그럼 이 기회에 이모한테 소개도 시켜 드리고 좋지! 사람 일 어떻게 되는지 모른다, 엉아?

"서, 설득하려고 하지 마…… 경고했어, 설득시키지 마라."

—아니, 진짜로! 잘 생각해 보라니까! 형, 람화연 번호 있지? 문자 한번 보내 봐! 의외로 기대하고 있을지 누가 알겠어? 서울에 솔직히 맛집이나 뭐, 그런 게 얼마나 되나!? 맛있는 건 홍콩에 더 많겠지! 람화연이 은근히 기대하는 게 형의 주변 사람들도 만나고! 어!? 그런 거 아니겠어?!

이하는 말문이 막혔다.

말도 안 된다, 라는 생각이 드는 동시에, 그것도 말이 되네, 라는 생각이 들기 때문이었다.

'무슨 말도 안 되는! 말도 안 되는 거지!'

그러곤 곧 고개를 저었다.

"시끄러! 하마터면 넘어갈 뻔했네. 그랬다가 괜히 무슨 쪽팔림을 당하라고! 크흠, 하여튼 맛집 아는 곳 없다 이거지? 그럼 끊는다!"

—잠깐! 형! 내일 몇 시야, 어디야!?

기정의 목소리가 수화기 너머로 들려왔으나 이하는 통화를 종료했다.

"기정이 놈, 괜한 소리를 해 가지고! 그, 그냥 밥만 먹는 건데 무슨!"

이하는 방 안을 배회했다.

변이 급한 강아지처럼 제자리를 빙글빙글 돌아보았으나 머리는 여전히 정리되지 않았고, 시간만 흐를 뿐이었다.

'진짜 어떡하지? 서민 체험? 역시 그걸로 둘러대야 하나? 괜찮아, 정 안 되면 동네 맛집 정도는 나도 몇 군데 아니까! 람화연이 돼지 불백을 언제 먹어 봤겠어! 으히힛! 될 대로 대라! 아니면 매운 짬뽕이나 한 그릇 시켜 주자! 한국의 매운 맛을 봐라!'

싱숭생숭한 마음은 마구잡이로 폭주하기 시작했다.

그렇게 이하는 자신의 생각을 미처 정리도 못 한 채, 12월 31일의 아침을 맞이했다.

Geschoss 4.

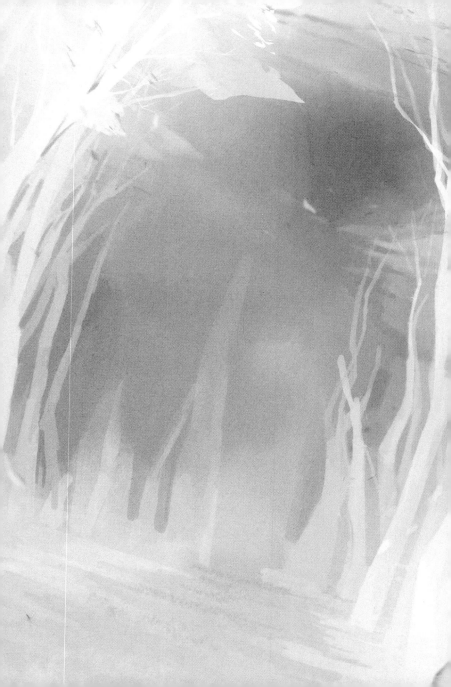

"후우우우······ 후우우우우······."

이하는 심호흡을 하며 출국 게이트 앞에서 서성였다.

도착 시간까지 앞으로 5분.

람화연의 시간 관리 전략과 람롱 그룹의 전용기를 생각한다면 그녀는 한 치의 오차도 없이 나올 것이다.

'게다가 이번엔 람화정도 없이 온다고 했잖아. 자청 아저씨도 없고! 그러면 말 그대로 혼자? 아니, 경호원 몇 명 정도만 데리고 오는 건가?'

생각보다 상당히 떨렸다.

무엇보다 그룹 차원에서 비즈니스 관계로 방한할 때와 다르다는 걸 보여 주는 게 바로 기자단의 유무다.

시끌벅적했던 정, 재계 기자단 중 누구도 나와 있지 않았다는 건, 오늘의 람화연의 한국행이 얼마나 비밀스럽게 유지되고 있는지를 잘 보여 주는 증거이기도 했다.

'어쩌면 경호원도 없을 수 있다는 뜻인데…… 이거 자칫했다가 사고라도 나면…….'

이하는 언젠가 홍콩에서 만났던 람룽 그룹의 회장을 떠올렸다.

만약 한국에서 람화연에게 무슨 일이라도 났다간 이하 자신이 성치 못할 거라는 확신이 들 정도였다.

"차라리 기정이라도 불렀어야 했나. 으으, 미치겠네!"

쿵쾅거리는 심장은 또 어찌나 시끄러운지. 이하는 들고 있던 피켓을 만지작거렸다.

어차피 그녀의 바람대로 좋은 맛집을 예약하지 못한 이상, 다른 방법으로 점수를 따자! 라는 전략이었고 밤을 새다시피 하며 없는 재료를 조몰락거려서 〈Welcome 林花緣〉이라는 멋들어진 피켓을 만든 것!

'근데 들 수가 없어! 부, 부끄럽기도 하고— 눈치도 보이고…….'

일부러 한자로 써서 사람들이 못 알아보게 해야지! 라며 히히덕거렸는데, 생각해 보니 중국계 외국인들은 모두 알아볼 것 아닌가.

"그러느니 차라리 숨기는— 으어어, 시간 됐다!"

지이이이잉—!

람화연이 말했던 시간이 되기 무섭게 출국 게이트가 열리기 시작했다.

이하는 피켓을 재빨리 뒤로 숨기곤 게이트를 살폈다. 어차피 전용기로 오는 것이라면 람화연과 그녀의 경호원 말고는 내릴 사람이 없을 거라는 게 이하의 예상이었다.

그러나 현실은?

"어라?"

출국 게이트에선 동양 사람들이 연이어 빠져나오고 있었다. 어느 모로 봐도 람롱 그룹 관련 인물은 아닌, 일반인들이었다.

'뭐야? 왜? 시간은…… 맞는데? 아! 전용기랑 다른 비행기랑 도착 시간이 같았나 보지?'

인천국제공항에 비행기 한 대만 착륙할 리가 없지 않은가?

이하는 자신의 생각이 짧았음을 반성하며 다시 람화연의 발걸음을 기다리고 있었다.

그러나 열 사람, 스무 사람이 넘게 빠져나오는 동안 람롱 그룹과 관련된 것처럼 보이는 인물은 없었다.

정장을 빼입은 사람을 볼 때마다 혹 경호원인가 싶어 이유모를 차렷 자세까지 취하는 이하였으나, 그들의 근처에 람화연은 보이지 않았다.

'시간은…… 지났는데?'

이하는 손목시계를 바라보며 고개를 갸웃거렸다. 그의 뒤에서 목소리가 들린 것은 그때였다.

"몇 신데?"

"9시 8분……. 우왁!"

그러곤 깜짝 놀라 뒤를 돌아보았다.

갑자기 시간을 물어본 여성의 목소리는 아주 익숙했기 때문이었다.

"꺅! 뭐야, 왜, 왜 소리를 질러!?"

"어, 어어— 뭐야?! 당— 당신 언제— 언제 나왔어?"

"우리가 나오는 모습을 보고도 멍하니 있기에 못 알아본 건가 했더니만! 진짜 못 알아본 거야?"

"그게 아니라— 머리가—"

"오빠."

"—커헉! 람화정 씨?!"

이하는 자신의 허리를 감는 얇은 팔을 느꼈다.

이하가 그녀들을 알아보지 못한 이유는 따로 있었다.

평소처럼 옅은 붉은색이나 푸른색이 들어간 헤어 컬러가 아니었기 때문이다.

완전한 흑발로 염색한 두 자매는 선글라스까지 낀 채, 캐리어를 끌고 있었다.

무엇보다 중요한 점은 그녀들의 곁에 그 어떤 경호원도 보이지 않는다는 점이었다.

"……어떻게 된 거야?"

"1월 1일까지 휴가야. 가자. 차는 대기시켜 놨지? 호텔은 어디야?"

"자, 잠깐만! 무슨— 무슨 소리…… 하는 거죠?"

당황해서 존댓말이 절로 나올 정도인 이하를 보며 람화연은 미간을 찌푸렸다.

"휴가라고. 12월 31일 책임진다며?"

"아니, 그 책임이— 아니, 잠깐만. 그 책임이—"

말도 제대로 못 하는 이하를 앞에 두고, 람화연은 뚜벅뚜벅 공항 밖을 향해 걸었다.

"뭐 해? 안 가?"

"가, 오빠."

앞에선 재촉하는 람화연, 허리춤엔 매달린 람화정.

대체 이 상황을 어떻게 받아들여야 하는가! 이하는 두 여자를 번갈아 보며 입을 다물지 못했다.

"……그래서 경호원도 없이, 두 사람만 달랑 한국으로 왔다?"

"전용기도 좋긴 하지만, 간만에 퍼스트 클래스도 나쁘지 않았어. 로비가 조금 좁긴 하더라."

"……아니, 내 말을 듣고는 있는 거지?"

"한국, 추워."

"그, 저기요? 제 말에 대답 좀?"

뜬금없는 그녀들의 등장에 잠시 당황한 이하였으나, 어찌어찌 밴 택시를 잡는 데 성공, 서울로 이동했다.

이하가 한숨을 쉬며 같은 말을 세 번이나 물었음에도 두 자매는 표정 하나 바뀌지 않았다.

"무슨 대답을 원해? 말 그대로라니까. 당신이 12월 31일을 책임진다고 했잖아. 또 뭐가 필요해?"

"아, 그건 알겠는데, 그니까…… 나를 믿고, 다른 어떤 것도 준비를 안 했다……는 말이지?"

"응."

람화연이 바나나 우유에 꽂은 빨대를 쪼오오옥 빨며 대답했다.

"이거 맛있네. 화정아 너도 먹어."

"응. 바나나. 좋아."

람화정은 람화연에게 바나나 우유를 건네받아 역시 빨대를 물었다. 이하는 멍한 표정으로 두 사람을 번갈아 보았다.

믿는다? 책임진다? 내가 그런 말을 한 적이 있나?

무엇보다 이건 그런 스케일의 문제가 아니지 않나?

그런 고민을 해 봐야 답은 나올 것도 없었다.

이미 와 버린 걸 어떻게 해야 할까.

'……람화연은 똑똑한 사람인 줄 알았더니…….'

이게 대체 무슨 일이란 말인가?

'아무리 그래도 경호원은 데려왔어야지!'

자신들의 위치를 자각하지 못하는 게 아닐까? 이하는 홍콩에서 람화정이 겪었던 일을 떠올렸다.

람롱 그룹의 비즈니스는 단순 상거래 수준이 아니다.

말 그대로 글로벌 그룹, 공룡 그룹의 전 지구적 비즈니스를 하는 사람들이 어떻게 이런 식으로 움직일 수 있는가!

"으으음, 좋다. 이 정도로 추우니까 오히려 신선할 정도야."

"추워. 좋아."

"그치? 아 참, 그래서 우리는 어디로 가는 거야?"

람화연이 자신의 옆에 앉은 람화정을 끌어안으며 이하에게 물었다.

이하는 그녀들에게 묻고 싶었다.

나보고 어떻게 하라고! 대체 당신들이 묵을 수준의 호텔을 나보고 어떻게 구하라는 거야!

몇 날 며칠을 노력하다가 이하가 결정한 것은 '아무것도 하지 않기'였다.

"……일단 집으로…… 가려고."

"뭐? 지, 집? 하이하 당신네 집 말하는 거야?"

"그래! 호텔은 무슨 호텔! 모텔도 안 가 본 사람한테 갑자기 호텔 예약하라고 하면 뭐가 나오냐!"

"잠깐만! 집이라니! 그건 좀—"

람화연의 눈이 주먹만 하게 커지더니 잠시 후 숨까지 거칠어지기 시작했다.

"웁— 언니, 나 숨."

"아, 미안, 화정아."

어찌나 꽉 끌어안았던지 그녀의 품속에서 람화정이 괴로워
하며 파닥거리고 있었다.

그리고 이어진 정적.

당황스럽고 어색한 이 분위기를 어찌해야 할까.

부우우웅…….

그 와중에도 밴은 멈추지 않았다.

이하는 부디 기정이 시간에 맞춰 나와 있길 바랄 뿐이었다.

'기정아 제발!'

이하의 유일한 도우미. 같은 시각, 기정 또한 부리나케 씻
으며 외출 준비를 하는 중이었다.

'흐흐흐, 흐흐, 날 불렀다 이거지? 이하 형, 날 불렀겠다~?'

기정이 무슨 생각을 하는지도 모르고, 이하는 그저 그가 제
시간에 도착하기를 빌고 또 빌었다.

사람이 큰 패닉에 빠지면 가장 안전하다고 생각하는 장소
로 향하기 마련이다.

"아이고, 감사합니다. 다음에 또 불러 주세요!"

"네, 네……."

그 결과 이하와 람화연, 람화정은 12월 31일의 점심경, 이

하의 집 근처에 도착하게 되었다.

택시 기사가 다시 밴을 몰고 떠난 자리에는 칼바람이 불고 있었다.

집 근처의 모텔을 잡아 줘야 할까. 호텔은 어째야 하지? 짐은? 우선 캐리어를 집에 놓고 나오라고 해야 하나?

'아니지, 숙소를 잡고 거기에 짐을 놔야지? 그게 맞는 거겠지?'

숙소? 그렇다면 집 근처의 모텔을 잡아 줘야 할까. 호텔은 어째야—…….

이하의 머릿속은 도돌이표처럼 무한 반복 재생이 진행 중이었다.

람화연에게 평소 묵었던 호텔이 어디냐 물어보고, 그곳을 향했다면, 이미 VVIP로 지정된 그녀가 방 하나쯤 잡는 건 아무런 문제도 되지 않았을 것이다.

그러나 이하의 머릿속은 밴에서부터 무한 구간 반복 중이었으니, 정상적인 사고가 될 리가 없었다.

이하가 집으로 간다고 말한 이후부터 부쩍 말이 줄어든 람화연 또한 제대로 된 생각을 하지 못하고 있었으니…… 답은 점점 산으로 가고 있었다.

"추워."

"어, 아아. 그렇죠? 춥지? 들— 들어갑시다. 우선 짐부터 놓고 밥을…… 밥을? 밥?"

고장 난 라디오처럼 떠드는 이하의 정신을 번쩍 깨운 것은 등 뒤에서부터 들려온 고함이었다.

"엉아!"

"핫! 기정— 기정아!"

이하는 기정을 보자마자 부리나케 달려갔다.

마치 전장에서 만난 것처럼 반갑게 얼싸안는 형제를 보며 람화연이 코웃음을 쳤다.

"뭐 하는 거야?"

"람화연 씨! 람화정 님! 오랜만입니다!"

"오랜만, 이네요. 마스터케이 님."

"홀리 나이트."

"오, 알아봐 주시는구나. 흐흐, 네, 홀리 나이트 마스터케이입니다."

기정은 여유롭게 인사했다.

이하에 비하면 여성을 대하는 태도가 확실히 부드러운 느낌이었다.

"식사들은 안 하셨죠?"

"네. 누구의 에스코트가 영 아니라서."

"자, 이젠 걱정하지 않으셔도 됩니다! 별초의 마스터가 왔으니까! 그럼 식당으로 가실까요? 추우니까 번역기는 잠시 빼고 목도리 꽁꽁 싸매세요."

기정은 람화연과 람화정의 손에서 캐리어를 인계받고는 그녀들을 이끌었다.

명목상으로는 날씨 때문에 그녀들의 귀에서 번역기를 제거하게 만든 것이었으나, 이하는 기정의 묘한 웃음을 보며 끔찍한 상상이 들었다.

"기, 기정아? 어디 가려고?"

"형, 여기까지 와서 어딜 가겠어. 크크크……."

"……너, 너!"

이하의 표정이 급격히 굳었다.

이하는 기정의 능숙한 발걸음이 어디를 향하는지 직감적으로 알 수 있었다.

"아, 안 돼! 그건 안 돼!"

"돼."

그제야 기정을 부른 게 실수라는 생각이 들었으나 이미 주사위는 던져졌다.

"언제 갈 건데? 추우니까 빨리 가자고."

"오빠, 배고파."

번역기가 없음에도 이하가 무슨 소리를 하는지 알아들은 그녀들은 이하를 보챘다.

배를 문지르는 람화정과 삐딱하게 선 람화연의 얼굴을 보는 순간, 이하는 더 이상 기정의 무자비한 진격(?)을 막을 수 없었다.

잠시 후, 기정이 낄낄거리며 들어간 장소는…… 이하에게도 아주, 아주 익숙한 곳이었다.

　"어머, 기정아!? 이하도 왔네? 웬일이야? 연말이라고 나온 거야?"

　"이모! 손님 모셔 왔습니다!"

　"손님?"

　"……엄마……."

　이하의 모친은 기정과 이하의 얼굴과 그들의 뒤에 선 서구적인 이목구비를 지닌 아시아 여성 둘을 보았다.

　이하가 데려온 〈또래의 여성〉.

　"엄마, 잠깐만요. 그게 아니라―"

　모친의 표정이 바뀌는 것을 보고 이하가 먼저 설명하려 했으나, 모전자전! 이하의 성격이 괜히 나온 게 아니다.

　이하의 모친은 황급히 주변 손님들에게 외쳤다.

　"오, 오늘 영업 끝났어요! 끝! 돈 안 받을 테니까 얼른 나가세요! 빨리!"

　"우왁! 사장님? 갑자기 왜 이래요?"

　1분 만에 식당 내부에 있는 사람들을 전부 쫓아내 버린 이하의 모친은 곧장 문을 걸어 잠그곤 주방으로 향했다.

　"……어떻게 된 거야? 여기 식당 맞아? 그리고 뭐라고 한 건데?"

　"냄새. 좋아."

번역기가 없는 그녀들은 이 상황을 명확히 인지하지 못했다.

추우니 번역기를 빼고 목도리를 두르라는 기정의 '큰 그림'은 여기까지 구상되어 있었던 것!

그는 람 자매에게 번역기를 장착하라는 모션을 취하고는 테이블로 그녀들을 안내했다.

수저를 세팅하고, 물을 따르는 등의 행동을 하기까지 약 3분.

그사이 앞치마를 걸고 있던 이하의 모친은 어느새 다른 사람이 되어 주방에서 나왔다.

"푸흡, 이모— 그새 화장을—"

"엄마…… 그게 아니라니까……."

"그게 아니긴! 이게, 이 바보 같은 게! 말이라도 해 줬어야지!"

모친은 이하의 등짝을 때리곤 람화연과 람화정에게 인사를 건넸다.

"어서 오세요. 이하의 엄마 되는 사람입니다."

카아아앙————————!

람화연의 손에서 스테인리스 물컵이 떨어지는 순간, 기정은 눈물을 줄줄 흘리며 웃고 있었다.

미들 어스에서 이하의 총으로 한 발 맞는다 해도 나오지 않을 법한 수준의 표정.

포커페이스의 달인인 람화연이 표정을 숨길 기색조차 보이

지 못할 정도로 당황한 걸 보며, 이하는 기정의 머리를 쥐어
박아 버렸다.

"처, 처음 뵙겠습니다, 어머니!"

자리에서 벌떡 일어나 90도 인사를 하는 람화연의 행동은
곁에 있던 람화정의 눈을 휘둥그렇게 만들었다.

"……언니?"

적어도 람화정의 기억 속에서는 자신의 부친인 람룽 그룹
의 회장을 제외하고 '그 누구에게도' 저런 각도까지 언니의 고
개가 내려간 적이 없었다.

문자 그대로 '절대로 있을 수 없는 일'이 있다면 바로 저것
이 아닐까?

12월 31일.

한국의 작은 식당에서 경악할 일이 도미노처럼 벌어지는
중이었다.

"―해서, 그걸 키드 씨가 맡아 주셨으면 하는데요."

"그런 건 하이하가 잘하는 일 아닙니까."

"못 하실 것 같으면 안 하셔도 되고요. 그리고 이하 씨는 지
금 로그아웃 상태인 거, 더 잘 아시면서."

그 시각, 신나라는 싱글벙글 웃으며 눈앞에 있는 남성을 골

려 주고 있었다.

페도라를 깊게 눌러, 그림자 진 얼굴에서 날카로운 눈빛이 쏘아졌다.

"예전 같으면 그런 도발에는 절대 걸리지 않았을 겁니다."

"진짜 사람 많이 바뀌었네. 당신 키드 맞아요? 그럼 내가 다시 한 번 붙자고 하면 붙어 줄 거예요?"

신나라가 놀란 눈으로 키드를 바라보자, 키드는 어깨를 으쓱거리며 그녀의 도발에 반격했다.

"그럴 리가. 지금 붙었다가 신나라 당신이 로그아웃되면 내가 더 피곤해질 게 뻔하지 않습니까."

다른 모든 일에서는 냉철한 그녀였으나 역시 키드에게만은 어쩔 수 없었다.

"뭐, 뭐예요!? 이익— 그럼 지금 바로 붙어—"

"자, 자. 우리 신 여사님은 흥분 좀 가라앉히시고. 그럼 키드 님, 도와주시는 거죠?"

방금 전까지 달려들 기세였던 신나라였으나, 라르크가 중간에 끼어들자 더 이상 움직이지 않았다.

오히려 그 장면에서 놀란 건 키드였다.

평소 같았으면 라르크의 목 옆을 스쳐 지나며 그녀의 검이 날아왔을 텐데, 고작 '저 정도'의 행위로 그녀를 말릴 수 있다니?

"키드 님?"

"아, 음. 생각해 보겠습니다."

"생각하고 자시고 할 것도 없다니까요. 나도 신 여사님처럼 키드 님을 도발하고 싶지는 않은데, 진짜 '눈'이 부족해서 그래요. 이 정도의 비밀을 아무하고나 공유하고 싶지도 않고. 키드 님으로서도 딱히 손해 보는 게 아닐 겁니다. 어차피 퓌비엘 소속이기도 하시고, 그 장소도 퓌비엘 최남부 사막 한가운데고. 분위기도 키드 님이랑 잘 어울리거든요. 서부의 총잡이, 빵야! 어? 이런 느낌이잖아요."

라르크의 현란한 언변은 키드의 정신을 뒤흔들어 놓았다.

신나라와 라르크가 NPC들을 활용하여 경계 배치를 하고 있었지만 모든 곳이 영향력하에 있는 것은 아니었다.

특히 특수한 성격의 NPC들이 있는 마을의 경우 수도방위 기사단이 등장하는 것만으로도 혼란을 초래할 가능성이 있기에, 유저들의 힘이 필수적으로 필요했다.

"……치요를 비롯한 이고르와 파우스트에 대한 최신 정보를 대가로 3일간 해당 마을을 지키면 되는 겁니까."

"고럼! 약속은 어기지 않을 거라 믿습니다. 퓌비엘을 위해 일해 주시는 것 하나만으로도 국가 공적치도 오를 거고요."

"그런 건 필요 없습니다. 다만 당신들이 내 힘을 필요로 할 정도로 강해진 이고르와 파우스트…… 그들이 궁금할 뿐."

키드는 코트를 여미곤 회의실을 나섰다. 수정구를 꺼내 드는 그를 보며 라르크가 외쳤다.

"장소는 〈데드 우드〉, 지켜봐야 할 대상은 해당 마을과 인근에 있는 코퍼Copper 드래곤입니다! 대상들의 정보는 귓말로 알려 드리겠습니다!"

"음."

슈와아아……!

그는 그대로 수정구를 발동시켰다.

퓌비엘 최남단의 사막, 언젠가 이하가 바실리스크를 한 방에 해치웠던 그곳에도 작은 마을과 드래곤 레어가 있었다.

특별한 퀘스트 루트가 없을 경우, 지나치는 일도 적은 소규모 마을이기에 퀘스트와 연관된 몇몇의 유저를 제외하면 대다수가 NPC인 마을.

이고르와 파우스트의 목표를 특정하지 못했다면, 수비 병력을 배치해야 할 필요조차 느끼지 못할, 그런 마을이었다.

키드는 도착과 동시에 생각을 정리했다.

'내가 루거에 대한 이야기를 했음에도 하이하 당신은 그를 쫓지 않았습니다. 벌써 접속한 루거가 오히려 억울해서 날뛸 정도로…… 그사이, 당신이 돌았던 곳은 샤즈라시안 연방.'

역시나 이하와 루거의 동선을 면밀히 파악한 키드였다.

그는 이하가 즉각 맨티코어—루거를 쫓을 거라 예상했으나, 이하는 그러지 않았다.

그리고 이고르와 파우스트가 구대륙에서 날뛰어 그들을 막기 위해 집중했었다는 사실을 조금 전 알게 됐다.

그렇다고 해도, 샤즈라시안? 이고르와 파우스트를 막기 위해 움직였다고 보기에는 너무 비효율적인 동선 아닌가.

'아무런 목적도 없이 움직이지는 않았을 터. 그렇다면 당신이 그곳에 간 이유는 무엇입니까?'

경비병조차 없는 작고 초라한 마을에는 건물도 많지 않았다.

키드는 잠시 주변을 둘러보다 펍으로 향했다. 어딜 가든 해당 마을의 주점이야말로 정보를 얻기 가장 용이한 장소임에는 틀림없다.

'이렇게 작은 마을에…… 특별한 NPC도 없어 보이는데 굳이 나를 보낸 이유는 무엇입니까?'

키드는 모자를 벗으며 머리를 긁적였다.

유저인 자신에게 도움을 요청할 정도라면 문제가 될 NPC가 이곳에 있을 거라 생각했었는데, 지금까지는 그런 기미가 전혀 보이지 않았다.

그렇게 스윙 도어에 가슴을 대는 순간, 펍 내부에서 총성이 울렸다.

타아아아앙————!

오랜만에 들어 보는 머스킷 화약의 폭발 소리였다.

키드는 반사적으로 크림슨 게코즈를 뽑아 들었다.

이 작은 마을의 펍에서 머스킷의 화약 폭발은 분명히 예삿일이 아닐 거라는 직감이 들었기 때문이다.

그러나 키드가 느끼기에 펍의 내부 분위기는 다소 들떠 있었다.

원형 테이블을 두고 둘러앉은 사람들과 그들의 뒤에서 잔뜩 흥분한 채 팔짱을 낀 사람들.

머스킷의 하얀 연기는 그곳에서 올라가는 중이었다.

"이런…… 도박판입니까."

으레 있는 일이라는 듯 떠들썩한 장내가 키드의 긴장을 완화시켰다.

키드는 자연스레 그곳으로 합류했다. 이 펍에서 가장 분위기가 달아오른 저곳이라면, 자신이 원하는 정보를 얻기도 쉬울 거라는 판단이었다.

"빌, 한 번만 더 손장난을 하면 가만두지 않겠어."

"손장난? 내가? 와하하핫!"

무엇보다 이런 작은 마을의 NPC들이 부리는 난동에 휘말릴 자신이 아니라는 믿음이 키드에겐 있었다.

"쏴 버려!"

"결투로 하라고, 결투!"

주변인들은 좋은 구경거리가 생겼다는 듯 도박꾼들을 부추겼다.

키드는 빠르게 상황을 파악했다.

머스킷 피스톨을 뽑아 들고 있는 모자 쓴 NPC의 억울한 표정과 어깨를, 으쓱거리는 콧수염의 남성의 상반된 얼굴 그리고 그들의 외침.

이 도박판이 어떻게 굴러가고 있었는지 파악하기에는 충분한 정보였다.

"이 자식이 그래도 발뺌을! 방금 네 소맷부리에서 나온 Q◇를 못 봤을 거라고 생각—"

철—

"증거 있나."

—칵

그것은 순식간에 일어난 일이었다.

키드가 도박판에서 눈을 돌려 막 다른 곳을 보려는 그 짧은 순간, 모자 쓴 NPC의 입안에는 어느새 콧수염 남성의 머스킷 피스톨이 들어가 있었다.

'응? 방금 무슨—?'

키드는 눈을 껌뻑거렸다.

분명 다른 곳을 쳐다보려 한 것은 맞다. 하지만 그렇다 한들 자신이 NPC의 손동작을 놓치다니?

"커ㅎ— 커헉— 자— 자마마— 자마—"

"증거가 없을 때는 총을 꺼내면 안 돼. 그래 봐야 아픈 건 네 아가리지, 내 아가리가 아니거든. 안 그런가? 떠들어 봤자 입만 아프고, 총을 꺼낸 대가를 치러야 하니 이빨도 나가고. 쯔쯔."

콧수염 남성은 능글맞게 웃으며 떠들었다.

그러나 치아가 부러져 피를 흘리고 있는 NPC의 손에도 분명 머스킷 피스톨은 쥐어져 있었다.

총구를 물고 있는 상태에서도 모자 쓴 NPC의 표정은 풀리지 않았다.

"너— 이 새끼, 가미—"

"해볼 건가? 뒤통수가 날아간 채로 날 쏠 수 있다면 그것도 좋지! 마스터, 오늘 홀의 피를 닦으려면 고생 좀 하겠구만! 뇌수는 끈적거려서 잘 닦이지도 않는데 말이지!"

"쥬겨 버리게허—"

총구가 입에 들어간 이상 함부로 움직일 수 없었다.

상황은 누가 봐도 모자 쓴 NPC의 패배였으나 그들의 교착 상태는 풀리지 않았다.

"나를 죽이겠다는 말을 듣고도 내가 봐줄 것 같아?"

모자 쓴 NPC의 객기는 콧수염 NPC의 행동을 부추길 뿐이었다.

키릭, 키릭……!

천천히 머스킷 피스톨의 공이치기를 당기는 콧수염 NPC

를 보며 키드의 손에 점차 힘이 들어갔다.

'이런 곳에서 총격전이 벌어지면……. 아무리 작은 마을이라도 시끄러워질 것 같습니다.'

그래서 라르크와 신나라는 자신을 이곳으로 보낸 걸까?

혹시 저 콧수염 NPC가 문제를 일으킬…… 특수 NPC일까?

키드가 한 발자국을 막 떼려는 순간, 펍의 스윙도어로 햇빛이 쏟아져 들어왔다.

"그만하고 내려 줘, 와일드 빌. 명령이다."

묵직한 목소리가 들리자 콧수염 남성, 와일드 빌의 손이 멈췄다.

구경꾼들은 그 목소리를 듣자마자 김이 샜다는 표정을 지어 보였다.

"이게 누구야, 보안관 어프 님 아니신가? 빚은 언제 갚으시려고?"

"사기도박으로 진 빚을 갚아야 할 의무는 없다. 그보다 데드 우드의 보안관으로 다시 명령하니, 그 총 집어넣어."

두 사람의 대화에 눈이 바빠진 것은 키드였다.

'와일드 빌……? 보안관 어프?'

키드는 콧수염 남성의 얼굴을 보고, 보안관의 얼굴을 바라보았다.

얼굴과 이름을 매치시킬 필요도 없었다.

"내가 안 집어넣으면 어쩔—"

철컥.

'으, 으응?'

키드는 다시 한 번 눈을 끔뻑거렸다.

보안관 어프의 허리춤에선 어느새 머스킷 피스톨이 튀어나와 있었다.

벌써 공이치기까지 당겨진 머스킷 피스톨의 총구가 향하는 곳은 와일드 빌의 머리였다.

"법을 집행해야지. 보안관으로서."

키드는 자기도 모르게 벌어졌던 입을 황급히 다물었다.

주변에 자신이 아는 유저들이 없다는 게 이렇게 다행이라는 생각이 드는 경험은 정말이지 처음이었다.

적어도 확실한 건 한 가지였다.

'이번엔…… 정말 못 봤…….'

다른 동작이 아니다.

머스킷 피스톨을 사용하는 NPC들이 총기를 꺼내어 겨누는 동작.

적어도 미들 어스 내에서 키드 자신이 가장 자신 있어 하는 바로 그 동작을 행하는 모습을 놓친 것이다.

'그것도 두 번이나!'

첫 번째는 콧수염이 짙게 자란 와일드 빌.

두 번째는 미간이 제법 먼 보안관 어프.

키드는 등줄기에 땀이 흐른다는 느낌을 받았다. 그러나 그것이 땀인지 아닌지 확인할 여유는 없었다.

슈와아아아……!

키드의 눈앞에 홀로그램 창이 떴기 때문이었다.

[The Good, The Bad, And……. ─1]

설명:

"빌, 와일드 빌, 와일드─빌─히콕. 놈이 평범한 도박꾼이 아니라는 건 널리 알려진 사실…… 이 작은 마을에서 무엇을 노리는 건가. 의도를 끝까지 숨긴다면 내가 할 수 있는 것도 하나밖에 없지……."

"망할 놈의 어프. 보안관이라는 녀석이 돈이나 떼먹고 말이지. 데드 우드의 와이어트 어프에게 돈을 받았다는 사실만 있으면 그 어떤 도박사도 날 무시할 수 없을 텐데! 놈이 끝까지 지불하지 않겠다면…… 어쩔 수 없어. 받아 내는 수밖에."

작은 마을 〈데드 우드〉는 일촉즉발의 상황에 놓여 있다. 그러나 서로의 실력을 잘 아는 두 사람은 한 사람의 손이라도 필요한 실정이다.

당신은 마을의 평화를 위해 무엇을 할 수 있을까.

내용: 〈와일드 빌〉과 〈보안관 어프〉를 각각 만나 그들에게 이야기 듣기

보상: The Good, The Bad, And……. —2

실패 조건: 와일드 빌과 보안관 어프 중 한 명이 다른 한 명에 의해 사망 시

실패 시: [법 위의 무법자, 데스페라도] 취소

　　　 퀘스트 루트 원상 복귀

— 수락하시겠습니까?

키드의 표정이 점차 바뀌기 시작했다.

'보유하지 않은 퀘스트의 취소 그리고 퀘스트 루트 원상 복귀라면…….'

—지금쯤이면 NPC들은 만나 보셨으려나? 그, 콧수염 난 새끼는 세이크리드 기사단을 보자마자 내쫓으려고 하고, 보안관 배지 찬 놈은 베르튀르 기사단을 보자마자 내쫓으려 해서 아주 미치겠다니까요! 어때요, 키드 씨? 컨트롤할 수 있죠?

때마침 라르크의 귓속말이 울렸다.

키드는 그의 말에 답하지 못했다.

퀘스트 창을 읽고, 또 읽으며 자신이 본 것이 확실한지 확

인하는 키드에게 '확인 사살'이 날아온 것은 그때였다.

　　―아 참, 이고르나 파우스트 만나면 무조건 귓속말부터 해
야 합니다. 일을 맡아 주셨으니 드리는 말씀인데, 그 새끼들
〈2차 전직〉의 가능성이 높으니까. 혼자서는 절대로 상대할 수
없을 거예요.
　　―……그렇습니까, 〈2차 전직〉입니까.
　　―흐흐, 키드 씨도 쫄리지?

　　라르크가 내뱉은 단어와 눈앞에 보이는 홀로그램 창이 키
드를 잔뜩 긴장하게 만들었다.

　　―쫄립니다. 미들 어스를 하며 이토록 쫄렸던 적은, 정말
이지 처음입니다. '마카로니 웨스턴'의 세상을 한곳에 욱여넣
다니, 악취미가 아닙니까.
　　―엥? 그건 뭔 소리래?

　　그러나 그것은 공포나 두려움에 의한 게 아니었다.
　　라르크의 물음에도 키드는 답하지 않고 그저 웃을 뿐이었다.
　　"Desperado……."
　　오래된 팝송 가사를 곱씹으면서 말이다.

'빌어먹을…… 쪽팔리게…… 빌어먹을……!'

루거는 투덜거리며 보틀넥 대장간으로 향하는 중이었다.

미들 어스 시간으로 벌써 며칠 전, 접속하자마자 키드의 귓속말로 들었던 굴욕을 아직도 잊지 못하고 있었다.

―루거몬은 루거 당신이 처리하십시오.

―그, 그게 뭔 소리지? 루거몬이라니?

―……모르는 척할 겁니까.

―아니, 진짜 몰라서 하는 소리다! 젠장, 내가 어떻게 된 건데!

맨티코어에게 찔리고, 기브리드의 힘에 의해 직접 합성당했던 그때를 어찌 잊을까.

그러나 당사자였던 루거는 그 '결과물'이 어떻게 나왔는지에 대해서는 알 수 없었고, 그것을 키드의 입을 통해 듣게 되었던 것이다.

'몬스터? 내가? 망할 키드 새끼, 루거몬이라는 이름은 또 뭐야!'

루거는 길바닥의 돌부리를 걷어찼으나 화는 풀리지 않았다.

적어도 미들 어스를 시작한 이래 이보다 큰 굴욕감은 느낀 적이 없던 그였다.

'병신 같은 루거몬 자식! 기왕 날뛸 거면 키드라도 죽였어야지! 도망을 치다니!'

엄밀히 말하면 키드와 맨티코어—루거는 승부를 내지 못했다.

기정의 개입을 기브리드가 눈치채며 키메라 군단을 이끌고 돌아갔기에, 키드와 맨티코어—루거가 승부를 낼 수 없었기 때문이다.

즉, 그것은 무승부라고 말하기도 애매한 그저 승부 중단 사태라고 봐야 했다.

그러나 그것을 곧이곧대로 말할 키드가 아니었다.

—날개가 달려서 그런가, 도망가는 실력 하나는 일품이었습니다.

"크아아아아아아!"

키드는 키드 나름대로 화가 난 상태였고, 그 분한 마음을 루거를 놀려 줌으로써 푼 것이었으나, 루거가 거기까지 파악할 길은 없었다.

그랬기에 루거는 키드의 말을 떠올릴 때마다, 이불 킥을 하며 소리를 지르는 것 말고는 화를 풀 방법조차 없었던 것이다.

"영감탱이! 탄 가져와!"

"보, 보스는 오늘 휴무야! 탄이라면 이미 만들어 놓은 게 거기 있고."

보틀넥 대장간에 들어선 루거가 행패를 부리자, 비어드 브라더스가 주춤거리며 답했다.

"엉? 드워프 대장장이 주제에 휴식도 취하나? 노예답게 일이나 할 것이지!"

"거 말이면 다인 줄 알아!? 우리 보스는 이제 네 녀석을 상대할 수준이 아니라고!"

"맞아! 성주 덕분에 얼마나 대단하게 바뀌셨는데!"

드워프들의 평소 같지 않은 태도뿐만이 아니었다. 그들의 입에서 나온 말이 루거의 신경을 건드렸다.

"성주? 하이하를 말하는 건가? 그래서 뭐가 어떻게 됐다는 거지?"

루거가 미간을 씰룩거리며 말했다.

비어드 브라더스는 말실수했다는 듯 입을 틀어막았으나 이미 늦었다.

가뜩이나 맨티코어―루거 사태 때문에 예민해진 루거의 기세를 영웅급도 안 되는 NPC들이 막을 수는 없었고, 결국 그들은 모든 것을 털어놓아야만 했다.

"하얀 사신의 총기…… 전설급, 거기다…… 합성이라고!"

탄을 챙겨 나오는 루거의 발걸음이 빨라졌다.

그는 즉각 삼총사의 텔레포트 스킬 창을 열었다.

키드의 위치는 퓌비엘 남단에 위치한 작은 마을, 〈데드 우드〉였다.

'……뭔가 있어.'

키드는 시간을 낭비하는 타입이 아니다.

최적의 동선을 그 누구보다 잘 짜는 유저 중 한 명이다.

루거 자신부터 동선을 들키지 않으려 가장 견제하는 인물 중 한 명이 바로 키드 아니던가?

'그런 놈이 이름도 들어 본 적 없는 마을에서 시간을 때울 리가 없잖아. 하물며 루, 루거몬이라는 게 있다면서…….'

다시 한 번 싸워 보고 싶어 하지 않을까?

키드의 숨겨진 호승심을 루거 또한 어렴풋이 알고는 있었다. 물러섰다고 해서 결코 뺄 스타일이 아니다.

'붙박이 NPC처럼 플레이하던 하이하는 로그아웃이라.'

전설급 총기의 합성 실패라는 처참한 결과에 기가 죽은 것일까?

루거는 고개를 저었다.

'하이하가 그런 걸로 무너질 놈이었으면 애당초 여기까지 올라오지도 못했겠지.'

루거는 아무런 정보도 없는 상태였다.

이고르와 파우스트가 날뛰고 있다는 소식도 알지 못했으며, 키드가 현재 어째서 저곳에 있는지, 치요는 어떻게 되었는지 등에 대해 추측조차 할 수 없을 정도로 정보가 빈약했다.

그러나 이하와 키드가 인정한 바와 같이 그의 감각은 짐승에 가까웠다.

"……무슨 일이 일어나고 있군. 이 자식들, 나 없는 곳에서…… 뭔가를 하고 있어."

알 수는 없다.

루거는 삼총사의 나머지 두 사람이 특정한 정보를 획득했다는 사실은 짐작했으나 그 정보가 아주 중요한 변화를 불러올 것이라는 사실까진 알지 못했다.

하지만 느낄 수는 있었다.

무엇보다 자신이 향후 무엇을 해야 하는지, 어디를 타깃으로 발걸음을 옮겨야 하는지는 냄새로 알 수 있었다.

그것이 루거의 무서움이었다.

슈와아아아……!

루거는 즉각 텔레포트했다.

"어머나, 루거 씨?"

"키킷, 깜짝 놀라서 독 뱉을 뻔했네."

그가 이동한 곳은 신대륙의 중앙부, 오염된 세계수의 숲이었다.

"……별초의 찌끄래기들? 여기서 뭘 하는 거지?"

별초를 비롯한 에즈웬의 팔라딘들 상당수가 곳곳에 흩어져 사방을 경계하는 모습을 보며 루거는 미간을 찌푸렸다.

그들은 기브리드와 키메라 군단의 움직임을 감시하기 위해 이곳을 수호하는 중이었다.

물론 이곳 외에도 길게 펼쳐진 방어선에는 팔레오들이 늘어서 낮밤을 불문하고 눈을 부라리고 있었다.

"찌끄래기라니, 말조심하세요. 어휴, 기정 씨랑 이하 씨 친구만 아니었어도 콱 그냥……."

가장 지루한 게 바로 경계 근무이건만, 그 와중에 루거의 날선 말투를 들었으니 보배 또한 짜증 나지 않을 수 없었다.

보배는 진지하게 투덜거렸고 루거는 두 가지 이유로 당황했다.

"내, 내가 누구의 친구란 말인가!? 말도 안 되는 소리. 그리고 친구가 아니면……. 내게 뭘 어쩔 수 있다는 거지?"

이하를 자신의 '친구'라고 칭한 점.

그리고 친구가 아니라면? 뭘 어쩌겠다는 것인가?

"저, 저기, 보배 님?"

"크흠, 무슨 말을 할지 알겠고, 그 의견에도 동의합니다만, 도발은 좋지 않습니다, 보배 양."

징경경과 태일이 갑자기 심각해진 분위기를 누그러뜨리기 위해 나섰으나 보배는 그들을 바라보지 않았다.

"건방진 망나니 버릇을 좀 고쳐 주겠다~ 이런 거죠. 헤헷. 관심 있어요?"

활을 늘어뜨린 채 노려보는 보배를 향해 루거는 즉각 코발트블루 파이톤을 들어 올렸다.

"나와, 계집."

"내가 못 나갈 줄 알고?"

"자, 잠깐만— 잠깐만요! 혜인 님도 안 계신데 보배 님까지 그러시면— 악!"

자이언트 징정정은 자신의 반만 한 덩치의 보배에게 밀려 났다.

루거를 향해 거침없이 걷는 보배를 보며 모두가 당황할 때, 한 명의 리자디아만이 이빨을 드러내고 있었다.

"키, 키킷…… 재미는 있겠는데…… 일 났네."

보통 상황이 아니라는 것만은 모두가 동의하는 바였다.

"탑 텐도 안 되는 랭킹으로 떠들어 대는 게 항상 아니꼬웠지. 오늘이야말로 누가 우위인지 철저하게 주입시켜 주마."

"웃기고 있네. 솔직히 말해서 다들 상대하기 귀찮으니까 피한 것뿐이지, 누가 당신한테 진짜로 졌다고 생각이나 하는 줄 알아? 그리고 랭킹 11위가 우스워 보이나 본데, 탑 텐이나 11위나 별로 다를 거 없거든?!"

보배는 루거에게 한마디도 지지 않았다.

"이년이……."

루거 또한 더 이상 기다리지 않았다. 그가 포신을 들어 올리는 그 순간이었다.

그의 포 위에 무언가가 올라갔다. 포구는 순식간에 다시 땅을 향하게 되었다.

"큿—차, 키킷, 두 분이 싸우는 건 너무너무 보고 싶지만…… 지금은 그럴 때가 아닌 것 같은데요."

그의 왼손에는 물 풍선과 같이 늘어나는 주머니가 그리고 그의 꼬리에는 작은 단검이 말려 쥐어져 있었다.

"……꺼져라, 도마뱀."

"비키세요, 비예미 씨. 이 인간은 한 번 혼쭐이 나 봐야 한다니까."

루거와 보배 모두 서로만을 의식한다는 듯 이야기했다. 그러나 두 사람 모두 당황한 표정을 감추기 위해 노력해야 했다.

순식간에 자신들의 사이로 달려들어 와, 루거의 포신 위에 발을 올린 비예미의 존재감은 무시할 수 있는 게 아니었다.

'20명도 안 되는 길드 주제에 어디서 이런 놈들이 자꾸 튀어나오는 거지? 이 자식도 분명히 마법사 계통이었던 것 같은데. 베넘 메이지였던가.'

'그러고 보니 비예미 씨 전 캐릭터가 암살자였다고 했지…….'

루거와 보배는 비예미를 사이에 두고 눈빛을 교환하며 비예미에 대해 생각했다.

물론 비예미가 나선 것은 두 사람을 동시에 제압하겠다는 생각도, 자신감도 아니었다.

 그저 두 사람의 성격에 대해 감을 잡고 있었기에 그 사실을 가늠하고 나선 것이다.

 "키키킷, 싸움이 시작되면 저도 끼어들 거예요. 그러면 어차피 공평한 싸움은 불가능하죠. 그러니까 괜히 우리끼리 피 보고, 그러지 말자고요. 그러다 뭔 일 터지면 나중에 길마님 얼굴은 어떻게 보려고 그러세요."

 비예미가 루거의 편을 들어 보배에게 검을 휘두르는 일은 없을 테니, 그가 말하는 대상이 루거임은 당연했다.

 그리고 그가 한 번이라도 끼어드는 순간, 승부는 이미 아무 의미도 없게 된다.

 그건 보배 또한 마찬가지.

 기정에 대한 말이 나온 이상, 그녀 또한 섣불리 싸움을 진행하긴 어려웠다.

 거기에 비예미가 껴들면 애초에 이겨 봐야 아무런 명예도 얻지 못한다.

 "식었군. 평생 도마뱀 뒤에서 화살이나 날려라."

 루거는 바닥의 모래가 날릴 정도로 콧방귀를 뀌고는 그대로 뒤를 돌았다.

 "뭐, 뭐야? 당신 진짜—"

 "자, 자, 거기까지. 보배 양이 이러는 모습은 저도 보고 싶지 않군요."

"으으, 태일 오빠아!"

보배는 비예미와 태일, 징경경에게 만류당하는 와중에도 루거를 향해 소리쳤다.

"루거! 다음에 마주치면 죽을 줄 알아!"

그래도 억울함이 풀리지 않아 목청을 높여 보았으나, 루거는 조용히 별초에게서 멀어졌다.

다만 조용히 자신의 오른손 가운뎃손가락을 펼쳐 뒤로 날리는 동작을 추가했을 뿐이었다.

"진짜아아아! 저 재수 없는 놈! 가다가 똥이나 밟아라! 루거 몬스터한테 콱 당해 버리던지!"

보배는 난리 법석을 치며 바둥거렸으나 비예미와 태일, 징경경 세 사람을 뿌리칠 수는 없었다.

보배의 외침이 한동안 오염된 세계수의 숲에서 울려 퍼질 동안, 루거는 공간 이동이 불가능한 지점으로 들어섰다.

그가 향하는 곳은 신대륙의 동부였다.

Geschoss 5.

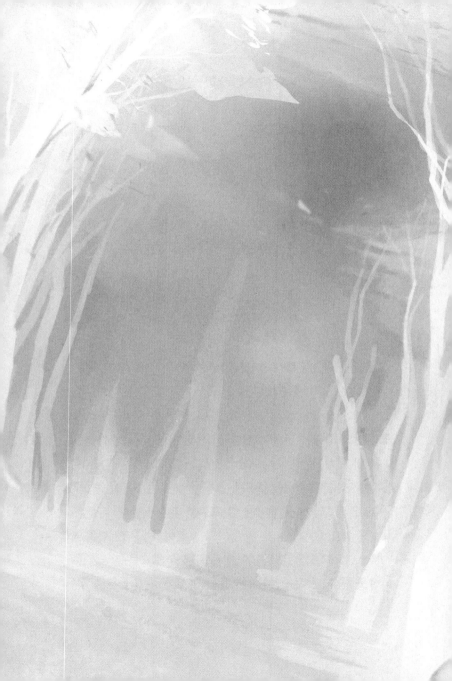

　루거의 표정은 별로 밝지 않았다.

　보배의 도발을 쿨하게 받아넘긴 척했으나 그가 이곳에 온 이유를 보배가 정확히 맞혔기 때문이었다.

　'망할 년…… 안 그래도 바로 그걸 찾으러 온 건데.'

　맨티코어—루거.

　키드의 활약과 기정의 발견 이후, 〈루거몬〉이라는 이름으로 퍼지기 시작한 바로 그 존재.

　루거가 신대륙으로 온 이유는 간단했다.

　자신의 실수에 대해 책임지기 위해서? 그것보다는 조금 더 개인적이고 조금 더 편협한 이유였으나, 목적 자체는 크게 다르지 않았다.

　'쪽팔리게 그런 게 돌아다니도록 둘 순 없지.'

루거가 바라는 건 루거몬의 죽음이었다.

그러나 무턱대고 돌아다닐 순 없다.

기브리드와 맨티코어, 키메라 군단을 마주한다면 자신은 또다시 당하게 될 가능성이 매우 높다.

'결국 이곳을 한계치라고 봐야 할까?'

루거는 주변을 살피곤 뒤를 슬쩍 돌아보았다.

제법 멀었으나 시야의 끝에 오염된 세계수의 숲이 들어왔다.

즉, 루거가 선택할 수 있는 유일한 방법은 지금처럼 고지대에서 사방의 시야가 충분히 확보되고, 오염된 세계수의 숲에서 그리 멀지 않은 지점 위주로 순찰을 도는 것뿐이었다.

루거가 별초를 도발한 것 또한 그 탓이라고 할 만했다.

자신이 이곳에 대기하는 동안 주변을 수색해 달라고 말하기는 죽어도 싫고, 그렇다고 별초의 도움 없이 이번 계획이 성공할 것 같지도 않았기 때문이다.

루거는 하이하나 신나라, 라르크 정도를 제외하곤, 미들 어스에서 별초의 실력을 가장 인정하는 사람 중 하나다.

처음부터 별초에게 시비를 걸었던 건 그들의 목적과 동선을 파악하려는 의도였던 셈이다.

루거는 언덕 꼭대기에 주저앉고는 코발트블루 파이톤을 내려놓았다.

바람은 상쾌했지만 마음은 가볍지 않았다.

키드는 물론, 이하의 일을 완벽하게 파헤치고 싶었기 때문이다.

"하얀 사신이라……. 저격수 중에 그런 놈이 있었던 것 같은데. 아니, 그놈은 하얀 깃털이었던가. 뭐가 되었든 내 알 바는 아니지."

중요한 점은 하이하가 무엇을 발견하고, 무엇을 했느냐, 하는 것이다.

하이하가 발견한 전설급 총기는 무엇이었을까?

루거의 시선은 코발트블루 파이톤을 향했다.

적어도 지금까지 밝혀진 〈전설급 총기〉는 세 정밖에 되지 않는다.

그런데 자신이 로그아웃되어 있던 그 짧은 사이, 또 다른 전설급 총기를 발견한 것도 모자라 블랙 베스와 합성을 시도했단 말인가.

'합성이라니…… 미친놈.'

루거는 고개를 돌려 침을 퉤, 뱉었다.

하지만 입은 웃고 있었다.

하이하가 무언가를 시도하려 했다. 그러나 실패했다면?

'이젠 내 차례다. 하이하 놈이 했던 짓거리라면 분명히 나도 할 수 있을 거야. 키드 저 간사한 자식도 그걸 깨닫지 못했을 리 없고.'

루거는 키드의 위치를 확인했다.

그는 여전히 데드 우드에 머물고 있었다.

눈치 빠른 키드가 시티 가즈아에만 들러도 알 수 있는 사실을 모를 리가 없다는 게 루거의 판단이었다.

'흠……. 하지만 퓌비엘의 그따위 마을에 전설급 총기를 찾으러 간 건가? 설마 그렇다면…… 너무 바보 같은데?'

루거는 숨죽여 웃었다.

그가 머리를 쥐어짜며 추측해 낸 건 현재 이하와 키드가 〈전설급 무기〉를 얻어 합성하기 위한 노력을 하고 있다! 라는 것이었다.

즉, 루거의 기준에서 이하는 실패했고, 키드는 헛물을 켜고 있는 중이라는 뜻!

그렇게 생각하자 기분이 조금 풀리는 것을 느끼는 루거였다.

그가 신대륙에 온 이유는 아주 간단하면서 직감에 의지한 행동이었으나, 판단의 성패로 따진다면 아주 정확한 것이었다.

"〈전설급 총기〉? 그걸 찾으려면 당연히 여기부터 와야 하는 거 아닌가. 나를 대상으로 몬스터를 만들었다면……."

맨티코어―루거 즉, 〈루거몬〉이 들고 있는 총기는 과연 무엇일까.

"바로 그게 전설급이라는 거지. 그리고……."

루거는 시력을 강화하는 스킬을 계속해서 사용 중이었다.

그는 하늘의 특정 지점을 보며 코발트블루 파이톤을 집어들고 일어섰다.

"신은 내 편이다. 왔구나, 맨티코어!"

포신을 들어 올리자마자 빠르게 장전을 시작한 그의 포구는 어느새 맨티코어를 정확하게 겨누고 있었다.

'거리 1.2km! 이 정도라면 아무런 문제도 없지! 더군다나 저 정도의 애매한 고도라면— 〈화포강화: 평사포〉 그리고……시한신관.'

포각을 올릴 필요도 없다. 놈을 관통할 필요도 없다.

지금 필요한 것은 자신의 존재를 알리는 것뿐!

"가서 네 친구 불러와, 썩을 놈의 대머리."

투콰아아아—————————!

루거의 뒤로 후폭풍이 쏟아져 나갔다.

물론 그보다 더 빠르게 쏘아져 나간 것은 코발트블루 파이톤에서 나간 포탄이었다.

"끼엑?"

맨티코어는 자신을 향해 날아오는 무언가를 향해 고개를 돌렸다.

피할 겨를 따위는 없었다.

쿠구우——……!

"크크크, 애당초 관통이 아니라 폭발에 목적을 둔 거니까."

루거는 1.2km 떨어진 공중에서 일어난 폭발을 보며 만족스러운 표정을 지었다.

　일정 시간이 지나면 폭발하게끔 만들어진 신관을 활용한 포탄. 그것은 정확하게 맨티코어 근처에서 효력을 발휘했다.

　허공에서 휘청거리는 맨티코어가 곧 반대 방향을 향해 빠르게 날아가기 시작했다.

　그걸 보며 루거는 고개를 끄덕였다.

　'좋아, 가라, 가.'

　처음부터 죽일 마음 따위는 없었다. 기껏 발견한 맨티코어를 여기에서 죽일 필요는 없다.

　"기브리드…… 이곳을 넘어 서부로 가고 싶어 몸이 근질근질하겠지."

　기브리드와 마주쳐 본 루거였기에 알 수 있었다.

　키메라 대군의 진행 방향은 분명히 서쪽이었다.

　신대륙 동부의 그들이 아직도 서부를 향하지 못한 이유가 무엇일까?

　루거는 미접속 기간 동안 이 부분을 집중적으로 고민했다.

　그리고 결론을 이끌어 냈다.

　'오염된 세계수의 숲 인근에 있는 방어 병력.'

　무엇보다 기브리드가 한 기의 키메라라도 아끼려 하는 모습을 보았다.

　즉, 그는 전투를 최소화하며 신대륙 서부로 향하려는 것이다.

그러므로 정찰을 보낼 수밖에 없다.

가장 약한 부분을 찾기 위해서, 가장 기동력이 좋은 자신의 병력을 사용할 것이다. 당연히 날개가 달린 몬스터, 맨티코어일 수밖에 없다.

"그런 와중에 맨티코어를 죽일 만한 사람이 나타났다는 걸 알게 된다면?"

그 순찰 병력을 파괴할 존재가 나타났을 때, 기브리드는 어떤 식으로 반응할 것인가?

몇 분 되지 않는 전투와 짧은 대화.

루거와 기브리드의 접촉은 그것밖에 되지 않았지만 그것으로 충분했다.

타고난 사냥꾼 루거는 그것만으로 충분히 '사냥감'의 생각을 읽어 낼 수 있었다.

루거는 눈에 힘을 주며 맨티코어가 사라진 방향을 바라보았다.

햇볕이 내리쬐는 오후였음에도 저 멀리 무언가 빛이 번쩍이는 모습이 눈에 들어왔다.

루거는 곧장 몸을 날렸다.

콰아아아────────!

방금 전까지 루거가 있던 자리에서 폭발이 일어났다.

화염과 굉음이 정신을 뒤흔들어 놓는 와중에도 루거는 잽싸게 몸을 굴려 일어섰다.

"저놈을 보낼 수밖에 없겠지! 으하하하핫! 난 천재라니까! 반갑구나, ⟨루거몬⟩!"

웃고는 있었지만 루거의 표정은 기괴하게 일그러졌다.

'빌어먹을, 제대로 보이지가 않아. 거리가 2.5km를 초과한다. 이 거리에서 이렇게 정밀한 포격을 할 수 있다고? 게다가 이 파괴력은⋯⋯.'

저 몬스터는 자신을 대상으로 만들어진 존재다.

즉, 루거몬이 강할수록 루거 자신도 강하다는 걸 증명하는 셈이다.

그러나 그 몬스터와 자신이 1:1로 싸워야 하는 이 순간에, 자신의 강함을 초과하는 무언가가 느껴지다니?

루거는 우선 시한신관을 세팅하고는 즉각 방아쇠를 당겨 보았다.

몇 초 후 폭음과 화염이 들렸으나 그뿐이었다.

루거몬에게서 빛이 번쩍거리고, 자신이 있던 위치에서 폭발이 일어났던 것과 비교하면 시간과 소리의 크기 모두 차이가 있었다.

"빌어먹을, 닿지 않는 건가? 거리도 거린데 그 와중에—"

루거는 멀찍이 떨어진 까만 점에 집중했다.

제대로 보이지도 않는 루거몬은 서서히 하늘로 올라가고

있었다.

'고도를 높인다고!? 속도도 빠르다! 키드 놈은 대체 어떻게 상대를 한―'

루거는 마른침을 삼켰다.

키드는 크림슨 게코즈를 가지고 저것을 상대했다고 했다.

그것으로 떠올린 이미지는 공격용 헬기다.

비교적 지상과 가까운 거리에서 압도적인 전투력을 자랑하는 비행 물체라는 인식으로 루거는 루거몬에게 도전한 것이었다.

그러나 이 거리에, 저 고도라니?

루거몬은 더 이상 공격용 헬기가 아니었다.

"'전투기'를 상대로 싸우라는―"

급격히 고도를 높이는 루거몬에게서 빛이 번쩍였다.

포구의 화염은 2.5km 떨어진 거리의 루거에게도 충분히 보일 정도였다.

"―거냐!"

콰과아아아―――――――ㅇ!

루거가 몸을 날리자마자 폭발이 일었다.

거리는 물론 정확도마저 루거를 상회하는 괴물!

"후욱, 후욱―!"

루거는 다시금 코발트블루 파이톤을 허리춤에 대곤 허공을 겨눴다.

　'화포강화: 대공포로도 닿지 않을 거리다. 각도가 너무 높아. 빌어먹을, 드래곤이 차라리 쉽겠군!'

　가까이 유인해서 쏜다면 가능성이 있다.

　하지만 자신이 유리한 고지를 점령했다는 걸 놈이 인지했다면…… 아니, 인지할 정도의 지능이 있다면 결코 가까이 오지 않을 것이다.

　무엇보다…… 놈을 끌어들일 유인 요소조차 없다.

　루거는 알 수 있었다.

　유인을 위해 자신이 몸을 빼내는 순간, 저 몬스터가 다시 돌아갈 거라는 것을.

　'이런 기회는 여러 번 오지 않을 거다. 많아야 세 번. 어쩌면 두 번. 최악의 경우 두 번째에 바로 기브리드가 튀어나올 가능성도 고려해야 한다.'

　현실이라면 지상의 일개 병사가 전투기를 상대로 싸워 이길 순 없다.

　그러나 이곳은 미들 어스다.

　따라서 할 수 있다.

　루거의 사고는 빠르게 돌아갔다.

　그보다 빠른 것은 루거의 손이었다.

——————————————!

"크윽!"

반동을 버티기 힘들 정도의 강렬한 철갑徹甲탄이었다.

말 그대로 장갑甲을 뚫는徹 탄환으로 루거는 맨티코어를 추락시키고자 했다.

탄은 정확하게 루거몬의 날개에 적중했다.

"좋아! 맞았— 음!?"

그러나 그뿐이었다.

잠깐 흔들거린 루거몬은 곧 자세를 바로 하고 다시금 고도를 높이기 시작했다.

"……말도— 관통이 안 됐단 말인가? 철갑탄이?"

루거는 본인이 사격자였기에 알 수 있었다.

조금 전의 적중은 그야말로 운이 따른 한 발이었다.

풍향과 풍속을 고려하자면, 시한신관의 폭발탄이 아닌 이상, 이 정도 거리에서 저 정도의 속도를 지닌 대상에게 관통탄을 적중시키는 것은 불가능에 가까울 것이다.

어쩌면 다시는 못 맞출 수도 있는 기회였건만!

'하지만 내가 가진 시한신관은 이 거리에서 사용할 수 없어! 제기랄!'

자신의 공격은 운을 믿어야 하는데, 적의 공격은 지금 이 순간에도 쏟아진다.

루거는 입술을 깨물며 몸을 날렸다.

"내 대공포로는 이미 한계……."

폭발을 피하는 것 또한 곧 한계에 다다를 것이다. 주변의 지형이 모조리 초토화되고 나면 몸을 숨길 공간조차 사라질 테니까.

"그 이상의 것이 있어야 한다. 이를테면……."

평사포나 곡사포 그리고 대공포로도 불가능한 거리에 있는 압도적인 화력의 몬스터를 바라보며, 루거는 중얼거렸다.

"대구경 대공포……. Flak. 〈고사포Flegerabwehrkanone〉."

그의 입에서 단어 하나가 나오는 순간, 루거의 눈앞이 아른거렸다.

슈와아아아……!

홀로그램 창이 떴다.

[아흐트—아흐트Acht—Acht—1]

설명: "……."

완벽한 포는 어떤 각도, 어떤 대상이라도 적중시킬 수 있다. 대공, 대지, 곡사가 가능한 단 하나의 포.

그러나 명심하라.

그것을 계획하는 것도, 만드는 것도, 감당하는 것도 오직 그대뿐임을.

내용: 전설급 대장장이 찾기

보상: 아흐트—아흐트Acht—Acht—2

실패 조건: 합성 맨티코어(대상: 루거)에 의한 사망 시

실패 시: [모든 전장을 관통하는 지배자, 카노니어] 취소

　　　　퀘스트 루트 원상 복귀

— 수락하시겠습니까?

"아흐트—아흐트Acht—Acht…… 8.8?"

루거에게는 미들 어스의 번역조차 필요 없는 원어였다.

그러나 의미를 정확하게 알 수 없었다.

일반적인 퀘스트 창이 퀘스트를 부여하는 대상의 '대사'와 미들 어스 시스템의 '설명'으로 구분되는 것에 비하면, 지금 루거에게 주어진 퀘스트 창의 설명은 너무나 부족했기 때문이다.

'저놈 때문에 나온 퀘스트인가? 저놈이 퀘스트를 부여했다고?'

루거는 새삼 루거몬을 응시했다.

그런데 몬스터가 퀘스트를 부여했다는 사실이 못 미더웠다.

'설명이 적은 것은 그 때문?'

내용은 '대장장이 찾기'인데, 실패 조건은 놈에 의한 사망이다.

대체 이건 무슨 뜻일까?

콰아아아앙……!

"크윽—!"

또 한 번의 폭발이 루거의 정신을 뒤흔들어 놓았다.

마음 놓고 퀘스트 창을 분석해도 이해하기 어려운 내용인데, 폭발이 끊이지 않는 전장에서 이러한 선택을 강요받다니!

"이 빌어먹을 놈이!"

루거는 다시 한 번 〈루거몬〉을 향해 방아쇠를 당겼다.

그의 우측 반신이 덜커덩, 흔들릴 정도의 반동과 함께 또 하나의 철갑탄이 쏘아져 나갔다.

하지만 루거몬은 유유자적 그것을 피해 냈다.

'시한신관과 작약 탄이 아니면…… 저걸 잡는 건 불가능해. 제기랄! 그걸 만드는 게 퀘스트인가? 그런데 전설급 대장장이라니— 병신 같은 오랑우탄 새끼도 영웅급밖에 안 됐었—'

보노보 팔레오들의 수장, 코바를 떠올리며 입술을 씹던 루거의 눈이 잠시 멍해졌다.

분명 지금까지 그가 아는 최고의 대장장이는 코바였다.

어쨌든 루거에게 있어선 무기를 강화해 준 유일한 NPC였으니까. 하지만 지금은 어떠한가?

"수염 난 난쟁이들이 말했었지. 전설급 총기를 합성한 그 영감탱이의 실력이 달라졌다고."

보틀넥이 있다.

전설급 총기를 합성하다 실패했고, 그 실패 경험치 덕에 보틀넥의 등급이 올랐다. 라는 전개까지는 루거가 알 수 없었지만, 적어도 보틀넥이 휴식을 취해야 할 정도로 평소와 달라져 있었다.

"크크크…… 크하하핫! 역시 신은 나의 편인가!? 하이하 그 멍청한 새끼가 나를 위해 일해 준 셈이었군! 전설급 대장장이 그리고 만능 포, 아흐트―아흐트!"

루거는 기억하고 있었다.

자신이 마지막으로 중얼거린 말!

'고사포Flegerabwehrkanone. 즉, F.l.a.k 이다. 아흐트―아흐트와 합쳐 보자면 답은 8.8cm Flak!'

루거는 곧장 뒤를 돌아 달렸다.

지금의 자신이 루거몬을 상대할 수 없음을 깨끗하게 인정해야 했다.

'저놈에게 죽으면 모든 게 수포로 돌아가니까. 크크크, 하지만 이 퀘스트와 실패 페널티에 있는 저 구성과 단어…….'

실패 페널티에 적힌 〈카노니어Kanonier〉.

그 뜻을 독일 사람은 모를 리가 없는 것이다.

————————————————————…….

　루거의 후방에서 폭발이 일어났다.

　뜨끈한 화염이 등을 지지고, 폭풍이 자신의 몸을 밀쳐 내는 것을 느끼면서도 루거는 웃었다.

　"카노니어! 〈포병〉이라니!"

　세상에서 가장 강력한 적은 누구인가. 그것은 또 다른 누군가가 아닌 바로 자기 자신이다.

　그 점을 루거는 정확하게 이해하고 있었다. 그리고 '자기 자신'과 싸울 기회마저 얻었다. 일반적인 경우는 확실히 아니었다.

　어떤 면에선 그 누구도 얻을 수 없는, 행운이자 불행.

　루거가 이하나 키드와는 또 다른 방법으로 퀘스트를 획득한 것은 어찌 보면 당연한 일이었다.

Dr Frankly Minister

　상다리가 부러질 정도의 음식들이 차려졌건만 움직이는 젓가락은 람화정의 것뿐이었다.

　달그락거리는 소음 외에는 숨소리도 작게 퍼지는 식당에서 이하의 모친이 가까스로 입을 열었다.

　"아직 시간이 너무 일러서 뭘 시켜 줘야 할지도 모르겠네…… 미안해요, 지금 음식이 이런 것밖에 없어서—"

"아뇨! 아뇨! 어머님! 정말 맛있습니다!"

"그, 그거 밥이랑 먹어야—"

람화연은 명란젓을 김치에 싸 먹었다. 이하가 말릴 겨를도 없었다.

"푸흡—"

"짤 텐데……."

기정은 웃음을 참으며 고개를 숙였고 이하는 뜨악한 표정으로 그녀를 바라보았다.

김치 씹히는 아삭한 소리만 어색하게 울려 퍼지고 있었다.

시간은 아직 오후 두 시경이었고, 람 자매에 대해 간략하게 소개를 했으나 어색함은 여전했다.

아니, 오히려 더욱 어색해진 상황이었다.

"그, 그러면…… 그, 홍콩…… 에서 일을 하는……?"

"네, 네. 그냥 작은, 비즈니스입니다."

"커. 언니."

"쉿, 조용히 해, 화정아."

"푸크큽……!"

기정은 다시 한 번 테이블 밑으로 고개를 박았다.

람화연의 어딘가 고장 난 것 같은 미소와 분위기 파악 못 하는 람화정의 대화는 그것만으로도 한 편의 콩트에 가까웠다.

이하의 입장에선 그런 기정이 때려잡고 싶을 만큼 얄미웠다.

이하는 다른 사람이 보지 못하게 기정의 허벅지를 팔꿈치로 내려찍고는 빠르게 문자 메시지를 보냈다.

'너 나중에 두고 보자.'

'크흐흥, 미안, 엉아. 그래도! 지금 이모한테 소개시켜 줘야 나중에 충격이 덜 하시지.'

'뭘 또 나중에 충격이 덜 하냐고! 무슨 일이 있을 줄 알고! 게다가 람롱 그룹 설명해도 우리 엄만 그런 거 아예 모른다고! 엄마 성격 알면서!'

기정은 람롱 그룹에 대해 이야기하며 눈앞에 있는 사람들이 그 회장의 장녀와 막내딸이고, 그룹 비즈니스를 경영하고 있다, 라고 소개했으나 현재 이하의 모친이 이해한 건 '외국에서 작은 회사를 경영하는 아버지를 돕는 중' 정도였다.

그 괴리감과 어딘지 모를 거리감.

거기에 더해 람화연의 평소 같지 않은 태도까지 합쳐지니 완전 가시방석이 따로 없었던 것이다.

"그, 그러면 편하게들 이야기하고. 혹시 더 필요한 거 있으면 얘기하세요."

"네, 넵! 감사합니다, 어머님!"

람화연이 갑자기 자리에서 벌떡 일어나 인사했고, 의자에서 일어나던 이하의 모친 또한 엉겁결에 람화연과 맞인사를 하며 주춤거렸다.

기정의 고개가 또 한 번 꺾인 건 당연한 일이었다.

이하의 모친이 자리를 피하자 그나마 분위기는 밝아지기 시작했다.

피한다 해도 주방 뒤편의 작은 휴식 공간 수준이었고, 홀에서의 대화는 충분히 들릴 정도였기에 여전히 불편한 건 있었으나 그래도 람화연의 표정이 풀어지기 시작한 것만 해도 이하로서는 천만다행이었다.

"……당신, 무슨 생각이야?"

"어, 어?"

그러나 풀어진 표정은 곧장 굳기 시작했다.

이하는 그녀의 목소리를 들으며 '조용히 소리 지른다'라는 표현이 무엇인지, 처음으로 알 것만 같았다.

"어쩌자고 가, 가족을― 어머니께 인사를― 그럴 거였으면 진작 말을―…… 하여튼!"

"언니. 빨개."

"화정이 너는 밥이나 먹어. 밥풀 떼고."

"으, 응."

람화연이 씩씩거리자 람화정은 언니를 놀리고 싶었으나 그것은 애초에 시도조차 불가능했다.

'가져올 것 많았는데! 한마디만 해 주지, 무심하기는!'

람화연의 반응도 당연한 것이었다.

만약 이하의 모친을 만나게 된다는 낌새만 있었더라도, 그녀는 결코 지금과 같은 모습으로 나타나지 않았을 것이다.

람화연의 기분이 오락가락하는 것을 본 이하는 분위기를 환기시킬 방안을 찾아야 했다.

다행히도 마주 앉은 네 명에겐 공통점이 있었다.

"아 참, 그…… 람화정 씨. 2차 전직 퀘스트 떴다면서요?"

"응. 얼음."

미들 어스 이야기는 언제나 통하는 비법이었다.

"오? 2차 전직? 대박! 축하드립니다!"

람화정이 순순히 인정하자 기정은 놀란 얼굴로 그녀에게 축하를 건넸다.

미들 어스 이야기가 곧 비즈니스 이야기이기 때문일까?

람화연의 표정도 어느새 평소처럼 돌아와 있었다.

"별초는 하이하 당신의 식구나 다름없으니까 상관없지만 그래도 말조심해 줬으면 좋겠어."

"아, 그, 그렇긴 한데— 어차피 기정이는—"

"응, 알아. 뭐라고 하는 거 아니야. 그리고 우리 화정이가 2차 전직 하게 된 것도 전적으로 당신의 힘이나 마찬가지였으니까."

이하가 허둥거리자 람화연은 푸근한 미소를 지었다.

기정 또한 그것을 흐뭇하게 바라보며 이하에게 물었다.

"엉아가 뭐 했어?"

"별거 아니야. 그리고 내가 뭘 했다기보다 람화정 씨가 잘한 거지. 2차 전직, 그거 아무나 하나."

이하는 겸손하게 말했으나 람화연은 확고한 얼굴로 고개를 저었다.

"반은 맞고 반은 틀려."

"어, 뭐?"

"화정이가 퀘스트를 받은 이후 조사를 좀 해 봤거든. 하이하 당신이 말한 것처럼 2차 전직은 아무나 하는 게 아니야. 특정 수준 이상의 실력을 갖춰야 하는 건 맞아. 하지만…… 그것만으로 되는 것도 아니야."

"그럼?"

이하가 놀란 얼굴로 되묻자 람화연은 잠시 호흡을 골랐다. 그러곤 자신의 가방에서 무언가를 꺼냈다.

종이는 겨우 두 장이었다.

그러나 그 안에 담긴 정보는 미들 어스 유저에게 있어 천금처럼 귀한 것이리라.

"봐, 봐. 알렉산더와 거기 있는 마스터케이 그리고 화정이를 대상으로 분석한 거야."

"어, 이, 이건―"

이하는 빠르게 종이를 받아 읽었다.

기정 또한 자신의 이름이 나오자 영문도 모른 채 서류로 눈이 향했다.

현재 2차 전직이 확정되었고, 그것이 완벽하게 공포된 두 명의 유저. 그리고 가장 가까이에서 2차 전직을 진행 중인 유저.

비록 세 명밖에 되지 않는 분석 대상이었으나, 람화연과 길드 화홍은 그들의 플레이 흐름을 추적하며 어느 정도의 공통점을 추출한 상태였다.

"어, 언제 이렇게 조사를 하셨대? 나보다 나에 대해서 더 잘 아시는 것 같은데?"

"실력 말고 필요한 또 하나는……."

기정이 감탄하는 사이, 이하는 어느새 서류의 끝부분을 읽고 있었다.

람화연은 이하의 말을 받았다.

"〈특성 키워드〉. 자신의 특성을 키워드화化한 후, 그 키워드를 보유하고 있으면서 현재 자신보다 수준이 높은 또 다른 대상이 있어야만 해."

알렉산더의 경우에는 베일리푸스가 있었다.

기정은? 기브리드와 싸운 게 주된 키워드가 아니었다. 기브리드와 싸우게 되었던 이유!

"교황…… 그렇구나. 원래 직업이 템플러, 성기사 쪽이어서 그런 거였어."

미들 어스에서 마魔에 대항하는 성력聖力으로 따지면 그 누구보다 높은 NPC가 교황인 것은 당연하다.

이하는 알렉산더와 기정, 람화정의 자료를 보며 또 다른 한 명에 대해 생각했다.

"그렇다면 치요는 무희. 키워드는 밤夜의 직업……? 이끌어 줄 대상이 뱀파이어인 것은 어찌 보면 당연한 일일지도 모르겠군."

"그쪽은 정확히 파악할 수 없어. 2차 전직이 확정인지도 모르겠고."

"확정일 거야. 하지만 파악할 수 없다는 건 일리가 있네. 푸른 수염이 뭔 짓을 해 놨다면, 일반적인 전직과는 개념이 다를 수도 있으니까."

이고르와 파우스트가 있다.

버서커와 네크로맨서는 마魔와 잘 어울리긴 하지만 뱀파이어화化된 것과 2차 전직을 즉각 연결하기에는 그들의 키워드가 조금 부족한 느낌이 있다.

"바로 그거야."

즉, 그 부족한 연결 고리를 메꿔 준 게 푸른 수염의 힘.

이하의 추측과 람화연의 추측은 같은 방향을 향하고 있었다.

"좋아. 그래서 람화정 씨의 직업이 '눈꽃술사'이니, 키워드는 얼음이겠고, 수준 높은 대상은—"

"당신이 소개시켜 준 실버 드래곤이었지. 음? 왜 웃어?"

"내가? 웃었나?"

"지금 웃고 있잖아."

람화연은 이하의 말에 답하다 말고 그의 얼굴을 지적했다.

이하는 자신도 모르게 올라간 입꼬리를 내리려 했으나 쉽지 않았다.

'실력? 랭커만 되는 건 아닐 거야. 기정의 2차 전직이 그걸 말하고 있다. 각 직업에서 최상위에 위치했거나 또는 영웅의 후예이거나, 아니면 또 다른 요건이 있겠지. 어쩌면 스탯의 총합으로 따져 볼지도 모르고. 어쨌든 〈실력〉이라는 측면에서 나는…….'

통과했을 것이다.

벌써 퀘스트가 떴다는 게 그 증거.

'나의 특성 키워드라면 〈저격〉밖에 없지. 누가 뭐래도 미들어스 유일한 [명중]의 후계니까. 그렇다고 본다면 결국 내 특성, 명중과 저격에 알맞으면서 나를 이끌어 줄 대상은…….'

이하는 그제야 모든 것을 이해하며 확정 지을 수 있었다.

하얀 사신.

바로 이 퀘스트가 자신을 2차 전직으로 이끌리라.

"흐흐흐……."

"저기, 기분 나쁘니까 그렇게 웃지 말아 주겠어? 그리고 언제까지 여기 있을 건데?"

"아, 그렇지. 연말인데 나가서 구경도 하고! 서울 구경 시켜 줄게! 엄마! 나갔다 올게요! 짐은 잠깐 여기 두고 갈게!"

"그, 그래! 아가씨들 맛있는 거 좀 사 주고! 응?! 이하야! 잘해!"

"잘하기는 뭘 잘해요!? 나가자, 얼른!"

이하는 자리에서 벌떡 일어나며 이제 막 밥을 먹기 시작한 기정을 잡아끌었다.

비즈니스 관계로 한국에 왔을 때는 겪어 보지 못했던 한국의 많은 문화를 람 자매는 숙제를 해치우듯 겪었다.

생소한 문화 체험이 무엇보다 즐거웠던 이유는 그녀들을 이끌어 주는 사람이 이하였기 때문이다.

문제라면 단 하나, 여전히 숙소를 잡지 못해 밤늦게 서울 구경을 마치고 다시 돌아온 장소가 이하 모친의 가게라는 점.

"……우리보고 여기서 자라고?"

"그건 아닌데…… 우리 집에 가서 잘―"

"무―――――――――슨 소리를 하는 거야!"

"―그러니까! 여기, 여기 있자고! 펴, 편의점은 오늘도 열었으니까! 밤새 여기서 이야기도 하고 놀다가, 아침에 해돋이 보면 되잖아!? 응? 좋다! 이거 좋지, 기정아?"

"……나도 여기 있으라고, 형?"

"당연한 소리 당연하게 하지 말고!"

이하는 기정을 억지로 바닥에 앉혔다.

그러곤 번개처럼 편의점에 다녀와 간식과 맥주 그리고 람 화정이 마실 만한 우유 등을 구입해 왔다.

그들은 밤이 늦도록 많은 이야기를 나눴다.

옅은 술기운은 어색함을 지워 주고 사람을 적극적으로 만들기에 가장 좋은 재료 중 하나니까.

"언니. 종소리."

"어! 제야의 종! 뭐야, 벌써 자정이잖아!?"

람화정이 귀를 쫑긋거리자 기정이 호들갑을 떨며 식당 안의 TV를 틀었다.

12월 31일 23시 59분이 지나고, 1월 1일 00시 00분이 막 된 순간, 이하와 람화연은 눈을 마주치고 있었다.

말 그대로 해가 바뀌도록 긴, 눈 맞춤이었다.

"흐아아암…… 고생했어, 엉아. 나 간다."

"그래. 마음 같아선 너 그냥 콱—"

기정은 낄낄거리며 이하의 주먹질을 피했다.

"왜, 왜! 나 때문에 형도 좋았으면서."

"이게 좋은 거하고 같냐! 에이, 망할 놈."

처음의 당황한 기색은 온데간데없이, 자정이 지나며 해가 바뀌고 새해 첫 해돋이를 보고, 공항으로 배웅을 나서는 동안 이하와 람화연 사이의 기류는 상당 부분 바뀌어 있었다.

'으으, 인정하긴 싫지만, 기정이 놈 덕분이기는 하겠지.'

거의 강제(?)였지만 같은 장소에서 남녀 두 사람이 거의 24시간을 함께 보낸 것이나 마찬가지니, 사이가 변하지 않으면 그게 더 이상한 일일 것이다.

"나중 가면 나한테 밥 한번 거하게 쏴야 할 거야, 형! 히히, 그럼 나 간다! 푹 쉬셔!"

기정과 헤어진 이하는 지친 몸을 이끌고 집에 돌아왔다.

기정의 바람대로 푹 쉬고픈 이하였으나, 지금은 쉴 때가 아니다.

잠깐이나 놓친 시간도 있고 무엇보다 2차 전직에 대한 구조를 알게 된 지금, 도저히 손 놓고 쉬고 있을 수가 없었다.

"엄마! 저 왔어요! 점심은 안 먹어도 되니까— 어억!"

당장이라도 미들 어스 접속기로 달려가려는 이하의 팔목이 낚아채졌다.

"빨리! 이리와 봐! 어떻게 됐어? 아가씨들은 잘 갔어? 그, 약간 푸르스름한 머리, 그 친구는 너무 어리던데. 아니지? 불그스름한 쪽이지? 키 크고? 어떻게 알게 된 거야? 어디서? 기정이가 무슨 그룹이라고 했던 게 생각나서 찾아봤는데 말도 안 되는 거잖아! 저 사람들이 그 사람들 맞아?"

"자, 잠깐! 엄마! 하나씩! 뭐라고요?"

미들 어스 중독자보다 강한 것이 엄마의 마음! 이하는 순식간에 모친의 앞에 앉혀져 온갖 질문 공세를 당했다.

슬쩍 보이는 모친의 스마트폰으로 람롱 그룹에 관한 뉴스 기사 페이지가 떠 있는 걸 본 이하는, 그제야 모친의 호들갑을 이해할 수 있었다.

'크으! 하긴 저 정도 엄청난 재벌가의 장녀니까, 좀 이상하긴 하겠지?'

어디서부터 설명해야 할까. 아니, 설명할 필요가 있을까.

사실 확실한 건 아무것도 없잖은가?

하다못해 지인 이상, 여자 친구라는 개념조차 들이밀기에 둘의 사이가 미묘한 건 사실이었다.

"그 사람들 맞고, 불그스름한 쪽 맞아요. 근데 엄마가 생각하는 그런 쪽은…… 아직 잘 모르겠는데요? 여하튼 뭐 좀 생기면 나중에 말씀드릴게요."

이하가 눈을 마주치며 차분하게 답하자 모친의 호들갑도 금세 진정되었다.

"너어, 너어어어~! 좋아. 겁먹지 말고. 남자는 배짱이 있어야지. 상대가 홍콩, 응? 무슨 그룹이면 뭐 어때! 기죽지 마. 알았지?"

"엄마도 참, 내가 뭐 기죽어서 그러나. 걱정 마세요."

이하는 모친의 걱정을 이해하고 그녀를 진정시켰다.

사실 미묘하긴 하지만 거부감이 있었던 것도 사실이다.

람롱 가문 정도라면 이미 정해진 혼처도 있지 않을까?

무엇보다 그쪽에서 자신들처럼 평범한 가문과 엮이는 걸 반대하지 않을까, 하는 것에서 생기는 거부감 말이다.

그래서 람화연을 사무적으로 대했던 것 중 큰 부분도 그것에 기인했는지 모른다.

그렇게 자리에서 일어나려는 이하에게 모친이 한마디를 덧붙였다.

"그래. 우리 아들이 그럴 리 없지. 아, 근데 엄마는 무조건 찬성이다!"

"어, 어? 네? 뭐가요?"

"색시가 참한 것 같더라. 이런 기사 나부랭이는 봐도 모르겠고. 그저 요즘 세상에 그렇게 깍듯하게 인사하는 친구가 어디 있겠니? 하물며 외국인이 그렇게 허리 숙여 인사하기 쉽지 않을 텐데. 엄마는 언제든 찬성, 빠르면 빠를수록 오케이! 알았지?"

"무, 무슨― 무슨 말씀을 하시는지, 원!"

이하는 후다닥 자리에서 일어나 황급히 방으로 들어갔다. 등 뒤에서 퍼지는 모친의 웃음소리가 귓전에서 맴돌았다.

'기정이는 확실히 엄마 여동생의 아들이구나. DNA가 전파되긴 되는 거야…….'

어쩐지 기정을 생각나게 만드는 모친의 웃음소리와 엄청나게 앞서 나가는 모친의 설레발을 떠올리며 이하는 부르르 떨었다.

그리고 마침내, 미들 어스 접속기에 몸을 뉘였다.

"으으음, 이거지. 이거야."

어떤 의미로는 현실보다 훨씬 발달된 감각을 느끼며 이하는 기지개를 켰다.

그러곤 즉각 친구 창을 열어 사람들에게 귓속말을 보냈다.

—나라 씨! 해피 뉴 이어! 새해 복 많이 받으세요!

—이하 씨! 빨리 접속했네요? 며칠 더 걸릴 줄 알았는데.

—어차피 할 일도 없고. 제가 바통 터치해야 또 나라 씨가 나가죠. 상황은요? 별일 없죠?

이하는 간단한 새해 인사를 마치자마자 용건을 꺼냈다.

이고르와 파우스트 등이 혹 자신이 없던 사이 날뛰었는지 확인해 달라는 내용을 우회적으로 말한 것이다.

'아차, 너무 본론부터 꺼냈나?'

귓말을 보내고 나서야 자신이 너무 무신경했다는 걸 깨달은 이하였으나, 신나라의 귓속말 답변은 평이했다.

—멀쩡해요. 라르크 씨랑 몇몇 사람 뽑아서 각기 마을로 보내 놓은 것도 있고…… 아무래도 당분간 움직이지 않기로 작정을 한 것 같은데요, 이 녀석들.

―아…… 그래요?

'어라, 뭔가…… 깔끔한데.'

무신경한 거 아니냐면서 뭐라고 한마디 하거나, 또는 미들 어스 얘기밖에 할 게 없냐며 이하를 다그칠 법도 한 상황이었다.

이하가 이런 식으로 기억할 정도로 그런 상황이 많았던 게 바로 그 방증이지 않은가?

그러나 신나라의 목소리는 오히려 약간 밝게 느껴질 정도였다.

―네! 세이크리드 기사단 쪽 파견 병력들한테는 무슨 일 있으면 바로 이하 씨한테 연락하라고 지시해 놨어요. 어차피 라르크 씨한테도 동시 연락으로 갈 테니 너무 부담은 갖지 마시고…… 뒤를 부탁드릴게요.

―아, 물론이죠. 맡겨 주시고 푹 쉬고 오세요.

―궁금한 거 있으시면 라르크 씨한테 물어보시면 되고요. 그럼 나중에 봐요!

신나라는 로그아웃했다. 이하는 머리를 긁적였다.

'라르크…… 씨? 두 사람이 원래 이렇게 친했나?'

이하가 제 할 일을 위해 돌아다니고, 로그아웃을 하고 람화연과 붙어 있던 그 시간 동안 미들 어스 안에서는 4일에 가까운 시간이 흐른 상태였다.

24시간만 함께 있어도 가까워지는 게 사람 사이이거늘, 4일 동안 같이 있던 두 사람이다.

그 사실을 꿈에도 모르는 이하는 그저 어딘지 모를 어색함을 느끼며 보틀넥의 대장간으로 향했다.

까아앙—! 까아아앙—!

쉴 새 없이 울리는 망치질 소리는 이하를 눈앞의 현실과 마주하게 만들어 주었다.

'우선 해야 할 일은 아이템 찾기다. 하얀 사신과의 저격전은 분명히 쉽지 않을 거야.'

무엇을 해야 하는가. 어떻게 해야 하는가.

아직 김 반장의 조언조차 제대로 이해하지 못한 상태였지만, 그렇다고 손 놓고 기다릴 수도 없는 입장이었다.

"보틀넥 아저씨! 계세요?!"

블라우그룬도 없이, 플래티넘 쉴드나 자신의 몸을 방어할 그 어떤 도움도 없이 하얀 사신과의 저격전을 치르기 위해서는 반드시 필요한 아이템들이 있었다.

"후우우······."

"뭐야, 대답도 없이. 바쁘세요?"

망치질 소리만 분주한 대장간 내부로 들어선 이하는 보틀넥을 발견했다.

평소와 달리 호들갑도 떨지 않는 드워프의 다부진 뒷모습이 눈에 들어왔다.

"지난번에 맡겼던 토온의 흉갑이랑 그거 다 만들—"

"성주 왔나."

"어…… 네. 왔습니다."

보틀넥에게 용건만 말하고 빠르게 나가려던 이하는 문득 달라진 그의 분위기에 순간 압도당했다.

특별히 모습이 변한 것은 없었다.

검댕이 묻은 거친 수염도 그대로다.

그러나 망치를 쥐고 있는 드워프는 이하가 지금까지 알고 있던 보틀넥과는 분명히 다른 존재였다.

'과연. 이게 등급 상향의 차이인가.'

그 자체만으로도 존재의 위엄을 덧씌워 주는 효과가 있는 〈전설〉 등급이 보틀넥을 다르게 바꾸어 놓은 셈이었다.

"첫 번째로 부탁했던 건 별문제는 없었어. 하지만 두 번째로 말했던 것. 토온의 뼈를 조끼 형식으로 만들어 달라고 했지만, 아무래도 그렇게 만들긴 아까운 것 같더군. 성주의 목숨을 보호하려는 장비를 그렇게 간단하게만 만들 순 없지. 그래서 아예 팔까지 전부 감쌀 수 있도록, 상의의 형식으로 만들어 봤네."

"사— 상의— 잠깐만요! '토온의 대흉갑 조각'을 사용해서 방탄, 방검 조끼의 형태를 갖출 수 있도록 해 달라고 말씀드린 건데! 팔까지 다 감싸면 안 되죠, 그건 그냥— 갑옷이잖아요!"

"일단 입어 봐. 가져올 테니 기다리게."

이하가 방방 뛰어도 보틀넥은 부드러운 어조로 말했다.

그러나 이하로서도 할 말은 많았다. 방탄, 방검 조끼는 기본적으로 딱딱하고 무겁다.

물론 근접 계열 직업군에겐 별로 상관이 없겠으나 이하와 같은 원거리 계열 직업군에겐 무게와 행동의 유연성이 반드시 필요하지 않은가.

'근데 그걸 상의 전체로 입는 방식이면…… 총은 어떻게 쏴!'

하물며 이번 재료는 현대식 방탄조끼의 케블라나 폴리에틸렌 계열의 섬유도 아니다.

무려 토온의 가슴 인근에서 나온 거대한 뼛조각!

그것을 옷으로 만들었다고?

팔을 들어 올리기도 힘든 옷을 입고 어떻게 총구를 겨누겠는가!

이하는 무언가를 들고 오는 보틀넥을 보며 구시렁거렸다.

"뭐 선조들의 뒤를 잇겠네, 마네 하시더니 말투가 점잖아진 건 좋은데요, 부탁한 대로 만들어 주시지 않으면 괜히 재료만 낭비—…… 이거예요?"

그 투덜거림은 보틀넥이 건넨 아이템을 보자마자 즉각 멈췄다.

고개를 끄덕이며 만족스러운 미소를 짓고 있는 보틀넥과 자신의 손에 쥔 물건을 번갈아 보는 이하.

"저한테 방금 설명하셨던 거랑 다른데요? 아니, 이거 토온의 뼈로 만든 거 맞아요? 그냥 옷인데?"

자신의 손에 쥐인 것은 새카만 상의였다.

당황한 이하는 그것의 겉면을 조금 비벼 보았다.

'엄청 얇다……. 하지만 일반 옷과 같은 질감은 확실히 아니야. 그런데 이게 뼈라고? 말도 안 되잖아! 거칠기로 따지면 오히려 린넨 재질보다도 부드러운 느낌인데?'

도대체 이것은 무엇인가.

이하가 고개를 갸웃거리자 보틀넥은 껄껄거리며 웃었다.

"토온의 대흉갑에서 카본만 추출했지. 망할 공룡 녀석, 덩치는 산만 해 가지고 많이는 나오지 않더구만. 하여튼 추출한 카본을 가지고 새로운 결합 방식을 한번 시도해 봤네. 육각형 방식으로, 아주 얇은 튜브의 형태를 만들어 계속해서 이어 붙일 수 있도록 했지."

보틀넥은 코밑을 쓰윽, 닦으며 이하를 바라보았다.

이하가 여전히 별 반응이 없자 마침내 그의 목소리가 커졌다.

"섬유 쪽은 영 젬병이라 요 며칠 방안에 틀어박혀 얼마나 고생했는지 알아?! 사실 성주 자네가 부탁한 대로 거의 다 만들었던 걸 완전히 부숴 버리고 새롭게 한 거라고! 으하핫! 감사 인사는 넣어 둬도 괜찮아, 예전 같으면 시도도 해 보지 못했을 일을 해낸 건 모두 성주 덕분이니까!"

"아니, 그게 중요한 게 아니라! 카본— 탄소? 탄소복합섬유— 그것도 나노튜브 방식?! 미친!"

"뭐, 인마!? 누구한테 미쳤대! 그리고 그게 안 중요하면 뭐가 중요하다는 거야!?"

"아, 아뇨. 보틀넥 아저씨한테 말한 게 아니라…… 허, 허허헛, 참 나……."

이하는 헛웃음을 칠 수밖에 없었다.

군 시절 들었던 기억이 갑작스레 떠올랐기 때문이다.

최신식 방탄복으로 쓰이기 위해 새롭게 개발되는 소재가 있으며, 그 소재는 일반 옷과 비슷한 두께와 가벼움으로도 일반 라이플 탄환을 막아 내기에 충분한 강도를 지녔다고 했다.

'그 소재의 이름이…… 카본나노튜브. 나노 두께 수준의 탄소 복합체를 수없이 많이 쌓아 만드는— 아직도 이론상으로밖에 안 된다고 들었는데. 아, 그렇지. 여기는—'

현실이 아니다. 미들 어스다.

'현실에 존재하는 수준조차 재현하기 힘든 영웅급에 반해 전설급은…….'

〈영웅급〉과 〈전설급〉의 차이는 단지 두 글자만이 아니라는 것을, 이하는 '뼈'저리게 깨닫게 되었다.

"성능! 성능은 어때요?"

"푸하핫! 성주 자네가 직접 보면 되는 거 아닌가! 그걸 나한테 물어?"

"아차차, 그렇지."

이하는 얇디얇은 옷을 들어 아이템 상세 설명 창을 띄우려
했다.

—태평하게 대장간에서 노닥거리고 있는 겁니까. 탄을 챙
기는 시간은 1분이면 충분할 것을.
—크크크…… 내 얘기라도 듣고 있나 보지? 늦었다, 멍청
한 놈. 아니, 고마운 놈이라고 해야겠군.

그 순간 이하의 머릿속에 두 개의 목소리가 동시에 울렸다.

—키드? 루거? 뭐야, 둘이 같이 있는 거예요? 어쩐 일로
귓속말이래?

이하로서는 당황스러운 일이었다.
평소엔 연락조차 없던 인간들이 이렇게 뜬금없이, 그것도
둘이 동시에 하다니?

—루, 루거한테 귓속말이 왔습니까?
—키드 놈이 뭐라고 했나?

잠시 후 들려온 답변은 더욱 황당한 소리들이었다. 이하는
삼총사의 텔레포트 창을 열어 그들의 위치를 확인했다.

'뭐야? 같이 있는 것도 아니구만. 무슨 약속이나 한 듯 귓말을 하고 난리들이야?'

키드의 위치 〈데드 우드〉와 루거의 위치 〈오염된 세계수의 숲〉을 보며 이하는 고개를 갸웃거렸다.

이하가 그들의 위치를 확인하는 동안 키드와 루거도 서로의 위치를 확인한 것일까?

잠깐 동안 말이 없던 그들은 곧 웃음소리와 함께 귓속말을 다시금 보내기 시작했다.

─먼저 가겠습니다.

─평생 내 뒤나 쫓아오라고, '세 번째 삼총사'. 으하하핫!

이하는 영문 모를 그들의 귓속말을 들으며 한숨을 내쉬었다.

"에휴, 이 게임 중독자들 같으니……. 하여튼 영 사교성이 없다니까. 이야기를 하고 싶으면 상대방이 알아듣게 하던가. 아니면 하다못해 해피 뉴 이어 정도는 해 주지 말이야. 뭔 지들 할 말만 하고 뚝 끊냐고."

키드와 루거가 어째서 서로 간에도 이야기하지 않은 것을 이하에게 말했을까.

그들의 평소 성격을 생각하자면 분명히 일반적인 일은 아니었다.

마탑의 사수

Geschoss 6.

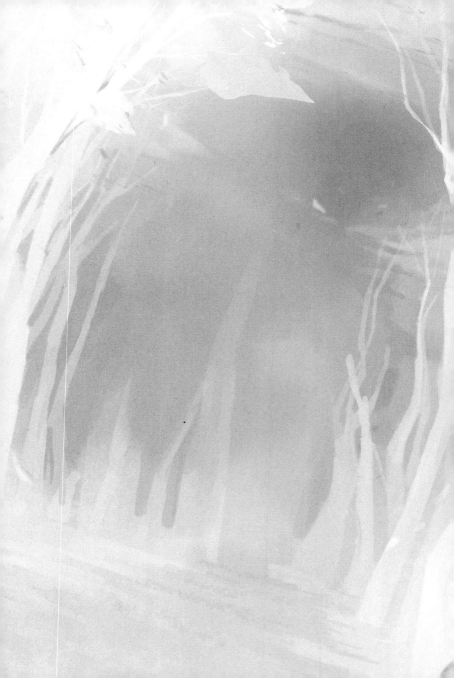

　이하는 그들의 행동에 대해 의문을 가지면서도 우선 아이템부터 확인했다.

　사실 조금만 생각해 보면 알 수 있는 일이었다.

　무엇보다 키드나 루거가 너무나 신이 난 나머지 필요 이상의 자랑을 해 버린 것도 문제였다.

　그러나 당장 이하의 손에 들려 있는 한없이 가벼워 보이는, 〈미래형 방탄복〉의 존재가 그들의 이야기에 제대로 집중할 수 없게 만든 것이다.

〈전설의 대장장이가 만든 관통 무효화의 바디 아머〉

방어력: (사용자의 HP)

효과: 체력 +25, 피격 시 데미지 감소 30%

상태 이상 '공포'에 대한 저항력 +100%

　설명: 전설적인 드워프 대장장이 보틀넥이 전설적인 토온의 흉갑을 가공하여 만든 상의. "관통 방어에, 움직임까지 유연하게 만들려다 보니 아무래도 재료가 부족했어. 아니, 아직도 내 실력이 부족한 탓일지도 모르지. 어쨌든 미안하게 됐네. 타격 무효까지 완벽하게 재현하고 싶었지만 그 부분에 대해선 조금 포기할 수밖에 없더군. 하지만 이 정도만 해도 자네에겐 충분하지 않나? 응?" 상당한 수준의 타격 무효화와 완벽한 관통 무효화 효과를 지닌 매우 가벼운 상의다. 뭇 사람들은 이것을 〈두 개의 전설〉이 만나 만들어 낸 기적이라 칭할 것이다.

　추가 효과: 바디 아머의 방어 효과 미만의 피격 시, 해당 공격에 포함된 모든 관통 효과 무효화

　"……헐. 보틀넥 아저씨? 이거—"

　"썩 만족스럽진 않아. 아직 내 힘을 제대로 못 다루고 있거든."

　보틀넥은 주먹을 쥐락펴락하며 말했다.

　안타까운 듯 말하고 있었으나 그의 얼굴은 결코 어둡지 않았다.

　보틀넥 자신도 이 아이템의 성능에 사실은 만족하고 있음을 이해하는 눈치챌 수 있었다.

　'보통은 재료에 붙었다. 토온의 발톱 단검만 해도 전설의 공

룡 발톱으로 만든 단검이었어. 근데 이건…….'

전설이 수식하는 단어는 '대장장이'다.

재료보다 만든 사람을 더 높게 칭하고 있는 것이다.

뼈의 질감이 완전히 살아 있는 대흉갑 조각으로 이렇게 부드러운 옷을 만들 수 있게 된 자에 대한 존경의 표시!

"아저씨!"

"끄아앗! 왜 이래, 이거!?"

이하는 보틀넥을 와락 끌어안았다.

그의 거친 수염이 이하의 가슴팍을 간질였으나 신이 난 이하에겐 그런 것도 느껴지지 않았다.

"하여튼! 내가! 헬앤빌에서부터 알고 있었다니까! 내가 아저씨 언젠가 해낼 줄 알았다니까요!"

"크하하핫, 듣기는 좋지만, 성주, 으히힛, 간지러! 성주 자네 덕분이지 않은가! 오히려 내가 고마워해야지!"

"그건— 으음, 다시 생각하면 조금 열 받는 일이긴 하지만! 어쨌든 다 용서해 드리겠습니다, 우하핫! 대박이라고요, 이거!"

입어 보지 않아도 알 수 있었다.

효과를 굳이 증명해 보지 않아도 알 수 있었다.

각종 효과들이 어찌나 좋은지 상태 이상 '공포'에 대한 저항력 100%는 눈에 들어오지도 않을 정도였다.

방어력이 사용자의 '체력'이 아니라 HP라는 게 어떤 의미인가.

하물며 피격 시 데미지가 30% 감소?

'무엇보다 쩌는 건, 진짜, 진짜 쩌는 건—! 그런 모든 효과가 적용된 〈방어 효과〉보다 데미지가 낮을 경우, 관통 효과 자체가 무효화되어 버린다는 점!'

미들 어스의 유저라면 당연히 알고 있는 점이다.

관통 효과는 가장 기본이 되는 공격.

단순히 탄환의 관통만이 관통이 아니다. 창의 찌르기, 화살의 적중, 하다못해 검으로 베는 것조차 일종의 '관통'이다.

말하자면 살갗을 파고들어 HP를 소모시키는 모든 종류의 공격이 바로 넓은 의미의 관통이 된다.

따라서 대부분의 〈스킬 공격〉은 어떤 종류든 일정 수준의 관통 효과를 지닌 셈이나 다름없다는 뜻이다.

'캐릭터 창!'

이름: 하이하 / 종족: 인간

직업: 머스킷티어 / 레벨: 252 (38%)

칭호: 그림자 암살자 / 업적: 152개

HP: 9,620(6,734)

MP: 3,690

스탯: 근력 720(+635)

　　　민첩 4,000(+1,382)

　　　지능 550(+334)

체력 360(+253)

정신력 248(+150)

남은 스탯 포인트: 200

'이쯤 되니 하얀 사신의 총기를 날린 것도 전혀 아깝지 않게 됐어. 그때 얻었던 업적, 모루신의 어쩌고 하는 게 체력을 엄청나게 올려 줬잖아?'

덕분에 HP가 무려 9,620이 되었다.

사용자의 HP가 고스란히 방어력이 되므로 이 상의 하나만으로 이하의 방어력이 9,620으로 상승한다는 뜻!

'……미친, 기정이의 방패급— 아, 그놈도 이제 토온의 방패구나.'

홀리 나이트가 토온의 방패를 갖기 전에 사용했던 방패의 방어력은 얼마일까?

이하는 웃음을 참을 수 없었다.

그렇게 크고 둔탁하며, 한 손을 제한하는 '방패'의 방어력이 현재 이 상의의 방어력과 비슷하거나 어쩌면 더 낮을 가능성이 높았다.

'지난번 파우스트 때문에 정신력에 48포인트 박았고…… 우선 체력을 깔끔하게 맞춰 보자면…….'

이하는 체력에 1포인트, 1포인트를 더하며 HP를 상승시

컸다.

그렇게 도합 19개의 포인트를 투자하자 HP는 완벽한 숫자가 되었다.

"HP 1만……."

"뭐?"

"아, 아뇨. 아무것도. 푸흡."

이하는 입을 가리며 웃었다.

방어력 1만. 거기에 피격 시 데미지 30% 감소. 바디 아머의 방어 효과 미만의 피격 데미지는 관통 효과 무효.

'음, 그러니까 공격력 1만 4,000짜리 스킬 공격을 나한테 써도 실제로 들어오는 데미지는 9,800밖에 되지 않는 셈이고, 방어력보다 낮으니까 그 스킬에 붙은 관통 효과는 완전히 무효화되는 거네. 관통 효과가 없어지니 실질 데미지는 9,800보다도 훨씬 더 낮아질 것이고— 뭐야, 이거?!'

거기에 젤라퐁까지 고려해 보면?

완전 무적이잖아?

이하는 마지막 말을 군이 입 밖으로 꺼내지 않았다.

어쩐지 그런 말을 꺼냈다간 부정(?)이라도 탈까 두려운 마음이 앞설 정도로 너무나 뛰어난 효력이었기 때문이다.

'좋았어. 이 정도라면…….'

이하는 탄창을 잔뜩 가방에 챙겼다.

더 이상 꾸물거릴 시간은 없었다. 수정구를 막 꺼내어 드는 찰나, 보틀넥이 이하에게 말을 걸었다.

"루거 놈이 또 행패를 부리고 가긴 했는데, 그건 내가 알아서 처리해도 되겠지?"

"루— 엥? 루거요?"

이하는 그제야 루거의 귓속말이 떠올랐다.

"아 참, 그러고 보니까 여기서 무슨…… 자기 얘기를 듣고 있냐고 하던데. 무슨 말 하고 갔어요?"

"황당한 주문을 하고 갔어. 〈코발트블루 파이톤〉까지 여기다 맡겨 놓고 말이지."

"어라, 그러네?"

이하는 그제야 대장간 안쪽에 있는 검푸른 빛의 총기가 눈에 들어왔다.

그것을 보는 순간 이하는 뭔지 모를 불안감을 느꼈다. 목숨과도 같은 총기를 이곳에 두고 갈 루거가 아니다.

하물며 보틀넥에게 무언가를 주문했다고?

"뭘…… 했죠?"

"마나를 이용해서 코발트블루 파이톤에 새로운 형태를 덧씌워 달라더군. 쩝, 나로서도 새로운 도전이야. 이건《빛나는 망치》, 그분이나 할 수 있을 법한 일이라고."

보틀넥은 구시렁거리며 말했으나 이하는 그의 말을 정확히 이해할 수 없었다.

"강화한다고요?"

"아니! 강화는 해당 무기의 성능을 높이는 일이잖아. 그 정도라면 예전의 나도 할 수 있는 일이야."

"그럼요? 덧씌워? 그게 무슨— 그리고 《빛나는 망치》라면 언젠가 들어 본 적이 있는데?"

"이런 멍청한—! 성주 자네는 자네의 총기 설명도 제대로 안 외우고 다니나!? 그, 그 저주받은 무기를 봉인한 게 누군지 몰라?"

"······아?! 아아아!"

"이런 게 세상에 존재해서는 안 된다! 나 《빛나는 망치》는 모든 살아 있는 생명체를 위해 이것의 힘을 봉인하겠다." 전설의 드워프의 봉인 때문일까, 이후 블랙 베스의 본래 힘을 사용한 사람은 없다.

이하는 블랙 베스의 설명 창을 즉각 확인했다. 그리곤 두 개의 도식을 그려낼 수 있었다.

빛나는 망치 = 전설의 드워프 = 블랙 베스의 '스킬'을 '봉인'한 자.

보틀넥 = 전설의 드워프 = ?

"스킬······? 스킬 봉인—은 아닐 테고 그렇다면 스킬 부여!

나는요?!"

"성주 자네는 할 필요가 없지. 블랙 베스는 이미 완벽하니까. 그리고 이건…… 나의 새로운 싸움이기도 해. 루거, 그 망나니 놈이 새로운 길을 걸을 수 있는 길잡이를…… 블랙 베스에 버금가는 길잡이를 만드는 셈이기도 하지."

새로운 싸움, 새로운 길.

그 순간, 모든 것을 이해할 수 있었다.

루거는 어째서 득의양양한 목소리로 귓속말을 날렸는가. 루거의 사실을 아마도 몰랐을 키드는 또 어쩐 일로 코웃음을 쳤는가.

이하의 머리털이 주뼛 솟아올랐다.

'이 자식들!'

2차 전직의 키워드.

두 사람은 그것을 얻었으리라.

"열어."

"예, 옛."

휘우우우우———…….

눈보라가 몰아치는 곳을 다시 찾은 이하는 눈앞의 자이언트에게 명령했다.

위병 수준의 NPC는 이미 한 번 다녀간 경력이 있는 데다, 위엄 버프는 물론, 기분까지 다운된 이하의 말을 거절할 수 없었다.

'망할 놈들…… 자랑하려고 연락한 거였어. 어쩐지, 괜히 그런 말을 할 인간들이 아니지.'

평소 코빼기도 안 비치던 사람들이 연락했을 때는 다 이유가 있는 법이다.

'하긴 생각해 보면 당연한 건가?'

이하는 거대한 철문이 열리는 것을 기다리며 2차 전직에 대해 생각했다.

자신이 하얀 사신을 통해 2차 전직 퀘스트에 대한 답을 찾았다.

키드와 루거를 생각한다면, 실력을 기준으로 볼 때 자신보다 높으면 높았지 결코 아래는 아니다.

만약 직접 싸운다면?

지지 않을 자신은 있지만, 그렇다고 확실하게 이긴다고 말하긴 어렵다. 초 장거리 저격전을 하려 해도 그들은 쉽게 지형을 내어 주지 않을 테니까.

결국 문제는 미들 어스 내의 경험이었다. 이 측면에서 아직 자신은 둘에 비해 조금 떨어진다 볼 수 있었다.

그런 그들이 자신이 찾은 2차 전직에 대한 실마리를 발견하지 못했다고 생각했던 게 오히려 문제이지 않을까?

'그래도 지금까지 아무 말도 없던 인간들이 갑자기? 특성 키워드는 어디서 갑자기 얻었길래?'

무엇보다 이해할 수 없는 점은 동시다발적인 2차 전직 퀘스트의 발동이었다.

왜?

지금까지 알렉산더와 기정을 제외하면 그 누구도 2차 전직에 관한 소식이 없지 않았던가.

이렇게 뜬금없이 여러 사람에게서 2차 전직의 힌트가 발견되는 이유는 무엇일까.

"알렉산더와 기정이를 제외하면 제일 빠르게 한 사람이…… 치요. 적어도 내가 알기로는 치요밖에 없어."

이하의 머릿속에 떠오른 한 가지 가설이었다.

그간은 2차 전직자가 두 명뿐이었다. 그러나 치요가 2차 전직을 완료하며 3명이 되었다.

그 순간, 어떤 변화가 생긴 것은 아닐까?

'정말로 알렉산더와 기정이 말고 2차 전직자가 없었다고 본다면…… 어느 정도 일리는 있어.'

이하는 기억하고 있었다.

페이즈 3의 문구를.

[끝은 끝이 아닙니다. 3의 한계를 넘을 것입니다.]

'300레벨 만렙 제한이 해제되었다는 해석이 제일 많았어. 실제로 그렇기도 했고.'

하지만 그것으로 끝일까?

미들 어스는 한 가지의 페이즈를 업데이트한 후, 해당 페이즈의 조건을 만족한다면 즉시 그다음 페이즈로 넘어가곤 했다.

그러나 Top10 랭커 중 벌써 300레벨 초과 유저가 몇 명이나 될까?

'대략적으로 4명? 페이우도 분명히 300을 넘었을 거야.'

300레벨을 3명 이상 초과했음에도 페이즈 3은 끝나지 않았다.

그렇다면…….

'2차 전직이 3명 이상일 때, 어떤 변화를 가져온다는 거 아니었을까? 아니지, 근데 그것도 좀―'

2차 전직 유저가 세 명―알렉산더, 마스터케이, 치요―이 되자마자 갑자기 폭발적으로 2차 전직 퀘스트들이 늘어났다.

그것이 페이즈 3의 또 다른 변화가 아닐까?

3의 한계를 넘는다는 이야기가 그런 뜻이 아닐까 추측하던 이하는 곧 고개를 저었다.

일견 일리는 있어 보였으나, 그렇다면 페이즈 3이 종료되고 페이즈 4로 넘어가야 한다.

"300레벨 제한 해제가 첫 번째. 2차 전직이 풀리는 게 두 번째. 그리고 또 세 번째의 뭔가가 있다……? 그렇게 해서 3이

3개를 넘는 순간 페이즈 쓰리가 끝나는— 아우, 머리 아파!"

가정의, 가정의, 가정이 반복되자 이하는 머릿속이 하얗게 새어 버리는 느낌이 들었다.

그래서 결국 선택한 것은 아몰랑!

"아, 몰라! 알아서 되겠지!"

이하는 고개를 저으며 잡념을 털어 내었다. 중요한 것은 페이즈 3가 아니다.

어떻게, 어째서 키드와 루거가 2차 전직의 키워드를 얻었는가도 아니다.

그들은 얻었다. 자신도 얻었다.

그렇다면 남은 건 하나뿐이지 않은가?

'누가 먼저 하느냐. 루거 자식, 굳이 내가 '세 번째'로 삼총사가 된 걸 콕, 집어 말했다 이거지?'

이하는 블랙 베스에 새로운 탄창을 끼웠다.

쿠우우우웅…….

그 순간, 눈앞의 철문이 열렸다.

"이번엔 내가 첫 번째다."

뽀득, 뽀득, 뽀득…….

이하는 그 누구도 밟지 않은 새하얀 대지를 밟으며 걸었다.

하얀 사신의 원혼이 있는 폐허의 인근에서, 노리쇠를 당기는 쇳소리가 조용히 울렸다.

철컥.

'변한 건 없군.'

블라우그룬의 마법이 초토화시켰던 마을의 초입은 변함없었다.

산산조각 난 나무 파편들이 눈에 뒤덮여 지난번보다 조금 더 깨끗해 보인다는 것 외에는 크게 다를 바 없었다.

여전히 마을을 향한 길은 하나였으며, 양쪽으로는 야트막한 언덕이 있었고 마을 초입 너머에 또 다른 폐건물들이 간헐적으로 있을 뿐이었다.

'숨을 곳은 많아. 무엇보다 적은 설산의 제왕. 마을이 아니라 마을 뒤편에 있는 숲으로 숨어 버렸다면 찾을 길이 없다.'

하지만 하얀 사신은 거기까지 가지 않았을 것이다.

적어도 '침입자'가 이곳에 들어오기 전에 먼저 후퇴하진 않을 것이란 믿음이 이하에겐 있었다.

'사정거리를 생각해도 그래. 모신나강의 유효 사거리가 분명히 길긴 하지만 지난번에도 그렇고…… 마을 폐허의 초입에서도 쏘지 않았어. 저쪽에서 여긴 분명히 보이는데도 불구하고! 시야에 제약이 없음에도 쏘지 않는다?'

언덕이 솟기 시작하며 길이 좁아지는 구간, 그곳에서부터 하얀 사신은 격발을 시작했다.

적의 움직임이 집중되는 구간이기도 하지만 어쩌면 사정거리의 문제 때문이지 않을까, 이하는 생각했다.

"그래, 그 정도 페널티도 없으면 내가 어떻게 이기겠냐고. 아무리 그래도 이 맵 수준이면 무지 넓은 건데."

이 마을은 분지 안에 형성된 구조로, 산보다는 언덕에 가까운 지형들이 주변을 감싸고 있었으며, 입구는 현재 이하가 들어온 한 곳이 전부다.

'더 북쪽으로 나아가는 출구도 과거에는 있었다고 했지만, 하얀 사신의 원혼이 출몰하기 시작한 이후로 그 누구도 출입한 적이 없다고 했다. 즉, 이 위로는 완전 미개척지나 다름없다는 뜻이야.'

그렇다면 하얀 사신의 원혼은 북쪽 출구 너머로 나가지는 않을 것이다.

즉, 전장戰場은 비교적 확실한 경계선을 갖는 셈이었다.

자신이 목숨을 잃은 마을 내부와 그 마을이 한때 뻗어 나갔던 초지나 농지 등으로 썼던 언덕형 분지의 정상까지.

그래도 한때 마을이었으므로 결코 좁은 건 아니었지만, 그렇다고 짐작조차 못 할 정도로 넓은 것도 아니었다.

"후우우우……. 좋아, 눈에는 눈 이에는 이."

이하는 블랙 베스의 스코프를 제거했다.

그리곤 보틀넥에게서 〈바디 아머〉와 함께 받았던 또 다른 아이템 하나를 꺼내어 들었다.

"내가 당신을 볼 수 없듯, 당신도 나를 볼 수 없을 거야."

소음기와 유사하게 생겼으나 그 목적이 다르다.

그것은 총구 화염Muzzle Fire를 억제하는 소염기였다.

끼리릭, 끼리릭, 끼리릭…….

이하는 소염기를 장착하며 다시 한 번 머릿속으로 지도를 그려보았다.

전장의 구성은? 전체 지형의 굴곡과 지물의 위치는?

적과 자신이 저격할 포인트는 몇 군데나 되며, 어느 곳에서 노리는 것이 가장 합리적인가.

'이제부터…… 제대로 따져 봐야지.'

눈과 머릿속에 모든 지도는 파악되었다. 그렇다면 이제 할 일은 하나다.

적을 찾기 위해 관찰하는 것.

이하는 좌측의 언덕을 향했다.

언덕의 꼭대기까지 올라갈 수는 없다. 그곳에서 모습을 드러내는 순간, 이하의 머리통이 날아갈지도 모르는 일이었으니까.

저격에서 적을 찾기 위해 가장 중요한 점은 자신의 위치를 보이지 않아야 한다는 사실이다.

다행스럽게도 이하에게는 그런 기술이 있었다.

'〈카모플라쥬〉.'

언덕 중턱 즈음에서 이하는 그대로 포복 자세를 취했다.

카모플라쥬는 빠른 움직임에 의해 자동 해제된다. 그러나 해제되지 않는 범위가 있다.

'1분에 1m.'

스으으윽…….

스으으으윽…….

이하가 엎드린 지점에서 언덕 정상까지는 약 100m 남짓의 거리다.

'싸움은 이제부터다.'

빠르게 움직이면 수 초 만에 도달할 거리지만, 지금부터는 인내의 싸움이다. 대체 얼마를 투자해야 저기에 도착할 수 있을까?

저격수의 첫 번째 조건이 참을성이라는 점부터 증명해 내야 하는 이하였다.

휘우우우———…….

바람이 불었다.

이하는 풍향과 풍속을 보정해 주는 모자를 꾸욱, 눌러썼다.

이하가 들어가고 약 1시간 30여 분이 지난 시점, 자이언트 한 명이 하얀 사신의 원혼이 격리된 장소로 달려왔다.

"하아, 하아, 지, 지난번에 그 사람! 또 들어갔다면서요? 나왔나요? 전투는?"

펑퍼짐한 로브 때문에 가뜩이나 큰 자이언트의 덩치는 더욱 커 보였다.

맑은 목소리가 성격을 드러내는 듯했으나, 그의 말을 들은 경비병 NPC는 잔뜩 긴장한 자세를 취했다.

"아직 공간 이동의 마나는 느껴지지 않았으며 소음 또한 없었습니다!"

"좋았어! 그럼 저도 들어가도 되는 거죠?"

"물론입니다!"

"어디 보자, 대통령님이 발급해 주신 출입증이—"

"보여 주시지 않으셔도 됩니다! 지난번 출입증에서 기명식, 유효 기간은 모두 확인했을뿐더러, 카, 카렐린 님께서—"

"그래도 일은 제대로 해야죠. 여기."

"옙! 확인했습니다!"

카렐린이라 불린 자이언트가 출입증을 내자마자 경비병 NPC는 그것을 돌려주었다.

NPC가 할 수 있는 최선의 존경 표시라는 걸 알고 있는 카렐린은 환한 미소를 짓고는 로브를 가다듬었다.

"그럼 열어 주시겠어요?"

"잠시만 기다리십시오!"

이하가 기다릴 때보다 문은 더욱 빠르게 열렸다.

카렐린은 NPC들에게 꾸벅 인사를 하고는 곧장 안으로 들어갔다.

무기 하나 없고 로브 자락밖에 입지 않은 그가 하얀 사신의 원혼이 격리된 장소에 온 이유는 하나였다.

"……어디 계시지?"

이하를 찾기 위해서.

하얀 사신의 거처에 드나든 자가 있고, 하미나 캐슬에서 브론즈 드래곤과 함께 성주를 겁박(?)했던 인물에 대한 소문이 돌기 시작한 게 벌써 며칠 전이다.

대다수의 자이언트 유저는 그저 지나가는 이야기로 듣고 말았으나, 샤즈라시안 연방의 정부와 관계가 있는 유저들은 그것이 사실이며 그가 누구인지 알 수 있었다.

'하이하……. 제법 유명한 사람이지. 퓌비엘 소속이라 비교적 우호적이겠지만 정확히 알 수는 없어.'

물론 샤즈라시안 연방 정부 관계자들에게 있어 중요한 건 이하의 목적이었다.

그가 인육 사냥꾼의 원혼을 찾으러 온 이유는 무엇인가?

'아니, 정확히는 인육 사냥꾼과 싸운 이유를 알아야 하지.'

카렐린은 이곳의 경비병 NPC들을 통해 이미 들은 사실이 있었다.

몇 발의 총성이 울렸고, 하늘이 어두워지는가 싶더니 수없이 많은 번개 다발이 내리꽂혔다, 하는 등등의 사실들.

아무리 포장해도 그것은 전투였다.

"조사관으로 파견된 건 좋지만, 으음…… 여기는 나도 귀찮은 곳인데. 벌써 죽었나?"

경비병 NPC들은 자신들이 보고 들었던 것을 즉각 보고했고, 그 사후 조사는 물론 향후의 일을 대비하기 위해 샤즈라시안 정부 측에서 유저를 파견하게 된 것이었다.

카렐린은 주변을 살폈다.

짐승 소리 하나 들리지 않는 한겨울의 동토에는 사람의 흔적이 없었다.

'1시간 30분 전이고 특별한 소음은 없었다고 했지. 숨은 건가?'

자이언트는 조심스레 걸음을 내딛었다. 샤즈라시안 소속의 유저들은 이곳에 오지 않는다.

대다수의 모르는 자는 이런 공간이 있다는 걸 알지 못해서.

소수의 아는 자들은 하얀 사신을 넘을 수 없다는 걸 알기 때문에.

사박, 사박, 사박…….

카렐린 또한 이곳에 오고 싶은 마음이 전혀 없었지만 오게 된 것이고, 그 이유는 아주 명확했다.

'인육 사냥꾼만 처리할 수 있다면……. 과거 이 땅 너머에 있던 자원 개발도 충분히 가능하다. 광산이 엄청나게 많다는 기록이 있었어.'

미들 어스의 세계관 내를 기준으로 보자면 자원의 개발.

유저의 입장에서 보자면?

'지도의 확장. 샤즈라시안의 땅이 넓어진다. 새로운 던전이나 레이드 몬스터들이 거주하는 장소를 찾을 수 있을지도 몰라.'

샤즈라시안 소속이라면 NPC와 유저를 가리지 않고 결과적으론 반길 수밖에 없는 것이다.

"문제라면 역시 하이하의 의도겠지. 인육 사냥꾼과 싸우는 이유가 만약 우리 뜻과 다르다면—"

파아아악—!

"—음?"

카렐린의 발걸음이 멈췄다.

자신의 좌측 상단, 언덕 위에서 무언가가 움직이는 것이 느껴졌기 때문이다.

그는 곧장 고개를 돌렸다.

땅에서 하늘로, 무언가가 튀어 오르고 있었다. 자갈 몇 개와 뭉쳐 있던 눈이었다.

무언가가 그곳을 강타했다는 사실을 알 수 있었다.

"저건—"

그리고 그 순간.

타아아앙————————……!

"—인육 사냥꾼!"

멀리서 총성이 들려왔다.

카렐린은 황급히 몸을 낮추며 우측의 언덕 아래로 달려들었다. 그러나 이번엔 가까운 곳에서 총성이 들렸다.

투콰아아아━━━━━━━━━━!!

"읏?!"

그는 꾸물거리며 땅을 기어가는 와중에도 겨우겨우 상체를 들어 발신지를 바라보았다.

소리가 난 장소는 방금 전 물체들이 튀어 올랐던 장소가 분명했다.

"뭐지? 무슨—"

파아아악!

그곳에서 또 한 번 자갈들이 튀어 올랐다.

멀리서 총성이 미처 들려오기도 전, 자갈들이 튀어 오른 자리 부근에서 총성이 울렸다.

투콰아아아━━━━━━━━━━!!

타아아앙━━━━━━━━━━……!

그제야 카렐린은 알 수 있었다.

'하, 하이하가……. 〈디텍트〉!'

싸우고 있다.

그는 투명 제거 스킬을 사용했으나 오히려 더욱 놀라야만 했다.

"없어?"

아무것도 보이지 않는다.

"어째서?"

눈을 씻고 바라보아도 좌측 언덕 정상에는 아무것도 없었다.

무언가가 자꾸 날아와 부딪치고, 그곳에서 귀를 찢어 버릴 것 같은 총성이 울리고는 있었으나 그게 전부였다.

"왜 아무것도—"

푸화아아아—————————ㄱ!

"—끄악!"

카렐린은 엄청난 속도로 바닥을 기었다.

분명히 아무것도 없던 허공에서 갑자기 수십 개의 물질이 생성되며 날아가기 시작했기 때문이다.

'스킬? 아니, 저곳엔 분명히 아무도 없었는데! 어디서 스킬이— 윽!'

———————————…….

카렐린이 놀랄 새도 없이, 갑작스레 눈보다 더 하얀빛이 터져 나왔다. 자이언트는 눈을 가리며 고개를 숙였다.

빛이 겨우 사그라질 때쯤에서야 그는 고개를 들 수 있었다. 그러곤 본능적으로 수정구를 꺼내어 들었다.

[캬아아아아──────────]

허공에 있는 것은 단언컨대, 단 한 번도 보지 못한 드래곤이었다.

"시, 실버 드래곤─ 아니, 실버가 아니다. 저건 도대체……!?"

플래티넘 드래곤, 바하무트가 포효했다.

카렐린이 쥐고 있던 수정구에서 파삭, 소리가 나며 금이 가기 시작했다.

'젠장, 바하무트 쪽으론 쏘지도 않는구만! 카모플라쥬의 쿨타임은 12시간인데!'

이하는 빠르게 이동하고 있었다.

자책할 시간도 없었다.

2시간 가까이를 투자해 겨우 언덕의 정상으로 올라가 놓고! 마을의 건물 배치와 저격의 위치를 완벽하게 파악해 놓고!

'선제공격을 당하다니! 어떻게? 날 어떻게 본 거지?'

자신이 눈밭을 기었기 때문에? 그럴 리가 없다. 몸으로 뭉갠 눈의 흔적은 이하의 뒤편에만 남았다.

즉, 정면에서부터 봐야 하는 하얀 사신은 절대로 그것을 먼저 발견할 수 없어야 한다.

"하아, 하아, 그래도 건물 배치를 봐서, 하아, 피탄각과 총성으로 대강 위치는 파악했는데."

그곳을 향해 다탄두탄을 날렸다.

그러나 아무런 반응이 없었다.

이하는 하얀 사신의 위치를 정확히 특정하기 위해 바하무트를 소환했지만, 하얀 사신은 드래곤을 향해 단 한 발도 발포를 하지 않았다.

그것을 깨닫게 된 순간, 이하는 카모플라쥬를 해제하곤 전속력으로 장소를 이동했다.

"젠장, 하아, 게다가, 후우, 중간에 들어온 이상한 놈은 대체— 음?"

그렇게 한참을 달려 새로운 저격 포인트를 찾으려다 문득, 이하는 무언가를 발견했다.

"미친……. 그렇네. 역시 하얀 사신이구나."

어째서 하얀 사신은 자신을 발견할 수 있었을까?

이건 어떤 의미에서 너무 단순한 문제였다.

자신의 입에서 새어 나오는 이…… 짜증 나는 현실감!

"입김…… 빌어먹을! 고증이 너무 철저한 거 아냐!?"

이하는 가방을 열어 백사병 물약을 꺼냈다가 곧 다시 집어넣었다.

'안 돼. 100분의 시간제한은 너무 촉박하다. 지금 여기서 사용할 수는 없어.'

무엇보다 상태 이상에 저항하기 위한 물약일 뿐이지 않은가?

백사병 물약을 사용했을 때 얻었던 업적만으로도 이하는 빙氷 속성 저항 30%가 상승한 상태였다.

'우선은 이 정도로 버틴다. 최악의 경우 잠깐 머금기는 하겠지만 지금은 아니야. 저쪽에서 고증을 원한다면⋯⋯.'

따라 주마.

이하는 바닥에 깔린 눈을 한 움큼 쥐어 입안에 넣었다.

그러곤 위치를 파악했다.

'좌측 언덕에서 계속 좌측으로 달렸다. 옆에 있는 언덕을 조금 넘으면 입구에서 바라봤을 때, 마을의 8시 방면 정도가 보이게 되겠지.'

해당 방향에서 보이는 건물은 무엇이 있었는가.

각 건물의 창문은? 노릴 수 있는 저격 포인트는?

하얀 사신은 자신의 움직임을 보았을까?

─────────────⋯⋯!

'못 봤어⋯⋯ 놈은 날 못 봤다.'

들려오는 총성이 그 증거였다.

허공에 있는 바하무트는 사라지지 않았다. 그렇다면 지금의 총성은 어느 곳을 향해 쏘아졌을까?

'방금 전까지 내가 있던 곳. 내 입김이 마지막으로 뿜어져 나왔던 바로 거기.'

이하는 발걸음을 멈췄다.

만약 이하가 없다는 걸 이제야 깨닫게 되었다면.

'……후우, 좋아.'

이하는 머릿속에 기억나는 지도를 눈밭에 빠르게 그려 보았다.

그다음으로 하얀 사신이 향할 장소는 어디일까? 내가 하얀 사신이라면 어디서, 어떤 각도로 저격 포인트를 잡으려고 할까?

그런 포인트는 몇 개나 될 것이며, 이하 자신이 해당 포인트들을 가장 많이 볼 수 있는 장소는 어디가 될 것인가.

'고층대로 간다 이거지? 고층이라면 이쪽도 지지 않아.'

이하는 김 반장의 말을 떠올렸다.

확실히 미들 어스 안에서 하얀 사신의 고층은 철저한 편이다. 바로 그 철저함이 이하는 고마웠다.

'철저할수록 당신은 〈과거의 망령〉일 뿐이니까. 그리고 나는……. 시모 당신 이후에도 저격사에 이름을 남긴 저격수들을 제법 많이 알고 있거든. 대한민국 육군 사상 가장 훌륭한 교관한테 주입식으로 배워서 말이지.'

〈현대 저격수〉가 상대할 수 있는 여지가 충분하다는 뜻이

된다.

이하는 지도를 머릿속에 다시 한 번 그려 넣고는 작전을 짜기 시작했다.

"뭐가 어떻게 돌아가는 건지…….."

카렐린은 어안이 벙벙해 움직일 수가 없었다.

여기서 한 발자국이라도 움직이면 어떻게 되는 것일까?

공격이 어디에서, 어떻게 시작되는지 알 수 없다는 두려움은 어마어마한 것이었다.

'아까 그 드래곤은? 사라진……거? 설마 죽은 건 아니겠지? 아니면 투명인가? 디텍트가 쿨이라 쓸 수도 없고 원.'

지금까지 미들 어스를 플레이하며 본 드래곤 중 가장 몸집이 컸다.

무엇보다 그 위엄 넘치는 자태와 색채는 도저히 상상조차 할 수 없는 모습이지 않았던가.

허공에서 모든 것을 찢어발길 듯 포효하던 드래곤이 사라진 것도 벌써 40분이 지났건만, 카렐린은 그사이 한 발자국도 움직일 수 없었다.

'귀환 스크롤로 돌아가는 게 나을까? 수정구 하나가 박살나긴 했지만, 도망은 갈 수 있을 텐데. 그러나…… 지금 돌아

간다면—'

조사관으로서의 임무를 완수할 수 없다.

카렐린은 인상을 찌푸리며 주변을 살폈다. 그런다고 바뀌는 것은 없었다.

'하이하는 죽었을까? 아니, 죽었다면 분명히 어떤 반응 같은 게 있었을 텐데. 인육 사냥꾼은 또 어떻게 된 거야?'

카렐린은 우측 언덕의 기슭에 몸을 웅크리고 있었다.

이하가 있던 좌측 언덕의 정상부와는 거리가 제법 먼 데다 이제 와서는 지형의 굴곡 때문에 그곳을 볼 수도 없는 상태였다.

마음 같아선 당장이라도 달려가 확인하고 싶었지만, 우측 언덕과 좌측 언덕 사이의 길, 그곳을 통과하는 순간 공격이 개시될 것임을 알고 있었기에 차마 발을 뗄 수 없었다.

"인육 사냥꾼의 공격이 무서운 것만은 아니지만……. 답답해 미치겠군."

공격받는 것에 대한 두려움도 있었으나, 사실 그것보다 걱정인 점이 하나 있었다.

하이하와 인육 사냥꾼의 싸움.

그것에 낀 자신은 '변수'가 될 가능성이 있다.

둘의 전투에 자신이 끼어든 꼴이 되어 결과를 예측하지 못할 곳으로 흘려보낸다면 그다음에 생길 문제는 또 어떻게 해결해야 할까?

'내 행동이 방해가 되어서 하이하가 죽거나, 인육 사냥꾼을

처치하는 데 실패하는 게 더……. 큰일이니까.'

적어도 샤즈라시안 소속의 자이언트 유저들은 이곳을 지나갈 생각조차 하지 않을 것이다.

그저 '지나갈 수 없는 땅'으로만 인식되는 이 장소의 '막힌 혈'을 뚫기 위해서라도, 하이하의 승리는 반드시 필요한 조건이었다.

그래서 그는 기다렸다.

정오의 햇살이 오후로 넘어가고, 뉘엿뉘엿 지어 어느덧 노을이 질 무렵까지.

내리는 눈을 털어 내는 동작조차 조심스럽게 반복하기를 몇백 번 정도 했을 때, 마침내 또 다른 빛이 번쩍였다.

좌측 언덕에서도 시야가 닿지 않는 능선 너머에서 터질 듯한 붉은빛이 새어 나왔다.

"화염 마법?"

모습은 제대로 보이지 않았다.

그러나 붉은빛과 함께 터져 나온 짐승의 포효 소리는 카렐린도 충분히 들을 수 있었다.

'소환? 소환술? 아까의 드래곤인가?'

도대체 무슨 스킬이 어떻게 사용되고 있는 거지?

카렐린은 눈에 힘을 주며 좌측 언덕 정상부를 바라보았다. 그 순간 그의 눈에 사람의 모습이 들어왔다.

검은 총기를 들고 좌측 언덕에서 우측 언덕 방면을 향해 빠르게 달려가는 자.

"하, 하이하! 하이하 님! 자, 잠깐! 그나저나 나가도 되는 거 맞나?!"

그것은 이하였다.

카렐린에게도 모습이 뻔히 보일 정도로 대놓고 돌아다니고 있건만, 이번에는 그 어떤 총성조차 들리지 않는다?

'모습도 볼 수 없을 때는 총성과 스킬이 난리더만, 모습을 드러내니까 더 조용해?'

하이하는 어째서 공격하지 않는가?

하이하가 모습을 드러냈음에도 인육 사냥꾼은 왜 하이하를 공격하지 않는가?

카렐린의 입장에서는 그 무엇도 이해할 수 없었다.

작게 보였던 이하의 모습은 어느새 커지고 있었다.

카렐린과 이하의 거리가 상당히 줄어들고 있음을 뜻하기도 했다.

'인육 사냥꾼이 공격하지 않는다면…… 좋아, 상황을 보아 하니 이쪽으로 오는 중일 거야. 그때 말을 걸어야 해.'

기회는 많지 않을 것이다.

이하와 자신의 거리가 가장 줄어드는 그때, 소리를 지르자.

카렐린은 마음을 먹었다.

마침내 이하의 몸이 좌측 언덕의 끝 지점에 다다랐을 때, 그는 호흡을 들이마셨다.

"하—"

———————————————!

"—헙—!"

그러곤 그대로 삼켜 버렸다.

어디선가 뜬금없이 총성이 들려왔기 때문이었다.

"커헉, 켈록, 콜록, 콜록! 하, 하이하는—"

격하게 기침을 내뱉는 와중에도 카렐린은 이하를 생각했다. 이하는 여전히 달리고 있었다.

공격 모션을 취하고 있지 않은 상태에서, 그럼에도 저 멀리서부터 들려온 총성이 의미하는 바는?

'인육 사냥꾼이 하이하를 공격한 건가……. 음?'

겨우 고개를 든 카렐린은 역시나 상황을 이해할 수 없었다.

인육 사냥꾼의 총성은 단 한 번 울렸을 뿐이었다.

그리고 지금, 우측을 향해 계속 달려오던 이하는 갑자기 몸을 돌려 좌측으로 달리기 시작했다.

"어, 어어! 잠시만—"

저건 또 무슨 행동인가?

좌, 우로 달리며 교란시키겠다는 의미일까?

카렐린이 이하를 부르려는 찰나, 총성이 울렸다.

타아아앙————————……!

달리던 이하가 갑작스레 멈췄다.

카렐린은 어디를 바라봐야 할지 결정할 수 없었다.

이하인가, 총성이 울린 곳인가? 아니면 하늘을 향해 잠깐 솟구친 작은 점인가?

그것도 아니면 저 멀리서 갑작스레 생겨난 백색의 빛인가?

Geschoss 7.

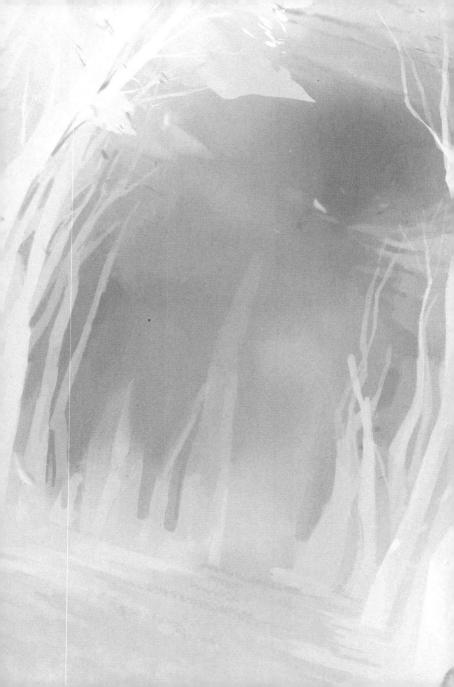

'왜 안 쏘는 거지?!'

〈소울 링크〉를 사용해 꼬마를 소환, 그것으로 디코이를 만들려 했다. 그러나 하얀 사신은 쏘지 않았다.

불의 정령화化시킨 후, 마을을 향해 달리게 지시까지 했다.

눈에 보이는 게 있다면 전부 찢어 버리라고 명령도 했다. 꼬마가 그렇게 달려 나갔음에도 하얀 사신은 꼬마를 쏘지 않았다.

'아니, 꼬마를 쏘지 않은 건 그럴 수 있어. 근데 왜……'

이하는 자신의 위치에서 멀어져 가는 '또 하나의 자신'을 보았다.

'왜 젤라퐁도 안 쏘는 거지? 저건 〈나〉하고 똑같은 모양인데.'

토온을 속였고 카즈토르를 속였던 〈첩자 영웅 코주부의 안경〉이 다시 한 번 빛을 발하는 순간이었다.

저격수와 저격수 간 전투에서 붉은빛을 번쩍이며 무언가를 소환한다?

그게 눈속임이라는 것은 누구나 파악할 수 있을 것이다.

따라서 이하는 두 개의 함정을 동시에 팠다.

꼬마 소환이 1차 눈속임임을 적이 확신하고, 그다음 행보에 대해 의심할 때.

적의 의도에 '맞춰 주는 척' 하는 것.

그게 바로 2차 눈속임인 젤라퐁의 출격이었다.

젤라퐁이 모습을 드러내며 달려 나가는 즉시 이하 자신이 고개를 내민다면?!

젤라퐁을 향해 하얀 사신이 쏘는 순간, 그 피격각과 총성은 물론 바닥에 깔린 눈 또는 반동에 의한 각종 흔적을 잡고 즉각 반격한다는 계획이었다.

'안 쏜다…… 근데 안 쏴!'

그러나 하얀 사신은 꼬마를 쏘지 않음은 물론, 젤라퐁조차 쏘지 않고 있었다.

젤라퐁과 거의 동시에 모습을 드러내며 하얀 사신을 추적하려던 이하였기에, 그 어떤 사격도 없는 현재 이하는 모습을 드러내지도 못하고 엉거주춤한 자세로 있을 수밖에 없었다.

'직접 보지 못하니 더 답답하군.'

이미 점찍어 놓은 포인트가 있었다. 하얀 사신이 반드시 있어야 할 장소는 약 세 군데.

좌측 언덕 쪽으로 향한 이하가 '어느 방면'에서 뛰어나오든 확인할 수 있고, 저격할 수 있는 포인트는 세 개였다.

그런데 지금 쏘지 않는 이유는?

'젤라퐁이 보이지 않아서? 그렇다면 내가 찍어 둔 세 개의 포인트 중 그 어디에도 하얀 사신이 없다는 뜻인가? 아니면 아직도 이동 중? 아냐. 그럴 리가 없다.'

몇 시간이나 기다리며 작전을 시뮬레이션한 이하와 다르게 하얀 사신은 이 마을에 대해 처음부터 빠삭한 인물이다.

그렇기에 이하는 불안했다.

그가 다른 포인트에 가 있다면 모든 계획은 처음부터 다시 짜야만 할 테니까.

이하는 언덕에 누워 하늘을 바라보았다.

노을 진 붉은 하늘이 사뭇 불길했으나 동시에 웃음이 지어지는 상황이기도 했다.

'직접 모습을 드러내라 이건가.'

그 어떤 도발에도 걸리지 않는다. 그 어떤 미끼에도 속지 않는다.

하얀 사신은 모든 것을 간파했을 것이다.

그리고 자신을, 고개를 드러내고 총구를 겨누기를 기다리고 있는 것이다.

'좋아, 그게 소원이라면…… 그렇게 해 주지. 안전한 곳에서 당신을 죽일 순 없다는 뜻이잖아. 하긴, 이미 죽은 사람이

니까 어차피 또 죽이는 게 불가능하기는 해.'

물고 있던 눈이 녹아 이하의 입술을 타고 흘러내렸다.

이런 상황에서 나오는 썰렁한 농담 하나가 어쩐지 자신의 기분을 풀어 주는 것만 같았다.

이하는 다시 포복 자세를 취하곤 기었다.

언덕 위로, 위로. 이제 두 번도 채 되지 않는 포복으로 자신의 고개가 드러날 것이다.

'한순간이야.'

봐야 할 포인트는 세 곳.

세 군데서 어떠한 움직임이 느껴지는지, 말 그대로 공기의 떨림까지 봐야만 한다.

'그게 보였으면 이 고생 안 하겠지만.'

이하는 다시 한 번 피식, 웃고는 마음을 다잡았다.

젤라퐁과 꼬마가 출발했던 지점에서는 약 5m가량 떨어진 장소였다.

자신이 고개를 내민다 해도 하얀 사신이 즉각 발포하긴 어려울 것이다.

확인하고 조준하고 방아쇠를 당기기까지 최소 필요로 하는 시간은 1초 남짓.

아니, 1초보다는 소수점 단위 정도 더 빠르다고 봐야 한다.

'그럼 한번 해 볼까.'

이하는 속으로 숫자를 셋, 둘, 하나 외고는 고개를 내밀었다.

한 군데씩 볼 여유는 없다. 이하는 마치 스캔이라도 하듯 눈동자를 굴렸다.

가장 먼저 눈에 담아야 할 것은 저격 포인트 세 군데. 그리고 거리 계산.

이하의 눈은 광경을 쓸어 담듯 게걸스럽게 쳐다보았고 뇌 또한 동시에 그 임무를 마쳤다.

'제1 포인트, 거리 1,130m 전후 그리고— 흡!?'

거리를 되뇌려 할 때 불길한 감각이 느껴졌다.

이하는 본능적으로 고개를 숙였다.

핏,

"푸휴—읍!"

무언가가 머리를 쥐어뜯듯 잡아채는 느낌과 함께 경추에 느껴지는 작은 통증.

이하는 입에 머금고 있던 눈을 모조리 뱉어 버리며 바닥에 엎드렸다.

그 순간, 눈앞에 알림 창이 떴다.

[버프: 바람을 다스리는 자의 효과가 소멸되었습니다.]

"어?"

시원한 바람이 정수리를 간질이는 게 느껴졌다.

버프의 소멸이라는 알림 창에 어울리지 않는 이 산뜻한 느낌은? 이하는 금세 깨달을 수 있었다.

'이런 미친—'

가까스로 뒤를 바라본 이하에게 보이는 것은 구멍이 난 채, 바닥에 널브러진 모자였다.

〈질풍의 깃털이 꽂힌 희귀한 모자〉

하피 보스를 잡고 나왔던 '발사체 풍향/풍속 무시'의 바로 그 모자!

——————————————!

그때 총성이 이하의 귀에 들렸다.

하얀 사신이 자신을 쐈고, 기적적인 감각으로 그것을 피하는 데 성공했으나, 대신 모자를 잃게 된 셈이었다.

'바, 바람은…… 바람이 현재— 어, 그러니까…….'

현재 풍향은 어디지? 풍속은?

제1 포인트에서는 그 어떤 흔들림도 없었다.

소거법에 의해 제2, 제3 포인트 중 한 곳에서 쐈음이 분명할 것이다.

그러나 그런다한들? 이제 어떻게 해야 하지?

이하의 머릿속은 갑작스러운 변수들의 등장으로 뒤죽박죽

되었다.

이 새끼가? 정신 안 차려?

'—음?'
그 순간, 이하의 머릿속에 목소리가 울렸다.
"김 반장님?"
휘우우우우―――――…….
칼바람이 이하의 볼을 때렸다.
아주 잠깐이나마 귓속말이라고 생각했으나 그건 귓속말이
아니었다.

저격수는 세계 공용, 하나의 종족이다.
그러니까 네가 너를 쏘는 셈인 거지.
세상에 그만큼 쉬운 일이 어디 있겠냐, 이 말이야.

절체절명의 순간, 복잡한 심정을 단박에 날려 줄 스승의 조
언을 이하는 본능적으로 일깨운 셈이었다.
'……근데 저번에 해 주셨던 말씀이랑 묘하게 톤이 다른 것
같은데.'
어쩐지 자신의 기억이 잘못되었다는 생각이 들 때쯤에는
방금 전까지 당황하게 했던 모든 감각들이 사라진 상태였다.

풍향?

풍속?

하얀 사신의 위치?

너는 새꺄! 내가 엿 먹이려고 내는 과제도 척척 다 해냈잖아!

넌 이미 알고 있다고!

이하는 알고 있었다.

의식적으로 확인하지 않았을 뿐이다.

자신의 무의식이 멈춤 없이 행하고 있던 바로 그것들을 의식적으로 검증하지 않았을 뿐이다.

'제3 포인트…… 창틀에 놓여 있던 눈 부스러기가 날렸어. 진짜 하얀 사신은 주변의 눈마저 뭉쳐 눌러, 총기의 반동으로 눈이 흩어지지 않게 만들었다는 기록이 있다. 그러나 창틀에 쌓인 약간의 눈을 '뭉치게' 만들 수는 없었겠지.'

하얀 사신은 자신의 몸을 숨기는 저격 포인트로 너무나 안전한 곳을 골랐다.

그가 정말 시모였다면, 정말 눈밭에 엎드려 사격했다면 이하는 절대로 그를 찾을 수 없었을 것이다.

'아니, 그게 아니다. 내가 그렇게 만든 거야.'

이하의 입김이 들킨 이후 서로 주고받았던, 1cm의 오차 수준의 저격전.

그야말로 근육을 꼬아 가며 몸을 비틀어 서로의 총탄을 피하고, 서로의 눈과 뇌를 속이려 모든 짓을 했었다.

　그 결과, 하얀 사신은 '어쩔 수 없이' 모든 방향이 보이는 저격 포인트를 잡아야만 했고, 눈밭에 엎드려 자신의 모든 흔적을 지우는 대신, 창틀에 걸친 채 어딘가를 바라보는 저격을 택할 수밖에 없었으리라.

　'우연은 없어.'

　모든 우연은 이하 자신의 노력이 쌓여 만들어 낸 필연이었다.

　'제3 저격 포인트의 창틀. 모신나강의 총신이 그곳에 놓아져 있었을 거야. 반동에 의해 창틀이 아주 약하게 진동한 거다.'

　그것은 말 그대로 개미가 기어가는 자국을 확인한 거나 다름없었다.

　실제로 눈 부스러기가 날렸는지, 어쨌는지는 확인할 방법이 없다.

　"하지만……."

　포복 자세로 엎드려 있던 이하는 아예 몸을 뒤집어 버렸다.

　누군가 본다면 눈 덮인 언덕에 누워 겨울을 만끽하는 미친 놈처럼 보일 것이다.

　심지어 그 자세에서 총구를 하늘로 향하고 있다면, 더더욱 그렇게 느낄 수밖에 없으리라.

　누워서 하늘을 겨누고 있는 이하의 머릿속에 다시 한 번 목소리가 울렸다.

　이번엔 두 사람이었다.

그 정도가 되면 '보고 쏘는 게' 아니야. 뭐라고 말해야 할까. '믿고 쏘는 것'이라고 할 수 있으려나?

네가 믿으면 된다.

'믿어!'
미스 엘리자베스가 했던 말과 김 반장의 말이 머릿속에서 어우러졌다.
'제3 포인트 창틀 가장 좌측까지, 거리는 1,427m. 1차 풍향 동남, 풍속 9m/s, 2차 풍향 남남동, 풍속 7m/s.'
이하는 무의식이 알고 있던 정보를 그대로 끄집어내었다.
그러곤 하늘을 향해 방아쇠를 당겼다.
자신을 믿을 수 있었으므로, 손가락은 거침없었다.
"〈커브 샷〉"

타아아앙—————……!

하늘로 솟아오른 건 작은 점이었다.
작은 점은 공중에서 방향을 꺾으며 허름한 판잣집의 창틀을 향해 쏘아졌다.
총성의 메아리가 잠잠해질 때쯤, 그곳에서 백색의 빛이 터져 나왔다.

"하아……. 하아……."

사격의 결과는 알고 있었다.

빠밤—!

업적 팡파르와 함께 눈앞을 어지럽히는 시스템 알림 창들이 있었기 때문이다.

그러나 지금은 그것들을 볼 겨를이 없었다.

'보지도 않고……. 쐈다.'

목표를 보지 않았다. 그곳에 있으리라는 믿음은 있었지만.

목표를 향해 쏘지도 않았다. 다만 그곳까지 도달하리라는 믿음은 있었다.

탄환이 날아가는 거대한 곡선을 이하는 머릿속으로 그려내었고, 그것이 휘어들어 가는 부분에서의 풍향, 풍속의 차이를 느낄 수 있었다.

'측정하고 쏜 게 아니야.'

그것을 알았다, 라고 표현할 수 있을까?

휘어지는 지점은 탄환이 상공으로 100m 이상 쏘아진 지점이었다.

그 공중의 바람이 이하가 탄환을 쏘았던 지상과 어떻게 다를지, 그곳에서부터 휘어들어 가며 하얀 사신이 있을 법한 방향으로 날아갈 때의 풍속은 몇이나 될지, 이하는 전혀 알지 못했다.

잔디를 뜯어 날려 본 것도 아니었으며, 연기나 기타 물체의 흔들림을 관찰한 것도 아니었다.

'……근데 진짜 어떻게 알았지?'

본능적인 측정이라고 해야 할까.

이하 자신도 스스로가 해낸 일을 제대로 설명할 수 없었다.

여하튼 처음으로 시도해 본 말도 안 되는 저격이 성공했다는 걸 깨닫고 난 후, 이하가 가장 먼저 느낀 것은 쾌감이나 만족감이 아니었다.

탄환을 발사하자마자 제일 먼저 들었던 생각.

"반동 졸라 세네. 누워서 쏘니까 약간 배가 아픈 것 같기도 하고……? 흐흐."

그것은 반동이었다.

이하는 배를 문지르며 자신도 모르게 웃음을 흘렸다.

[묘, 뭉뭉!]

"어, 젤라퐁!"

"꾸우웅……."

"꼬마까지?! 너, 인마. 내려가서 찾으라고 했더니만. 다시 온 거야? 젤라퐁 너도 한 대 맞기 전까지는 오지 말라고 했잖아."

헤실거리며 웃고 있는 이하의 곁으로 또 다른 '이하'와 꼬마가 다가왔다.

꼬마는 이하를 보자 안심했는지, 불의 정령의 힘마저 배제한 채 일반 불곰으로 돌아가 있었다.

[뭉! 묘오옹!]

"그래, 그래, 걱정됐다 이거지? 근데 내 얼굴로 뭉뭉거리니까 엄청 민망하거든? 안경부터 벗자."

이하가 손을 내밀자 젤라퐁은 자신의 얼굴—이하는 여전히 젤라퐁의 얼굴이 정확히 어느 부분인지 잡아낼 수 없었는데, 안경을 쓰고 벗는 지점이 지난번 토온의 사건 때와는 달랐기 때문이다—에서 안경을 벗어 건넸다.

그 순간, 이하는 터져 오르는 쾌감을 분출할 수밖에 없었다.

"흐히히, 젤라퐁! 꼬마야!"

"꾸, 꾸웡?"

[묘옹?]

"성공했다고! 이런 젠장, 이거 봐라, 이거 업적! 어!? 내가 말이야! 으하하핫!"

[보이지 않는 손 업적을 획득하였습니다.]

[판린드 저격수의 인정 업적을 획득하였습니다.]

이하는 꼬마와 젤라퐁의 손을 잡고 덩실덩실 춤을 추었다. 아주 잠시간의 기쁨을 나누고 있을 때, 그의 뒤에서 목소리가 들려왔다.

"뭔가…… 엄청난 광경이군요."

"누구야!"

이하는 반사적으로 뒤를 돌며 총을 겨눴다.

그사이 꼬마는 다시 불의 정령의 힘을 끌어왔다.

"크르르르……."

[퐁퐁!]

"아, 저는 적이 아닙니다! 이름은 카렐린이라고 합니다만…… 혹시 아실는지…….."

카렐린은 이하와 꼬마 그리고 젤라퐁의 위협에 곧장 양손을 들어 올리곤 웃음을 보였다.

이하는 그의 이름을 듣고 곧 눈이 휘둥그레졌다.

비록 실제로 만나는 것은 처음이었으나 이하가 그의 이름을 모를 리 없었다.

"카렐― 카렐린? 랭킹 12위의, 그, 카렐린 님이요?"

"휴, 모르시면 어쩌나 했는데 다행이네요. 네, 맞습니다."

카렐린은 입고 있던 로브를 휘익, 벗으며 집어 던졌다. 그것은 자신에 대한 증명이나 다름없는 행위였다.

어쩐지 펑퍼짐해 보이던 로브는 단지 옷의 형태 때문이 아니었다.

로브 안으로 가려진 무쇠와 같은 근육과 완벽하게 펌핑Pumping된 근육이 그의 정체를 증명하는 것이나 다름없었다.

무엇보다 로브 안에 그가 입고 있는 옷은 미들 어스의 유저들이, 특히 남성 유저들이 가장 기피하는 종류의 의복이었다.

미들 어스 랭킹 12위, 자이언트이자 무시무시한 체술體術로 이름 높은 유저.

통상의 체술이 페이우나 황룡 길드 또는 배추 도사, 무 도사 등 버프와 타격을 조합한 개념이라면, 그의 체술은 조금 개념이 달랐다.

"트, 트롤의 목뼈를 부러뜨려 즉사시킨―……. 레슬러 Wrestler 카렐린!"

사상 최강의 영장류와 꼭 같은 이름을 지닌 유저, 카렐린의 미들 어스 직업은 바로 레슬러였다.

그는 고릴라와 같은 얼굴을 하곤 순박한 표정으로 웃고 있었다.

"어휴, 그 오래된 동영상을 보셨나 보네요."

"그럼요! 보기도― 했고, 듣기도 했죠."

이하가 전투 보조 시스템을 끄던 바로 그 당시 기정에게 들었던 말 중 하나였다.

검도관을 운영하는 태일이 전투 보조 시스템을 끈 상태로 동레벨 대 유저보다 강하고, '어떤 유저'는 트롤을 상대로 그라운드 기술을 넣어 목뼈를 부러뜨렸다고 했었다.

'바로 그 사람이…… 우와아!? 엄청 스타일리쉬한 전투 동영상은— 진짜 대박이었지!'

어쩐지 연예인을 보는 기분이 이것과 비슷하지 않을까?

비록 카렐린의 얼굴만으로 정체를 알아채진 못했으나, 이하도 와이튜브에서 해당 동영상을 본 적은 있었다.

카렐린이 녹화한 전투 스타일을 보며 머스킷티어라는 직업을 더욱 접고 싶어졌던 적도 있으니 당연한 일이리라.

"아하, 크흠, 음, 네. 그래서, 그…… 무슨 일이시죠?"

이하는 헤벌쭉한 표정을 황급히 바꾸며 그에게 물었다.

유명인사가 자신의 이름을 알고, 말을 걸어 준 것은 신나는 일이지만 지금 이 순간만큼은 그렇지 않을 것이다.

이곳은 샤즈라시안의 금지 구역이고, 카렐린은 샤즈라시안 소속의 자이언트니까.

"우선 대통령님을 대신해서 감사하다고 말씀드리고 싶네요. 저 인육 사냥꾼은 저희로서도 아주 처치 곤란이었어서…… 하하, 방금 반응을 보아하니 없애는 데 성공하신 것 같은데, 맞나요?"

"……없앤 건 아닐 겁니다."

"이런, 아쉽네요. 뭐, 괜찮습니다. 제가 여기까지 걸어오는 동안 공격하지 않은 걸 보면 아마 어떤 퀘스트가 있으셨을 것 같고…… 그걸 클리어하시며 인육 사냥꾼이 조용해진 것 같으니까요. 혹시 내용을 물어봐도 될지?"

카렐린은 웃으며 성큼성큼 다가왔다.

이하는 실버 드래곤 아르젠마트와 람화정이 떠올랐다.

그러나 그들이 무뚝뚝한 표정과 냉철한 말투 때문에 차가워 보였다면, 카렐린은 조금 상황이 달랐다.

말 그대로 고릴라가 웃고 있어도 저것보다는 온순해 보일 것이기 때문이었다.

'무엇보다 저 말투, 저 태도는—'

이하는 카렐린의 정확한 목적을 알 수 없었다. 현재 알 수 있는 점이라곤 하나뿐이었다.

"아뇨. 죄송하지만 대답해 드리기 어려울 것 같습니다. 그리고 음, 제가 하얀 사신에게 다가가는 동안 저한테 접근하지 말아 주셨으면 좋겠네요."

"……네?"

"아니, 아마도 퀘스트와 관련이 있을 것 같아서. 조금이라도 조심하고자 하는 겁니다. 카렐린 님께 무례하게 굴 생각은 없지만— 이 퀘스트가 저한테는 아주…… 아주, 아주, 중요한 거라서요."

카렐린은 자이언트 종족이라는 것.

〈업적: 판린드 저격수의 인정(S)〉

축하합니다! 당신은 샤즈라시안을 공포에 떨게 만들었던 판린드 출신의 저격수에게 인정받았습니다! "자이언트들의 거친 손가락은 이런 추위에 섬세하게 움직일 수 없지. 이토록 정밀한 저격을 성공시킨 자라면 틀림없이 판린드의 피가 흐르고 있을 거다." 혹한의 추위에서 성공한 당신의 사격은 노老 저격수를 감동시켰습니다. 당신이 그의 심기를 거스르지 않는 한, 그는 향후 당신을 공격하지 않을 것입니다.

　보상: 민첩 +25, 빙氷 속성 저항 +10%

　　　'하얀 사신의 원혼'에게 공격받지 않음

　〈판린드 저격수의 인정〉 업적의 첫 번째 등록자입니다.

　업적의 세 번째 등록자까지 명예의 전당에 기록되며, 기존 효과의 200%가 추가로 적용됩니다.

　효과: 민첩 +50, 빙氷 속성 저항 +20%

　또 하나의 S급 업적은 이하의 공격력을 엄청나게 상승시켜 줄 것이다. 거기에 모든 빙氷 속성 상태 이상에 대한 저항도 합계 30%나 올려 준다.

　그러나 이 업적에서 가장 중요한 건 그런 게 아니었다.

　'하얀 사신의 원혼에게 공격받지 않는다는 것…… 바로 그 단서다.'

　업적 내용에 쓰여 있는 문구를 이하는 유심히 보았다.

　하얀 사신은 앞으로 이하를 공격하지 않을 것이다. 단, '이

마탑의 사수

하가 하얀 사신의 심기를 거스르지 않을' 경우에!

"그게 무슨 말씀이신지…… 제가 하이하 님께 접근하면 뭐가 잘못된다는 건가요?"

"그, 그럴 것 같지는— 아니, 혹시 몰라서요. 혹시 모릅니다. 그러니 다가오지 말아 주세요."

하얀 사신의 원혼이 카렐린을 크라바비 출신이라 생각할지 어떨지는 알 수 없지만, 적어도 카렐린을 판린드 출신으로 이해하지는 않을 것이다.

그렇다면?

'괜히 대화하거나 같이 있는 모습을 보였다가 미움이라도 받는다면……. 젠장, 벌써 클리어한 느낌인 와중에 그럴 리는 없겠지만! 이 빌어먹을 게임이 어떻게 흘러갈지 알 수가 있어야지!'

카렐린과 함께 있는 것만으로도 하얀 사신의 원혼의 심기를 거스르게 될 가능성이 있다.

이하는 그 점을 조심하는 중이었고, 영문을 모르는 카렐린의 입장에선 기분이 좋을 리가 없었다.

"벌써 NPC들에게 들어 아시겠지만…… 이곳은 샤즈라시안의 금지 구역입니다. 216레인저의 NPC를 협박하고, 하미나 캐슬의 성주에게 강짜를 부려 이곳의 위치를 알아낸 것은 물론, 함부로 출입까지 한 상태라는 건 인지하고 계시겠지요."

"물— 론이죠! 그건 제 잘못이 맞겠습니다만, 그…… 뭐랄까, 일단 샤즈라시안의 이익에 반대되거나 뭐, 잘못된 행위를 한 건 아니거든요? 다만 문제가, 문제가 조금 있어서 그렇습니다."

이하는 황급히 손을 저으며 자신의 상황을 설명했다.

그렇다고 복잡하게 꼬인 상황이 단박에 정리될 리는 없었다.

"후우우…… 알겠습니다. 그러면 어떻게 할까요. 제가 드릴 말씀이 있는데, 여기서 좀 기다리면 되겠습니까."

"아뇨, 음, 저기, 뭐냐. 제가 나중에 귓속말 드리고 찾아가는 건 어떨까 싶은데요?"

카렐린의 일그러지던 인상이 다시금 평온을 되찾기 시작했다.

그가 정말 무서운 이유 중 하나는 바로 이것이었다.

단순히 얼굴만 험악한 게 아니라, 평소의 순박한 성격과 화가 났을 때의 '돌아 버린 성격'이 완전히 다르다는 것.

'카렐린은 나라 씨처럼 샤즈라시안 왕궁, 아니, 정부를 위해 일하는 사람이라 비교적 분석이 잘되어 있어. 커뮤니티의 표현대로라면 그가 화가 났을 때—'

킹콩을 보게 될 것이다, 라는 표현마저 있었다.

이하는 이곳에서 그런 문제를 일으키고 싶진 않았기에 최대한 부드러운 말투로 그를 달랜 셈이었다.

"알겠습니다. 그렇다면 레플린 궁에서 저를 찾아 주시면 좋겠군요."

"레믈린 궁…… 넵! 바로 귓말 드릴게요."

카렐린은 이하의 대답을 듣자 다시금 순박한 얼굴이 되어 미소 지었다.

"좋습니다. 그럼 몸조심하시고, 잠시 후에 뵙지요."

그러곤 귀환 스크롤을 찢어 순식간에 사라졌다.

이하는 그가 사라진 자리를 보며 한숨을 내쉬었다.

"후우우……. 이고르와는 또 다른 압박감이네. 자이언트들은 어째 다 저런가 몰라."

[뮹뮹!]

"꾸웡?"

"하긴, 징겅겅 씨는 안 그렇구나. 킥, 이런 얘기하면 혼나겠다. 그럼 갈까?! 젤라퐁, 이쪽으로!"

[뮹!]

슈와아악―!

젤라퐁은 다시 이하의 몸에 달라붙었다. 그러나 더 이상은 '조끼'의 형태가 아니었다.

'흐어어, 뭔가 몽글몽글하고 축축해!'

이하의 목을 감싸며 붙은 목 보호대의 느낌이었다.

마치 겨울철 목도리처럼 젤라퐁이 형태를 바꾸자, 이하는 자신의 머리에서 벗겨져 날아간 모자를 집어 들었다.

"……쩝, 수선이 되려나. 아니면 다시 구해야 할 텐데."

희귀급밖에 안 되는 아이템이지만 필드 보스 하피가 등장하는 지역 자체가 비인기인 데다, 몇 번을 파밍해야 나올지 모른다.

이하는 아쉬운 마음으로 우선 모자를 가방 안에 갈무리하고는 꼬마의 등 위에 올라탔다.

"가자, 꼬마야! 저쪽 건물!"

"꾸워어어엉!"

쿠구국, 쿠구국, 쿠구국—!

마치 털로 만들어진 거대한 눈썰매 같은 느낌으로, 이하는 꼬마의 등 위에 올라탄 채 자신이 저격했던 제3 포인트, 폐건물을 향해 이동했다.

그곳에서는 여전히 하얀빛이 뿜어져 나오고 있었다.

"자, 그럼…… 꼬마야, 넌 이제 돌아가. 고생했어."

"꾸엉, 꾸엉."

이하는 꼬마의 털을 쓰다듬으며 팡, 팡 때려 돌려보냈다. 꼬마는 만족스러운 얼굴로 사라졌다.

옷매무새를 가다듬은 후, 호흡을 다시 한 번 고르고 마침내 폐건물의 문을 여는 이하.

끼이이익!

낡은 경첩 소리와 함께 이하는 건물로 걸어 들어갔다.

긴장은 다소 되었으나 퀘스트를 클리어할 자격을 갖춘 자의, 당당한 걸음걸이였다.

"안……녕하십니까!"

그러나 하얀 사신을 본 순간, 이하는 감탄사와 인사가 합쳐진 바보 같은 말투가 될 수밖에 없었다.

[그대인가.]

반투명한 인간의 형태였으나, 투명도가 높지는 않았다.

약간은 뿌옇게 보일 정도로 백색 빛을 계속해서 뿜어내는 하얀 사신은 묘하게 일렁거리고 있었다.

무엇보다 놀라운 점은 그의 등에서 솟아난 날개의 형태였다.

공중에 떠 있는 것처럼 일렁거리던 게 아니라, 실제로 그의 형체는 부양 중이었던 것이다.

중후한 목소리와 일견 성스러운 느낌까지 나는 모습을 본 이하가 감탄하는 것도 당연한 일이었다.

"어, 네! 접니다! 제가, 그, 시모 님을…… 저격한 사람입니다."

[이것 말이지.]

하얀 사신의 모습이 스스스, 변했다.

그의 우측 안구가 있던 지점이 휑뎅그렁하게 비어졌다.

마치 뻥 뚫린 것 같은 모습에 이하의 눈이 커지자, 하얀 사신의 입꼬리가 약간쯤 올라갔다.

[훌륭한 일발이었네. 어디서 날아오는지도 알 수 없었던 탄

환이 정확하게 나의 조준안眼을 뚫고 지나갈 줄이야.]

"저기, 그, 죄송합니다."

이하는 더듬거렸으나 표정은 결코 어둡지 않았다.

오히려 슬쩍 웃음까지 짓는 이하를 보며 하얀 사신 또한 웃었다.

엘리자베스나 브라운, 브로우리스와는 또 다르다. 삼총사가 아니긴 하지만, 하얀 사신은 저격에 있어선 최고 수준으로 설정된 NPC임이 확실한 존재라고 이하는 생각하고 있었다.

그런 존재에게 인정을 받는데 기분이 나쁠 리가 없었다.

〈업적: 보이지 않는 손(A+)〉

축하합니다! 당신은 적에게 보이지 않는 상태에서, 또한 적을 보지 않는 상태에서 목표물을 공격하는 데 성공했습니다. 아무렇게나 휘두르거나 쏘아 낸 것과 달리, 명확한 목표와 적중 의도를 지닌 당신의 공격에 당한 적은 한마디로 황당 그 자체! 도대체 어디서 공격을 한 것인지 의심조차 할 수 없는 당신을 향해 적들은 '보이지 않는 손'은 어디에나 있다, 라며 두려워하고 있습니다.

보상: 근력 +6, 민첩 +6, 지능 +6

　　　매 공격 시 상태 이상: 기절 적용 확률 +2%

〈보이지 않는 손〉 업적의 세 번째 등록자입니다.

업적의 세 번째 등록자까지 명예의 전당에 기록되며, 기존 효과의

200%가 추가로 적용됩니다.

효과: 근력 +12, 민첩 +12, 지능 +12

매 공격 시 상태 이상: 기절 적용 확률 +4%

'완전 서프라이즈나 마찬가지— 아니, 잠깐. 이거 삐뜨르도 딴 건가?'

공격이 성공할 때마다 적이 화들짝 놀라 기절한다는 의미의 추가 보상!

그런 생각을 하던 이하는 문득 자신 외의 업적 획득자 두 명중 한 명의 정체를 알 것만 같았다.

[죄송할 필요가 있다. 나야말로 그대를 시험하기 위해 몇 발이나 머리를 맞추지 않았었나. 오늘은 그런 마법을 안 쓴 모양이던데.]

"기억해 주시는군요!?"

이하는 연예인에게 눈길을 받은 팬처럼 똘망거리는 표정으로 그를 바라보았다.

하얀 사신은 고개를 끄덕였다.

[위험을 감내하는 용기, 포기하지 않는 근성 그리고 자신을 향한 믿음. 그대는 판린드인을 닮았어. 아니, 변칙적인 전술까지 갖고 있다는 점에서 나와 더 닮았을지도 모르겠네.]

닮는 게 당연하죠!

제가 선생님과 이름이 같거든요!

군대에도 있었고, 그것과 관련해서 할 말이 얼마나 많은지! 근데 변칙적인 전술은 뭐죠? 뭔가 더 갖고 계신 능력이 있나요? 그러고 보니 예전에 번개 마법이 우광쾅쾅 떨어질 때는 어떻게 피하셨죠?

이하는 마구잡이로 말을 뱉어 내고 싶었다.

비록 미들 어스 내의 NPC이자 AI이긴 하지만, 전설의 저격수와 대화할 수 있는 기회는 많지 않을 테니까.

'무엇보다 이쪽도 [믿음]이라는 키워드를 알고 있다는 게 신기하단 말이지. 믿고 쏜다는 개념에 대해서 하얀 사신에게 물어보면 더 명확한 대답이 나오지 않을까?'

김 반장의 조언과 엘리자베스의 조언을 떠올리며 하얀 사신을 저격하는 데 성공했으나, 이하는 여전히 그 개념을 완전히 이해하지는 못한 셈이었다.

조금의 정보나 힌트라도 더 체득하고 싶은 이하가 전설 속 선배의 한마디를 갈구하는 건 당연한 일이었다.

그러나 그럴 여유는 없었다.

[해서 말인데…… 내 얘기를 들어 줄 수 있겠나.]

[나는 행동했다. 그럴 수밖에 없었다—1 퀘스트를 완료하였습니다.]
[하얀 사신 '시모'와의 친밀도가 30% 상승합니다.]
[로페 대륙 공통 명성치 300이 상승합니다.]

[샤즈라시안 연방 국가 공적치 1,000이 하락합니다.]

'좋았어, 친밀도에 명성까지! 그리고 샤즈라시안 공적—……은 떨어졌네?'

퓌비엘 국가 공적치라면 차고 넘칠 정도로 많다.

구대륙 기준의 공통 명성치 또한 부족하지 않을 정도다. 그러나 타국의 공적치는 이하가 쌓을 기회가 거의 없었다.

그런 와중에 하락?

'이거 뭔가…… 불안한데.'

그 순간, 이하의 눈앞에 홀로그램 창이 떴다.

[나는 행동했다. 그럴 수밖에 없었다—2]

설명: "판린드인의 피가 흐를 것만 같은 그대이기에, 또한 나를 닮은 그대이기에 말하고 싶네. 내가 원하는 것은 오직 하나뿐일세. 아직도 핍박받는 우리의 형제, 자매들을 차별에서 벗어나게끔 도와주고 싶은 것…… 오직 그것 하나뿐. 나는 이곳을 벗어날 수 없으니 부디 그대가, 나를 대신해 크라바비의 최고 권력자를 만나 이 이야기를 전해 주겠나? 그가 약속한다면, 또한 그 약속을 실천한다면 나는 그 즉시라도 이곳에서 사라져 줄 수 있으니 말일세."

과거의 실수는 현재까지 이어지고 있다. 구 크라바비와 구 판린드

등의 국가가 합쳐 만들어진 연방, 샤즈라시안에 뿌리 깊게 박혀 있는 지역, 인종별 차별을 타파하고 그것을 보장할 방법을 강구하자.

내용: 샤즈라시안 소속 모든 소수파들을 위한 권리장전 작성
보상: [나는 행동했다. 그럴 수밖에 없었다―3]
실패 조건: 샤즈라시안 연방 정부의 부결
실패 시: [되살아난 하얀 사신]

― 수락하시겠습니까?

'이― 뭐야? 엥?'

이하는 몇 번이나 퀘스트 창을 읽어야만 했다.

'권리를 장전Reload…… 하는 건 아닐 테고, 아, 예전에 고딩 때―'

너무 오래전(?)이라 기억이 가물가물했으나 이하는 가까스로 떠올릴 수 있었다.

'Bill of right. 〈권리에 대해 기재한 성문법적 문서〉! 뭐, 그런 거였어. 맞아, 그렇다면 이 뜻은―'

판린드 출신들을 비롯한 모든 소수 인종에 대한 권리를 차별 없이 보장하라는 내용의 문건을 작성하라, 라는 게 이번 퀘스트의 주된 내용이 될 것이다.

그리고 그 방법은?

언제나 문제 속에 힌트와 답이 있는 미들 어스의 특성을 고려하자면 당연히 하나밖에 없었다.

'최고 권력자 즉, 지금의 대통령을 만나 그 약속을 받아 내고…… 연방 정부에서 그것이 가결되어 대통령이 선포하도록 만드는 것.'

이하는 퀘스트의 내용을 비교적 빠르게 이해했다.

그러나 이해했다고 해결되는 건 아니다. 문제는 한참이나 남아 있었다.

통상의 퀘스트는 실패하면 끝이다. 퀘스트가 사라지거나, 극단적인 경우 퀘스트의 향후 전개 자체가 바뀌기도 했다.

'그래, 불과 이전 퀘스트만 해도 그렇지. 이 연퀘 이전의 1번만 해도…… [되살아난 하얀 사신] 취소 그리고 퀘스트 루트 원상 복귀가 실패 페널티였어! 근데 지금은— 뭐야, 이건?'

실패 조건은 샤즈라시안 연방 정부에서 이 안건을 부결할 때이다.

그런 것은 충분히 있을 수 있는 일이고, 이하는 그런 일이 벌어지지 않도록 연방 정부와 협상을 열심히 해야만 했다.

그런데 실패하면? 퀘스트가 사라지는 게 아니라고?

'사라지기는커녕…….'

또 다른 퀘스트다.

성공하면 A라는 루트를 따라가고, 실패하면 B라는 루트를 따라가는 퀘스트?

적어도 이하가 미들 어스를 하면서는 한 번도 본 적이 없는 형태였다.

실패하든, 성공하든 이하는 이번 퀘스트와 운명(?)을 같이 해야만 한다는 뜻이니까.

"그, 저기…… 이런 걸 제가 그리 쉽게 할 수 있을는지 잘 모르겠습니다만—"

[자신 없는가.]

"자신은 없죠. 언제나 모든 일에 자신을 가질 수는 없으니까요."

이하의 답변을 들은 하얀 사신의 표정이 급격히 어두워졌다. 그러나 이하는 웃고 있었다.

"뭐, 물론 자신 없다고 일을 안 할 수는 없겠죠? 판린드인을 포함한 샤즈라시안 연방 소수민족의 한을……."

대체 무슨 협상을 어떻게 해야 할지는 아직 감도 잡히지 않았다. 그러나 처음부터 이것이 [차별]과 관련되어 있다는 건 알고 있지 않았던가.

'후—! 하긴 단순히 실력 보이는 걸로 2차 전직이 끝날 리가 없지.'

애당초 2차 전직을 위해 필요했던 게 실력 그리고 키워드였다.

두 가지 문제를 모두 해결할 줄 아는 자만이 미들 어스의 승직자가 될 수 있다.

그렇다면 피해선 안 된다. 어차피 피할 수도 없다.

"제가 풀어 보겠습니다."

이하는 수락 버튼을 눌렀다.

하얀 사신의 몸에서 더욱 강한 빛이 쏟아졌다.

[부탁하네. 나는 그때까지 언제까지나 이곳에 있을 테니까.]

"넵! 아 참, 근데 등에 차고 계신 그 총기, 모신나강이죠? M28 버전 맞나요?"

[으, 응?]

"혹시 저랑 전투는 어떻게 했었는지, 어떻게 그토록 완벽한 위장을 하셨는지도 물어봐도, 게다가 기록에 의한 것보다 훨씬 멀리 보셨는데 스코프도 없이 어떻게 그리—"

[그, 그건 나중에. 나중에 답해 주겠네. 지금으로선 아직 할 말이 없군.]

"—흐으…… 그렇군요. 아직은 그렇겠죠."

친밀도가 고작 30%밖에 되지 않는다.

현재 이하는 하얀 사신에게 '공격당하지 않을' 권한만이 있을 뿐이다. 그러나 하얀 사신의 저 반응을 보며 이하는 기대를 품었다.

저 정도라면 친밀도 100% 달성 시 분명 현재 이하를 업그레이드시킬 수 있는 무언가를 알려 줄 가능성이 있다는 뜻이었으니까.

"그럼 다녀오겠습니다."

이하는 귀환 스크롤을 들었다.

또한 자신이 운이 좋다는 걸 뼈저리게 깨달을 수 있는 점이기도 했다.

　샤즈라시안 정부와 관련된 퀘스트를 받았다?

　당장 샤즈라시안 정부와 관련이 있는 자가 이하를 기다리고 있지 않은가!

　'흐흐, 완전 떡 먹고 누워 있기지.'

　이하는 카렐린에게 귓속말을 보내며, 하미나 캐슬에서 샤즈라시안의 수도 '피에타리'로 워프했다.

　목표는 물론 수도 광장에 장엄하게 붙어 있는 과거의 왕궁이자 현재의 대통령 관저, '레믈린 궁'이었다.

　"흐음, 근데 [나는 행동했다. 그럴 수밖에 없었다―3] 퀘스트와 [되살아난 하얀 사신] 퀘스트라면…… 뭐가 어떻게 되는 거지? 연계 퀘는 아마도 2차 전직 확정이나 뭐 그런 쪽으로 이어질 것이고 실패했을 때는…….'

　이하는 잠시 마른침을 삼켰다.

　퀘스트의 이름은 [되살아난 하얀 사신]이다.

　소수민족의 권리를 보장해 주지 않는다는 결과가 나온다면, 화가 머리끝까지 난 하얀 사신의 원혼이 되살아나서 모든 것을 파괴하며 돌아다닌다는 의미일까?

'미치고 팔짝 뛰는 거지. 거의 뭐, 샤즈라시안 소속 유저들의 〈국가 단위 레이드〉 퀘스트가 될지도 모르겠는데, 낄낄.'

이하 자신에게는 어떤 식으로 적용될까.

어쨌든 퀘스트가 발동되는 것으로 보아 완벽한 실패 같은 느낌은 아니리라는 믿음이 있었다.

"실패했을 때부터 생각하면 안 되겠지만…… 이건 실패가 끝이 아니라 또 다른 종류의 시작이 되어 버리니까 오히려 더 갑갑하네. 차라리 선택지가 하나만 있는 게 편하긴 하다니까."

더 많은 생각을 강요하게 만들려는 미들 어스 제작진의 속셈일까.

이하는 투덜거리며 레믈린 궁의 근처까지 다가갔다. 자이언트 경비병들이 가슴을 내민 당당한 자세로 이하를 내려다보고 있었다.

"고생하십니다. 저는 퓌비엘 소속 머스킷티어이자 시티 가즈아의 성주, 하이하라고 합니다."

"……."

자이언트 경비병들의 미간이 움찔거렸다. 그러나 그것뿐이었다.

그들은 이하를 향해 아무런 반응을 보이지 않았다.

"크흠, 카렐린 님과 약속이 잡혀 있는데. 들어가도 될까요?"

"카렐린 님과?"

자이언트 경비병들이 서로의 눈을 마주 보았다. 그 장면에서야 이하는 느낄 수 있었다.

무엇인지 모를 이 자이언트들의 대우에서 느끼는 감정, 그것은 뜨거운 불쾌감이었다.

"……님과? 어째 말이 짧은 것 같습니다만? 저는 퓌비엘 소속이자 샤즈라시안 연방의 우호 세력인—"

"그렇기 때문에 이 정도의 예우나마 갖춰 드리는 겁니다, 하이하 님."

"네? 무슨 말도 안 되는……이 아니구나."

말이 되는구나.

이하는 그제야 이마를 짚으며 한숨을 내쉬었다.

연계 퀘스트의 첫 번째를 클리어하고 받은 보상 중에 분명히 있었다.

[샤즈라시안 연방 국가 공적치 1,000이 하락합니다.]

'이 미친 게임은 하여튼 사람을 좀 편히 가게 두질 않아!'

이들이 이하를 싫어할 수밖에 없는 이유는 너무나 분명했다.

Geschoss 8.

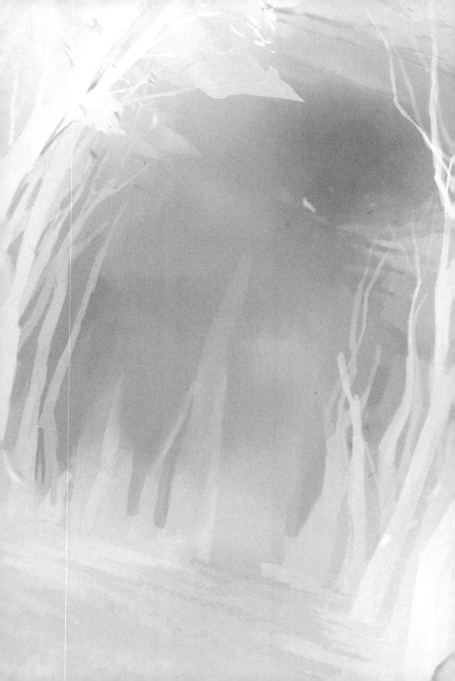

　〈위엄〉 버프는 자신보다 로페 대륙 공통 명성이 낮은 NPC
들을 압도하는 힘이 있다.

　그러나 모든 NPC에게 먹히는 것은 아니었다.

　특히 대상이 퓌비엘 소속이 아닐 때는, 어찌 보면 당연한 셈
이었다.

　이하는 한숨을 내쉬며 자신의 업적 창을 다시 한 번 되살폈다.

〈업적: 메달 오브 아너―퓌비엘(A+)〉

보상: 스탯 포인트 18개, 퓌비엘 전 NPC와의 친밀도 +30%,

　　　대륙 공통 명성 +1,000

　　　타국 왕족 및 타국 공헌도 3,000 이상 NPC와 친밀도 −10%

'그래…… 이것도 있었지.'

한 국가의 최고 권력자가 기거하는 곳을 책임지는 위병이다.

말하자면 이들 자이언트 자체가 샤즈라시안의 '근위대'나 다름없는 형태라는 뜻이다.

즉, 샤즈라시안 연방에 대한 이들의 공헌도는 3,000을 족히 넘을 것이고 이하는 이들에게 대하여 친밀도가 ―10%에 명예의 전당 추가 효과 ―20%를 더해야 했다.

즉, 현재 샤즈라시안의 웬만한 고위급 NPC들에겐 기본적으로 친밀도가 ―30%이며, 샤즈라시안에 대한 공헌도가 마이너스 수치이므로 거기서 친밀도 추가 페널티 적용까지 해야 한다.

'대충…… 아무리 낮게 잡아도 ―35%, 거의 ―40%가량 되는 건가. 헐…….'

만약 이하가 퓌비엘의 유명인사가 아니었더라면.

로페 구대륙의 공통 명성 수치가 엄청나게 높은 수준이 아니었더라면, 자이언트 경비 NPC들의 말대로 '이런 취급'조차 받지 못했을 것이다.

"끄으으. 알겠습니다, 오케이. 그럼 카렐린 님께 연락이라도 해 주십시오. 제가 정말― 후우우, 아니, 연락 좀 부탁드립니다."

제가 정말 그의 손님일 경우, 당신들의 무례함을 책임질 수 있겠어?라고 쏘아붙이고 싶은 마음도 없지 않았지만, 지금 상황에서 NPC와 싸워 뭐 하겠는가?

강한 척을 하는 것은 좋다. 하지만 때와 장소를 가릴 필요는 있었다.

무엇보다 당장 급한 사람은 자신이다.

"기다려 보십쇼."

자이언트 경비 NPC가 뚱한 표정으로 무언가를 집어 들었다. 그리고 잠시 뒤 한숨을 쉬며 말했다.

"카렐린 님께서 이곳으로 나오실 테니 잠시 기다리십쇼."

"들여보내는 것조차 할 수 없다? 아예 그냥 못 믿는 사람 취급이구만."

"들여보내 주는 것만도 다행으로 생각하십쇼."

"이익— 흠! 크흐흠! 좋아요. 알겠습니다."

완전한 반말이나 완벽한 무시는 아니다.

자이언트 경비병은 문자 그대로 '최소한의' 격식만 갖춘 말투로 이하를 대했고 이하는 치밀어 오르는 화를 누르며 참아 내야 했다.

잠시 후에야 카렐린이 황급히 달려 나와 이하를 에스코트했다.

"오셨군요, 하이하 님."

여전히 순박한 고릴라의 얼굴을 하고 있어, 그것이 착하게 느껴지는 건지 험악하게 느껴지는 건지 이하는 명확히 판단할 수 없었다.

"네, 왔습니다. 카렐린 님 부탁으로 왔는데도 이것 참, 돌아가고 싶은 마음이 한가득이네요."

"네, 네?"

"아뇨, 가죠."

이하는 더 이상 NPC와 실랑이를 벌이기 싫었다.

굳이 근위대급 경비병들과 추가적으로 친밀도를 낮춰 봐야 좋을 일도 없으리라.

"레믈린 궁은 처음 와 보시죠? 이번 기회에 잘 구경하고 가시는 것도 나쁘지 않으실 겁니다. 하이하 님께서 협조만 잘해 주신다면, 제가 충분히 만족하실 수 있도록 구경시켜 드릴게요. 아 참, 임직원 식당도 아주 맛있거든요. 퓌비엘에도 요리 잘하는 곳 많다지만, 원래 '요리' 하면 또 자이언트 종족 NPC 들이 뛰어나잖아요."

다행스러운 점은 카렐린이 유저라는 것이었고, 어딘지 모르게 화가 나 보이는 이하를 조심스레 대한다는 점이었다.

요리와 자이언트, 어쩐지 성스러운 그릴 캔들 캐슬점의 점장으로 승격된 기요—미프가르 쉐프가 생각나, 이하의 기분도 조금씩 풀리고 있었다.

레믈린 궁의 화려함은 퓌비엘 왕궁에 결코 뒤지지 않았다.

오히려 장식적인 면은 샤즈라시안 쪽이 훨씬 더 비중이 높다고 생각될 정도였다.

"엄청 화려하네요."

"주변이 휑하니까요."

"네?"

"샤즈라시안은 춥잖아요. 어딜 가도 눈밭, 얼음 땅, 설산, 빙판…… 그러니 건축물이 오히려 화려하게 발달한 것 같아요. 특히 여기는, 더욱 그렇죠."

"하긴 왕— 아니, 대통령이 계시는 곳이죠."

이하가 황급히 대통령으로 단어를 정정했으나 카렐린은 아무 말도 하지 않았다.

오히려 아주 살짝 고개를 끄덕인 것처럼 보일 정도였다.

그들은 곧 응접실로 들어갔다.

"손님을 맞이하기엔 조금 좁은 장소이긴 합니다만, 우선 저랑 이야기가 끝나야 대통령님을 뵐 수 있을 것 같습니다."

"제가 대통령님을 뵈어야 할 정도의 인물인가요? 흐흐."

이하는 아직 자신의 용건을 꺼내지도 않았다.

그럼에도 마치 가려운 곳을 긁듯, 대통령을 만나게 해 준다는 제안이 먼저 나왔으니 기분이 좋을 수밖에 없었다.

카렐린은 고개를 끄덕이며 이하에게 말했다.

"그럼요. 인육 사냥꾼과 대화할 수 있고, 협상할 수 있는 유일한 인물이신데요. 자, 그럼 저희 측의 용건부터 말씀드리겠습니다."

"네. 저도 직접 판단할 수는 없고, 전달해 봐야겠지만……

우선 듣죠."

"샤즈라시안 유저와 NPC들이 그곳을 넘어갈 수 있도록 인육 사냥꾼을 설득해 주십시오."

카렐린은 마침내 자신의 용건을 이하에게 꺼내어 놓았다.

이하는 흐음, 하며 팔짱을 끼고는 인상을 찌푸렸다.

'딱히 어려울 것 같은 일은 아닌데? 이 정도면 아주 좋은 협상 카드 아닌가?'

물론 고민하는 '척'일 뿐이었다.

카렐린의 의도?

자이언트들이 하얀 사신의 원혼이 있는 폐허를 지나 무얼 할지는 어차피 이하가 알 바 아니지 않은가!

그렇다면 그들의 의도 따위는 이하에게 하나도 중요하지 않다.

'샤즈라시안 대통령에게 소수민족의 권리를 보장하는 법적 문서를 작성하는 대신, 그곳을 넘어가게 해 준다고 말하면…….'

끝이다.

이하는 한참 고개를 갸웃거리며 생각하는 척하다 마침내 입을 열었다.

"그 점이라면 하얀 사신, 아니, '시모'의 원혼도 딱히 거부할 일이 없을 겁니다."

"그래요? 잘됐네요, 그렇다면—"

"다만……."

"다만?"

"샤즈라시안 연방 소속 소수민족에 대한 차별을 금지한다는, 으음, 뭐랄까. 법적인 문서? 뭐 가볍게. 간단하게. 그런 거 하나 있었으면 좋겠는데요. 이름은, 어디 보자……. 권리장전, 이라고 하면 있어 보이려나? 크게 뭐, 어려운 건 아니고, 그냥 간단하게. 무슨 느낌인지 아시겠죠?"

이하는 능청스러운 얼굴로 어깨를 으쓱거렸다.

무지하게 대수로운 것을 하나도 대수롭지 않게 말하는 일생일대의 연기!

"……뭐, 별로 어려울 것 같지 않군요. 좋습니다."

그것을 보며 카렐린은 손쉽게 수긍했다.

이하는 자신의 연기가 먹혀들어 갔다는 생각에 뛸 듯이 기뻤으나 결코 티를 내지 않았다.

어쨌든 이것은 협상이고, 이곳은 적지나 마찬가지인 장소다. 함부로 틈을 내보이긴 싫었기 때문이다.

"그럼 대통령님께 보고 드리고 오겠습니다. 잠시만 기다려 주세요."

"아, 물론이죠. 얌전히 앉아 있을 테니 아무 걱정 안 하셔도 됩니다."

물론 그런 각오도 순식간에 풀어지는 게 이하의 장점이자 단점이기도 했다.

쿠우우웅……

카렐린이 문을 닫으며 응접실 밖으로 나가기 무섭게 이하는 웃어 젖혔다.

"푸하핫! 그래! 먹히는구만! 미들 어스, 이 자식들아! 어!? 엿 먹이려고 아주 작정했지? 국가 공적치 마이너스에 친밀도 마이너스에 아주 난리를, 난리를— 자식들이…… 니네가 나한테 마이너스를 먹이면! 나는 꼭두각시를 내세우면 된다~ 이 말씀이야!"

이하는 허공을 향해 주먹질까지 하며 '마음의 소리'를 내뱉었다.

자신의 말을 미들 어스 제작진이나 GM이 듣고 있을 거라는 생각이 들 정도였다.

적어도 이번만큼은, 미들 어스가 파 놓은 함정을 완벽하게 피해 냈다는 기쁨!

'카즈토르 그 개자식이 난리 칠 때, 샤즈라시안 대통령의 얼굴도 봤었어. 진짜 사람 좋게 생긴— 아니, 자이언트 좋게 생긴 얼굴이었지. 몸은 엄청 좋아 보였는데. 아! 그때, 곁에 있던 게 카렐린이었나?'

이하는 교황청 비밀회의 당시 멀찍이서 봤었던 샤즈라시안 대통령의 얼굴을 떠올리다 문득, 카렐린의 얼굴도 떠올렸다.

그러나 이곳까지 오며 보았던 모든 근위병 NPC 자이언트들이 전부 험상궂은 얼굴이었기 때문에 판단하기는 쉽지 않았다.

마탄의사수

자이언트, 하면 일단 몸 좋고 근육이 우락부락한 원형이 모두 동일하다고 생각이 들 정도다.

'미니스 쪽도 문제고, 로트작…… 카즈토르한테 정신이 팔려 크라벤 인물들이랑 샤즈라시안 인물들은 제대로 얼굴까지 기억이 안 나네, 으음.'

또한 당시에는 이하가 샤즈라시안 쪽에 별다른 신경을 쓰지 않았기 때문이리라.

'아 참, 블라우그룬 씨한테 말해 줘야겠다. 으흐흐.'

―바빠요? 나 온 거 알고도 말도 없고.

―하이하 님이 연락하지 말라고 하셨잖아요. 혼자서 뭐 어디 가신다고―

―흐흐, 그거 끝냈지롱. 하얀 사신의 영혼 만났어요. 생각보다 언데드 같은 느낌은 없던데? 오히려 완전 성스러운―

―지, 진짜!? 하이하 니임! 그때는 부르셨어야죠! 그때라도 부르셨어야죠!

블라우그룬은 호들갑을 떨며 이하를 원망했다. 이하는 그의 다급한 목소리를 듣자 어딘지 모르게 웃음이 나왔다.

―캬~ 맞다. 아까 대화할 때 블라우그룬 씨도 부를 걸 그랬네.

─그걸 지금 말씀이라고! 저 꼭 불러 주신다면서요!

─불러야지, 불러야지. 아 참, 근데 블라우그룬 씨 불렀더니 하얀 사신이 화나서 막 쏴 버리는 거 아닌가 몰라? 그 생각하니까 못 부르겠는데?

─감히─ 그런 인간에게 제가 당할 거라고 생각하세요?

─지난번에 당했잖아.

이하가 가벼운 어투로 말하자 블라우그룬의 속 뒤집힌 반항이 들려왔다. 이하는 귀를 막으며 웃음을 터뜨렸다.

'역시 놀리는 맛이 있다니까.'

꼬마와 젤라퐁을 쏘지 않았던 것으로 보아 아무런 문제도 없을 것이다. 그걸 알면서도 이하는 블라우그룬을 놀리고 싶었다.

그렇게 이하가 정신줄을 놓고 신나 있을 무렵, 카렐린은 이하가 말했던 바를 빠짐없이 대통령에게 보고한 상태였다.

인육 사냥꾼을 제압한 인간이 있다, 이름은 하이하.

그의 요구 조건은 이렇다.

간략하고 빠짐없는 보고였다. 이하가 들어도 특별히 책잡을 것 없을 정도로 깔끔했다.

"카렐린 의원. 아니, 카렐린 조사관."

"옛, 각하."

그러나 샤즈라시안 연방 대통령의 목소리는 결코 좋지 않았다.

랭킹 12위의 유저, 카렐린은 열중쉬어 자세를 풀지 않고 빡세게 답했다.

목재 테이블에 양팔을 올린 채 깍지를 낀 대통령은 눈을 치켜뜨며 카렐린을 바라보았다.

"그걸…… 말이라고 하나."

"예, 예?"

카렐린은 대통령과 잠시 눈을 마주쳤으나 황급히 시선을 바로잡았다.

대통령의 미간이 움찔거리는 것을 발견했기 때문이다.

"우린 이미 차별 없이 인사 채용이 이루어지고 있어. 당장 자네가 크라바비 출신이 아닌 것만 해도 그렇지 않은가."

"그, 그게― 물론 그렇습니다."

"그런 와중에 연방의 모든 민족을 차별하지 말고 평등하게 대하라는 문구를 법적으로 명시하라고? 그게 무슨 뜻인지 이해하는가?"

"어, 그것은 그러니까―"

이하와 카렐린은 유저다. 미들 어스를 즐기는 플레이어다.

그리고 두 사람 모두 각자의 퀘스트를 그저 수행하는 사람들이다.

"내정 간섭이야. 동시에 그런 문구가 없었던 현재까지는 샤즈라시안에 그런 일이 일어나고 있었음을 자인해 버리는 행위지."

따라서 이런 개념까지 생각해 내는 것은 결코 쉬운 일이 아니었다.

카렐린의 눈동자가 확장되었다.

대통령은 그대로 말을 이어 나갔다.

"퓌비엘의 왕이 와서 부탁해도 그런 말은 들어줄 수 없어. 하물며…… 일개 성주, 관리 녀석이 와서 그런 말을 한다? 하, 인육 사냥꾼을 제압한 녀석이 와서 그런 말을 한다…… 즉, 그게 누구의 뜻이라고 생각하나."

"아마도 인육 사냥꾼의—"

"빌어먹을 판린드의 잔존 찌끄래기들이라는 뜻이야. 이해하나?"

샤즈라시안의 대통령은 자리에서 일어섰다. 그리고 카렐린의 앞으로 걸어왔다.

카렐린은 일반 자이언트보다 훨씬 다부지고 큰 체격을 지니고 있다.

인간 종족을 선택한 유저들에게 있어서 '대형종'으로 분류되는 트롤을 상대로 그라운드 기술을 쓸 정도로 강인한 유저다.

그러나 랭킹 12위의 레슬러는 샤즈라시안의 대통령의 눈을 제대로 마주 보지 못했다.

"여기가 어디인가, 카렐린."

"샤즈라시안입니다."

"우리는 다른 야만적인 왕국과 달라. 계급의 철폐는 물론 국가의 운영 제도와 정치 방식을 포함한 모든 것이…… 놈들보다 앞서 있지."

"알고 있습니다."

"그렇게 할 수 있는 이유가 무엇이라고 생각하나."

샤즈라시안은 통령 제도가 있다.

즉, 왕국과 계급이 있는 기타 국가에 비해 '민주적인 제도'가 성립되었다는 의미다.

군주제와 공화제가 동시에 존재할 수 있는가?

그런 것은 불가능하다.

카렐린이 입을 다물자 샤즈라시안의 대통령이 자답했다.

"힘의 논리. 우리에겐 완전한 힘의 논리가 있다. 힘을 가진 자가 정의이기 때문이고, 힘을 가진 자 앞에서는 제도 따위가 어떻든 아무런 상관도 없기 때문이야."

샤즈라시안은 공화제를 표방하고 있다. 의원이 있으며 투표가 있다.

그러나 전부 민주적인 방식에 의한 것이 아니다.

그것은 오히려 독재적 공화제라고 봐야만 했다.

타국에서도 자신들의 왕국 운영과 별반 차이를 느끼지 못했기에 왈가왈부하지 않는 셈이었다.

어떤 의미에선 군주제로 운용되는 타국보다도 더욱 철저하게, 일반 시민들을 우롱하는 셈이었으며, 권리 자체는 모두에게 주어져 있으나 그것을 확실히 무시하는 만큼, 가장 잔인한 힘의 논리가 작용하는 국가 형태나 다름없었다.

"그, 그렇습니다."

카렐린은 기억하고 있었다.

자신을 포함한 3개 기사단과 5개 길드가 대통령에게 달려들어 나가떨어졌던 그날의 사건을.

즉, 샤즈라시안의 대통령은, 샤즈라시안에서 가장 강한 자이언트다.

카즈토르가 교황청에서 난리를 치고 있을 때에도 아무렇지 않을 정도의 강건함을 자랑하는, 연방의 무력 제1인자라는 뜻.

"인육 사냥꾼이 누군가에게 제압당했다면, 분명히 우리 샤즈라시안에도 그런 인재가 있을 거야."

샤즈라시안 대통령은 뒤를 돌아 창밖을 바라보았다.

그리곤 조용히, 이하의 퀘스트 실패 조건을 언급했다.

"하이하라고 했나. 그 인간에게 전해. 인육 사냥꾼 따위와 협상하고 싶지 않다. 그리고 하이하를 합법적이고 신사적인 방법으로 구금하라. 또한…… 인육 사냥꾼의 원혼이 있는 지

역을 제압할 인력을 전원 소집하도록. 약자의 요구를 들어줄
필요는 없다."

무력과 권력과 재력을 모조리 쥐고 있는 최강의 1인자 앞에
서 카렐린은 더 이상 거부의 말을 담을 수 없었다.

"알겠습니다."

그 순간, 이하의 눈앞에 시스템 알림 창이 떴다.
황당하리만치 이른 시간이었다.

―캬, 그 장면을 봤어야 했는데. 내가 커브 샷을 빡! 쏴 가
지고, 완전 총알이 뱀처럼 휘어서―

[나는 행동했다. 그럴 수밖에 없었다―2 퀘스트에 실패하였습니다.]

"엉?"

신이 나서 블라우그룬에게 자랑을 늘어놓던 이하의 입이
멈췄다.

눈을 여러 번 깜빡여 봤지만 눈앞의 알림 창을 단박에 받아
들이기 어려웠다.

"……뭔 소리야? 뜬금없이 웬 실패?"

퀘스트 실패? 갑자기?

카렐린이 자신이 있던 방을 떠난 지 고작 20분이 지났을 뿐이다.

대통령이나 만났을까 궁금한 시간밖에 안 흘렀거늘, 갑자기 실패라니?

'뭐, 뭐야? 조금 있다가 나 부르고, 내가 대통령이랑 막 얘기하고─ 그런 흐름 아냐?'

─그래서요? 어떻게 됐는데요?

─블라우그룬 씨! 조금 있다가 연락할게요, 그것보다…….

이하의 감각이 예민해지기 시작했다.

지금까지 푹신한 소파에 드러누워 떠들던 얼빠진 모습은 온데간데없었다.

뭔가 잘못됐다.

─전투…… 준비해 주세요.

─네? 갑자기요?

지금 당장 필요한 것은 병력.

사태의 흐름을 파악할 겨를도 없이 이하는 블라우그룬에게 지시한 후, 카렐린에게 연락했다.

─카렐린 님? 어떻게 된 일이죠?

─……역시 바로 알게 되신 걸 보니 퀘스트였나 보군요.

─역시라니?! 대통령이 말을 안 듣던가요? 아니, 그보다……. 샤즈라시안도 의회가 있잖아요! 카렐린 님도 의원 자격이 있는 걸로 알고 있는데! 왜? 도대체 왜─

의회에서 다루지도 않았을 시간대에 퀘스트가 끝났느냐.

전부 설명할 시간도, 상황도 받쳐 주지 않았다. 그러나 이하는 분명히 알고 있었다.

퀘스트의 실패 조건은 '샤즈라시안 연방 정부의 부결'이다.

'부결이니 가결이니 하는 단어는 분명히 의회에서 해당 안건이 다뤄졌을 때 나오는 말 아닌가? 그걸…….'

대통령 홀로 결정할 수 있었다는 얘기인가?

'뭔가…… 내가 아는 시스템과 다르다. 아니, 의회의 승인이 나도 최종적으로 대통령 거부권 같은 걸 발동하면 끝난다는 소린가!? 그, 그럼 의회의 존재 의의가 뭐지? 내가 정치 체계를 잘 모른다지만 이건 이상한데!?'

이상하게 느껴지는 게 당연했다.

이곳은 샤즈라시안이다.

힘의 논리가 지배하는 공화제, 라는 듣도 보도 못한 개념을 이하가 이해할 수 있을 리가 없었다.

―죄송한 말씀이지만 당분간 그곳에 계셔 주실 수 있으실까요.

―네? 어디? 하얀 사신이 있는 곳이요?

―……그곳만큼은 피해 주십시오. 가급적 저희 레블린 궁 안에 계셔 주셨으면 합니다. 귀빈실로 모셔 드릴 테니, 이삼 일 정도 만찬을 즐기시는 건 어떨까 싶은데, 괜찮으실까요?

카렐린의 목소리는 부드럽고 평화로웠다.

그러나 어딘지 모르게 묻어 있는 안타까움을 숨기진 못했다.

그래서 이하는 금방 상황을 이해할 수 있었다.

지금 이 상황은 카렐린이 원하지 않던 방향으로 진행되었을 것이다. 그리고 무슨 연유에선지, 카렐린은 이하 자신을 '묶어 두려고' 한다.

말로는 귀빈실과 만찬이라고 했지만, 이렇게 된 정도라면?

'빌어먹을, 튼 정도가 아니다. 완전히 박살 났어.'

이하는 눈치챘다.

이들은 자신을 이곳에 묶어 두고, 하얀 사신이 있는 곳을 마구잡이로 밀고 들어갈 게 틀림없다.

지금까지 하얀 사신은 한 번도 공략된 적이 없다. 하지만 지금은? 이하가 한 번 깨 보지 않았던가.

'젠장! 게다가 그 장면을 카렐린이 봤잖아!'

하얀 사신을 어떤 식으로 공략할 수 있는지, 카렐린이 보았을 것이다.

이하와 똑같은 방법은 아니지만, 마법을 사용하거나 여러 사람이 동시다발적으로 공략할 다른 방법을 찾아낼 것이다.

무엇보다 자신이 하얀 사신을 이겼기 때문에…….

'하얀 사신은 예전과 다를 거야.'

슈와아아앗—!

순간, 이하의 눈앞에 또 다른 홀로그램 창이 떴다.

이하가 더 이상 카렐린의 말에 대답하지 않고 있다는 게 어떤 의미인지, 카렐린 또한 알았기 때문이었다.

[되살아난 하얀 사신 퀘스트가 시작되었습니다.]

[샤즈라시안 연방 소속 자이언트들의 퀘스트 대상이 되었습니다.]

[샤즈라시안 연방 소속 자이언트 공격 시, 카오틱 수치가 적용되지 않습니다.]

[상호 간의 PK 페널티가 적용되지 않습니다.]

[1시간 내로 하얀 사신과 만나십시오.]

[남은 시간: 00:59:59]

'퀘스트가 강제로 시작됐어! 역시, 뭔가 다르다.'

이것은 퀘스트 성공의 보상이 아니다.

실패 페널티이므로, 수락과 거절 따위를 선택할 수 없이 강제로 부여될 수밖에 없다는 의미!

'빌어먹을, 자이언트들의 퀘스트 대상은 또 뭔데!? 제대로 이해할 수 있는 게 하나도 없—'

이하는 곧장 수정구를 꺼내어 들었다. 그리고 그 순간.

[상태 이상: 마나 결계(강화)에 걸렸습니다.]

[50분간 제한 구역 밖으로 넘어갈 수 없습니다.]

(시전자보다 상위 능력 보유 시 결계 해체 가능)

[상태 이상: 공간 속박(강화)에 걸렸습니다.]

[30분간 범위 내의 모든 공간 이동이 제한됩니다.]

[상태 이상: 통신 방해(강화)에 걸렸습니다.]

[30분간 귓속말을 포함한 모든 그룹 채팅이 금지됩니다.]

"……오……."

이하는 얼토당토않은 감탄사 하나 말고는 뱉을 말이 없었다.

처음부터 샤즈라시안 국가 공적치 작업을 더 해 놓고 퀘스트를 진행했어야 했나? 아니면 카렐린 외의 다른 샤즈라시안 의원 NPC나 유저들을 포섭했어야 했나?

차별을 철폐한다는 게 그토록 쉽게 돌아갈 리가 없는 것이었는데.

머릿속에 온갖 생각이 떠돌았으나, 지금 중요한 건 오직 하나빴이었다.

'살아남아야 한다.'

자이언트들이 주된 종족인, 자이언트들의 나라의 수도에 있는, 자이언트 최고 권력자가 거주하는 궁에서…….

살아서 빠져나가야 한다.

소울 링크 스킬도 없고, 바하무트를 부를 수도 없는 상황이었다.

"젠장!"

쾅—!

이하는 응접실의 문을 발로 차며 밖으로 나섰다.

벌써 복도 양쪽 끝에서 근위병 NPC들이 자신을 향해 활을 겨누고 있는 모습이 보였다.

"저기 있다!"

"목표물 발견! 대통령님을 보호하라!"

"발사!"

"미친, 내가 무슨 암살자냐고! 〈포스 배리어〉!"

휘이이익————!

자이언트들이 활시위를 놓자마자 이하는 반지에 붙은 스킬을 사용했다. 그러나 저들의 강력한 화살이라면 몇 발을 버티지 못할 것이다.

"잘들 기억해! 늬들이 먼저 시작한 거야!"

캉— 카카캉— 카캉—!

포스 배리어에 금이 가는 모습을 보며, 이하는 무릎 쏴 자세를 취하고 목청을 높였다.

"〈다탄두탄〉!"

"막, 막ㅇ —"

100m도 채 되지 않는 거리에서, 다탄두탄이 발동된 후에 그것을 보고 반응하는 건 불가능하다.

─, ─, ─, ─, ─, ─, ─······!

활을 겨누고 있거나, 검을 들고 달려들 자세를 취하고 있던 레블린 궁의 대통령 근위병 NPC 32명이 그대로 잿빛으로 변했다.

"······이게 무슨—"

"바, 반대편 근위병들이 모두······."

양방향에서 이하를 포위한 후, 체포하려 했던 자이언트들은 모두 벙찐 표정을 짓고만 서 있었다.

도대체 무슨 일이 일어난 것인지 그들은 알 수 없었다.

"마나, 마나 동결시켜! 마법 사용을 막도록—"

타아아앙———————······!

이하는 즉각 뒤를 돌며 방아쇠를 당겼다.

"소, 소대장님!"

자이언트 한 명의 외침을 들으며 이하는 다탄두탄으로 쓸려 나간 자이언트들의 시체를 향해 달렸다.

〈파트너: 출두〉를 사용했지만 강화가 된 공간 결계에선 먹히지 않았다.

—블라우그룬 씨! 들려요?

—들—…… 무슨—

—전투 준비! 공간 확보! 들리면 대답해요, 전투 준비! 공간 확보!

—……이해—……준비—

'젠장, 통신 방해도 강화된 건 다르긴 하군. 그래도 이해했다면…….'

이하와 블라우그룬은 최소한의 키워드로만 대화를 나눴다.

그럼에도 '파트너'가 이해했다는 것에 대해 조금의 의심도 하지 않았다. 블라우그룬은 즉각 마나 동조를 통해 공간을 열 준비를 하리라.

"저기 있다!"

"올라가!"

"젠장할."

————————!

복도 끝에 다다라 계단 아래로 내려가려는 계획은 포기해야 했다.

우르르 몰려드는 자이언트들은 즉각 상대하기 어려웠고, 이하는 한 발을 발포, 곧장 화염 방사기를 꺼내 들어 아래를 향해 방사했다.

푸화아아아————————ㄱ!

"까으으어어어!"
"부, 불이다!"
하지만 화염 방사기가 통하는 것도 찰나의 시간뿐이었다.
"〈혹한의 방패〉!"
"〈설원의 기운〉!"
츠츠츠츠츠—!
선두에 있던 자이언트들이 불길에 휩싸여 잿빛으로 변할 때쯤, 후미에 있는 자이언트들은 벌써 냉기 속성의 쉴드를 두른 채 계단을 오르고 있었다.

무의미하게 공격을 이어 갈 순 없다.

이하는 화염 방사기를 다시 가방에 집어넣고는 계단 위를 향해 뛰었다.

―카렐린 님! 이게 무슨 짓입니까! 퓌비엘의 일원으로서, 이것을 본국에 대한 전쟁 선포로 보아도 되는 겁니까?!

거대한 나선형 계단을 오르며 이하는 카렐린과 귓속말을 나눴다.

그 와중에도 난간에 총구를 걸치고 아래를 향해 발포하는 것 또한 잊지 않았다.

자이언트들은 덩치에 맞지 않게 빨랐다.

무엇보다 거대한 체구와 보폭으로 성큼성큼 줄이는 것은 어떤 의미로 '높은 민첩에 의한 이동 속도 보정'이나 다름없다고 느껴질 정도였다.

―……내정 간섭입니다.
―뭐요?

그런 이하의 행위가 아주 잠깐 멈칫할 수밖에 없었던 것은 물론 카렐린의 답변 때문이었다.

―하이하 님, 당신은 샤즈라시안 본국에 대한 내정 간섭을 행하려 했습니다. 본국의 통령께선 그것을 불순한 행위로 간주, 당신을 생포하여 퓌비엘에 공식적으로 항의키로 결정하셨습니다.

─미친. 사람 잘못 봤군. 지금 그걸 말이라고…….

─……이렇게 만나게 되어 저도 진심으로 아쉽군요. 하지만 어쩔 수 없습니다.

─그러시겠지. 좋습니다. 그게 샤즈라시안의 뜻이라면─

투콰아아아───────!

─한번 해 봅시다.

이하는 악에 받쳐 말하곤 계단을 올랐다.

매 층마다 펼쳐진 끝이 보이지 않을 정도의 복도와, 수없이 많은 방들을 보며 이하는 고민했다.

'들어가서 숨어야 하나?'

블라우그룬이 마나를 동조하고 강화된 공간 결계를 깰 수 있을 정도의 시간만 벌면 된다.

이곳에서 30분이나 버틸 것은 아니다.

이 짧은 술래잡기를 할 동안, 보이지 않게 숨기만 하면 되는 것 아닌가?

'젠장, 카모플라쥬만 쓸 수 있었어도!'

고민 없이 아무 방으로 들어가 숨어 버렸을 것이다.

그러나 카모플라쥬의 쿨타임은 12시간이며, 이하가 하얀 사신과 싸울 때 사용한 후로 아직 그 정도의 시간은 지나지 않았다.

'카모플라쥬 없이 숨는 것도 도박이지. 하얀 사신의 거처에도 알람 마법이 있었어. 대통령의 관저인 이곳에 없을 거라 생각하는 게 오히려 얕잡아 보는 거겠지?'

광범위 디텍트나 마나 탐지 스킬을 통해 찾을 가능성도 있다. 따라서 한 곳에 틀어박히는 건 오히려 피해야 할 일이었다.

'남은 방법은……'

이하는 위를 바라보았다.

"올라가, 올라가!"

"옥상으로 몰아라! 그곳에 탈출구는 없어!"

"어차피 선택지도 없군."

이하는 억지 미소를 지으며 가방에 손을 넣었다.

순식간에 들어갔다 나온 손에선 작은 불꽃 하나가 타오르고 있었다.

"옜다."

치이이이이……!

이하는 즉각 계단을 올랐다.

"음?"

"뭐야, 이건?"

"제가 막을 테니 다들 올라가십쇼!"

계단 아래로 굴린 폭탄에는 도화선의 불꽃이 빠르게 타오르고 있었다. 자이언트 근위병 하나가 몸을 던져 폭탄을 감쌌다.

"오…… 멋진데. 과연 전우애의 자이언트라니까."

이하는 아래를 흘끗 바라보며 잠시 감탄했으나 바로 고개를 돌려야만 했다.

────────!

폭발 소리와 함께, 모든 폭발 에너지를 자신의 몸으로 받아 내어 산산조각 나는 거대한 육체를 직접 보고 싶진 않았기 때문이다.

"보인다!"

몇 개의 층계를 올랐을까.

이하는 문득 브란실베니아 성처럼 옥상부가 막혀 있을지도 모른다는 생각이 떠올랐으나, 다행히 그렇지는 않았다.

더 이상 계단이 없는 꼭대기에서 문을 여는 순간, 이제는 노을까지 완전히 진 저녁의 어둠이 이하를 반겨 주고 있었다.

그 어둠에 파묻혀 있는 수많은 자이언트들은 덤이었다.

제각기 활을 들거나 마법을 시전한 채, 레믈린 궁을 거대하게 포위한 자이언트들은 이하를 노려보고 있었다.

"포기하시죠, 하이하 님."

"카렐린……. 이 상황에도 '님'자가 붙기를 원하는 건 욕심인 거 알죠?"

그중에는 카렐린도 포함되어 있었다.

그는 이하의 말에 별다른 불만이 없다는 듯 고개를 끄덕였다.

로브를 벗어 던진 채, 자신의 강건한 육체를 드러낸 랭킹 12위의 레슬러는 마법사 유저들에 의해 레믈린 궁의 옥상으로 이동되었다.

—블라우그룬 씨! 준비 현황 보고! 준비 현황 보고!

—아치—이익…… 동조— 끊는 마나—…… 노력—

—준비되는 대로 즉각 소환 사용하세요! 준비되는 대로, 즉각 소환!

—알— 걱정 마세—…….

'걱정 말라고? 블라우그룬 씨가 나를 걱정해 줘야지! 으이그!'

내려갈 수는 없다. 공중에는 수없이 많은 자이언트들이 자신을 포위하고 있다.

그리고 옥상 저편에는?

저벅, 저벅, 저벅…….

카렐린이 이하를 향해 다가오는 중이었다.

이하는 주변을 살폈다.

'공간 결계는 레믈린 궁 전체다. 레믈린 궁 안에서는 이동할 수 있어.'

가장 빠른 방법은 무엇이 있을까?

이럴 때를 위한 아이템을 더 만들어 놨다면 쓸모가 있었을 텐데.

이하는 이런 경우에 사용할 몇 가지 탄(彈)을 생각해 냈다.

'연막탄이나 섬광탄 같은 것이 필요해. 돌아가면 그거 만들어 보라고 해야겠는데.'

그 와중에도 생각과 행동은 따로 움직였다.

이하의 몸은 어느새 블랙 베스를 들어 올린 채 카렐린을 겨누고 있었다.

"더 이상 다가오면 봐주지 않겠습니다, 카렐린."

"……네? 봐준다고요?"

"네. 피차 일이 잘못 꼬인 거고, 뭐, 나중에 어찌 될지 모르지만 어쨌든 이런 일로 얼굴 붉히고 싶진 않아서 안 죽이려고 했거든요. 하지만 한 발자국이라도 더 내디딘다면…… 저도 참을 수 없죠."

이하는 어깨를 으쓱였다.

순박했던 카렐린의 표정이 점차 일그러지기 시작한 것은 그때쯤이었다.

"나를…… 봐준다고…….."

봐준다, 라는 표현에 내포된 의미를 카렐린이 모를 리가 없었다.

이하는 스스로를 카렐린보다 '상위'라고 생각하고 있었다는 뜻이고, 그 말이 카렐린에게 어떤 의미를 부여했는지 예상할 수 있는 변화가 생겼다.

'······몸이 커지는 건가?'

레믈린 궁을 공중에서 포위한 자이언트들이 모두 이하에게 빛을 비추고 있었으므로, 이하에게 있어 카렐린은 역광의 실루엣으로밖에 보이지 않았다.

따라서 정확히 알 수는 없었다.

그러나 그 실루엣만으로도 그의 근육이 커지는 동시에 단단해지고 있다, 라는 느낌을 받았다.

철컥—!

이하는 노리쇠를 잡아당기며 자세를 고쳤다.

"멈추라고 했습니다."

"멈추지 않으면? 어떻게 하겠다는 거지?"

실루엣밖에 남지 않은 그의 머리 근육이 꿈틀대는 게 이하의 눈에 들어왔다.

화난 표정을 짓고 있는 것일까?

그 와중에도 이하는 긴장을 풀었다.

'역광이어서 얼마나 다행이야. 저 고릴라가 화난 표정 짓는 걸 마주 보면 으으, 지리겠지. 킹콩이라는 표현이 나올 정돈데.'

카렐린이 먼저 나서는 이유가 이하를 이곳으로 데려온 책임 탓일까?

단순히 그 이유만은 아닐 것이다.

실제로 카렐린 외의 다른 근접 직업군의 자이언트들도 슬금슬금 레믈린 궁의 옥상으로 착지하려 하고 있었다.

그렇다면 카렐린이 가장 앞장선 이유는 하나뿐이다.

'적어도 이 중에서 제일 강하다, 이거지.'

그러니 카렐린을 쏜다.

놈을 쓰러뜨리면 분위기는 잠시간 반전될 것이다.

그사이 공포의 정령을 소환하여 모두를 얼어붙게 만들고, 폭약과 화염 방사기로 모조리 지져 버리면 된다.

"후우우우……."

머릿속으로 이 모든 계획을 마치기까지 걸린 시간은 1초도 채 되지 않았다.

그다음은? 실천이다.

이하는 아무런 말도, 기척도 없이 방아쇠를 당겼다.

총성은 주변의 모두를 움찔하게 만들었다. 갑작스러운 공격에 당황하지 않은 사람은 한 사람뿐이었다.

"……뭐야?"

그 한 사람은 이하가 아니었다.

"피했어?"

당황하지 않은 한 사람, 그것은 카렐린이었다.

바닥과 달라붙을 듯 자세를 낮춘 거구의 레슬러는 웃었다. 빛에 반사된 치아가 보였기에 이하도 알 수 있었다.

"보여."

"미친, 무슨 말도 안 되는—"

지금까지 제대로 노리고 있던 타깃이 저격을 회피한 적은 없었다.

'푸른 수염이 막아 내거나, 제법 먼 거리에서, 혼란스러운 움직임으로 피한 적은 있었다. 하지만 이건 무슨……'

철컥, 타아아앙―――……!

이하는 혼란스러운 와중에도 공격을 멈추지 않았다.

그러나 레믈린 궁의 옥상 바닥에서 강렬한 스파크가 튀어오를 뿐이었다.

방금 전까지 그 자리에 있던 카렐린은 어느새 일어나 옆으로 회피해 있었다.

"보인다고, 손가락."

"아! 멍청함의 대가는―"

이하는 노리쇠를 당기며 뒷걸음질 쳤다.

그가 본 것은 총알이 아니었다. 방아쇠를 당기는 손가락의 아주 미세한 움직임을 본 것이다.

그것을 보고 피했다고 자백을 하다니!

"―죽음이라고! 〈커브 샷〉!"

이하는 총구를 슬쩍 오른쪽으로 꺾었다.

손가락을 보고 피했다. 방아쇠를 당기는 순간 탄환의 방향은 고정되므로, 당겨지는 순간만 볼 수 있다면 몸을 움직이는 건, 적어도 랭킹 12위의 레슬러에겐 어려운 일이 아니라는 뜻이다.

그렇다면 그런 발상조차 뒤집어 버리는 커브 샷은 어떻게 피할 것인가?!

타아아앙——————……!

이하를 기준으로 우에서 좌로 빠르게 휘어들어 가는 탄환은 카렐린의 좌측 어깨를 파고들어 그의 심장까지 향할 것이다.

이하의 바람은 그랬다.

일반 상식으로도, 적어도 지금까지 만난 미들 어스의 유저나 몬스터, NPC를 가리지 않고 이 공격을, 이렇게 짧은 거리에서 피할 수는 없다.

츠으으으으—!

무언가가 빠르게 회전하는 소리가 들렸다.

이하는 잠시 동안 자신의 눈과 귀를 의심했다.

카렐린이 자신의 좌측 어깨 앞에 올린 손가락 두 개!

저게 대체 무슨 짓이지?

이하의 의문은 금방 풀릴 수 있었다. 그 손가락 사이에서 빠르게 회전하고 있는 저것이 무엇인지, 카렐린이 직접 답해 주었기 때문이다.

"총알도 물론…… 보이지."

카렐린은 손에 쥐고 있던 그것을 바닥에 집어 던졌다.

탱그랑, 하는 소리와 함께 탄두가 나뒹굴었다.

"……."

이하는 아무 말도 할 수 없었다.

카렐린은 총알을 잡았다.

이하가 벌어진 입으로 카렐린과 바닥의 탄두를 번갈아 보며 눈을 한 번 깜빡였을 때.

"이제 내 차례군."

그의 거구가 사라졌다.

다음 순간 이하는 바닥을 바라보고 있었다.

"켁—!"

자신의 사지가 완전히 결박되었다는 걸 깨달은 순간은 이미 카렐린에 의해 이하의 육신이 완전히 붙잡혔다는 것을 의미했다.

[묘, 몽—!?]

"으음, 방어형 아이템인가!"

"제— 커헉— 〈전투 ㅁ…….〉"

숨도 쉴 수 없다. 말도 할 수 없다.

전투 모드로 바꿀 명령이 나오지 않는 한, 젤라퐁은 그저 이하의 HP 감소를 막아 주기만 할 뿐이다.

"허무하군. 하지만 구금당하느니 이게 나을 겁니다."

카렐린은 그대로 이하의 몸과 목을 졸라 왔다. 이하는 시야가 흐릿해지는 것을 느꼈다.

토온의 손아귀에 잡히면 이런 느낌일까? 이하는 잡혀 본 적 없었지만 그것보다 지금이 더욱 심할 것이라 생각했다.

단순한 완력이 아니라 기술이 포함된 레슬러의 '잡기'는 말 그대로 완벽하게 육체를 결박하고 있었기 때문이다.

빠져나갈 수도 없고, 반항조차 할 수 없이 시야만 흐릿해지며 죽음을 기다려야 하는 상황에서, 연보랏빛이 반짝였다.

"크악!"

카렐린은 레믈린 궁의 바닥에 엎어졌다. 지탱하고 있던 '타깃'이 사라졌기 때문이다.

"뭐야?!"

"사, 사라졌다! 하이하가 사라졌습니다!"

"공간 속박은― 아직 남아 있는데!?"

자이언트들이 웅성거리며 주변을 살폈다.

카렐린은 인상을 찌푸리며 자리에서 일어나 몸에 묻은 먼지를 털었다.

그의 근육이 다시금 이완되기 시작했다. 화났던 표정 또한 순박한 고릴라의 얼굴로 돌아왔다.

"휴우우…… '번개가 쾅쾅', 이라고 했었죠. 아마 소문으로만 듣던 드래곤인 것 같군요."

그는 주변을 돌아보며 자이언트들에게 지시했다.

"각 조별로 나눠 주변을 수색합니다! 그리고 즉각 하미나 캐슬로 파발을 보내세요. 인육 사냥꾼 거처 앞의 철문을 자물쇠는 물론, 마나를 통해 완전 봉쇄한 후, 그곳에서 철수하라고!"

알겠습니다!

이하가 사라졌다고 추정하면서도 그는 긴장의 끈을 놓지

않았다.

이 근처 어딘가로 떨어졌을 가능성을 포함함은 물론, 이하가 진짜로 샤즈라시안의 수도를 빠져나갔다면 그다음으로 갈 목표 장소까지 신경 썼다.

"잡았는데도 데미지는 살벌하군. 웬만한 공격에 맞은 수준이라니……."

그러곤 모든 자이언트들이 흩어진 레믈린 궁의 옥상에서, 탄환을 잡았던 자신의 손가락과 캐릭터 창의 HP를 확인했다.

Geschoss 9.

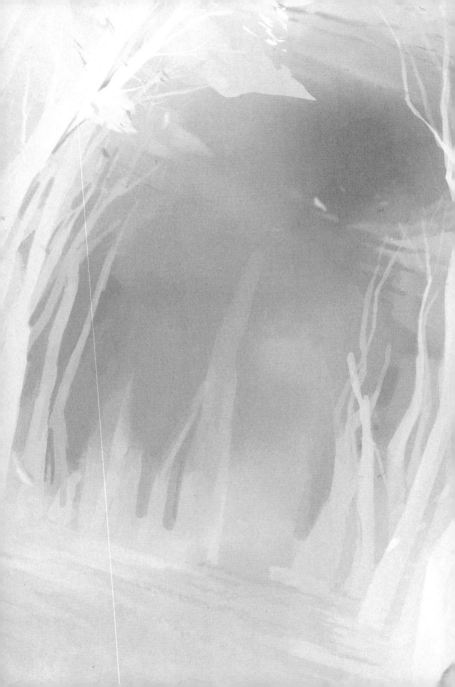

"콜록, 콜록, 콜록! 하아, 하아."

"하이하 님! 괜찮으세요?! 〈리커버리〉, 〈그레이트 힐〉!"

블라우그룬은 이하를 향해 즉각 회복 마법을 사용했다.

이하는 손짓으로 괜찮다 말하며 자리에서 일어섰으나 표정은 결코 밝지 않았다.

'시야가 붉어지지 않았어. HP가 닳은 게 아니다. 그건—그건 진짜 〈기술〉이었어.'

한 번도 생각해 본 적 없는 상황이었다.

심지어 바닷속으로 뛰어들어 용궁을 향할 때조차 '호흡 곤란'을 겪은 적이 없지 않았던가.

그런데 목과 팔, 다리를 동시에 제압당하며 이런 기술에 걸리다니!

'거기서 호흡이 그대로 멈췄으면 나는…… 어떻게 되는 거지?'

목뼈가 부러졌으면 즉사다.

호흡만 멈추면? 우선은 기절 효과가 나는 걸까?

이하는 불현듯 공포의 정령을 마주쳤을 때의 프레아가 어떤 상태였는지 떠올렸다.

확신할 수는 없지만 자신이 그것과 유사한 상태가 될 거라는 생각이 들었다.

"갑시다, 얼른."

"어디? 어딜요?"

"하얀 사신의 거처. 자이언트들이 거기를 틀어막을 거예요. 시간은—"

[1시간 내로 하얀 사신과 만나십시오.]
[남은 시간: 00:38:41]

"좋아, 이 정도라면 괜찮아. 블라우그룬 씨! 그때 저장했던 좌표 있죠?"

"물론입—"

텅그렁…….

이하는 가방을 뒤적이며 블랙 베스의 탄창을 꺼내는 중이었다.

"하, 하이하 님? 괜찮으세요?"

"어? 뭐야, 손이 왜 이래?"

지금까지 단 한 번도 실수해 본 적이 없던 일이었다. 탄창을 꺼내는 도중에 떨어뜨리다니?

이하는 바닥에 떨어진 탄창을 주우려 손을 뻗다가 마침내 깨닫게 되었다.

그라운드 기술, 잡기 기술. 레슬러의 무서움이 무엇인가.

'혈류를 오랫동안 막아서…….'

온몸의 근육을 제대로 움직일 수 없게 하는 것.

부들부들 떨리는 손과 팔이 그것을 증명해 주고 있었다.

이하는 주먹을 쥐락펴락하며 다시금 몸을 원상태로 돌리려 애썼다.

일시적인 현상이라는 건 이하도 알고 있었다. 군대에서도 갑자기 격한 얼차려를 받고 나면 꼭 이런 현상이 일어나곤 했으니까.

"대단해."

"네?"

"그 고릴라 새끼…… 대단하다고요."

떨림이 서서히 멎어 가자 이하는 소름이 돋는 것만 같았다.

'방심했어. 나도 모르게 탑 텐이 아니라면……. 랭킹 12위라면 별거 아니라고 생각한 걸까.'

어쩌면 랭킹 15위 전후의 우드 엘프들을 너무나 손쉽게 '사냥'해 본 적이 있기 때문일지도 몰랐다.

그러나 그때와는 상황이 완전히 달랐고 이하는 그 점을 간과한 셈이었다.

　'우리가 있는 줄도 몰랐던 상태인 데다, 정신없는 대규모 전투에서 당한 우드 엘프들과 달라. 카렐린은 내 공격을 이미 한번 봤고, 무엇보다 그곳은 놈의 홈 그라운드였어.'

　무언가 스킬을 사용했을 것이다.

　치요의 예측과는 또 다른 무언가를 썼을 가능성이 있다.

　레슬러들의 지옥 훈련 같은 운동법이나, 괴수처럼 단련시키는 각종 운동 신경에 대해 이하는 자세히 알 수 없었으나, 이것은 육체만으로 될 게 아니었다.

　극에 달한 육체와 그 육체에 어울리는 스탯 보정, 스킬 등의 내부 상황과 전투 환경이 완벽하게 맞아떨어졌을 때 이루어지는 일이리라.

　"이번엔 쉽지 않을 거다."

　이하는 바닥에 떨어진 탄창을 주워 블랙 베스에 끼워 넣었다.

　철, 커덕―!

　거칠게 맞물리는 탄창만큼 이하의 표정도 거칠었다.

　"가죠."

　"다른 인간들은 부르지 않아도 되겠어요?"

　"응, 필요 없어."

　이하는 고개를 끄덕였다. 블라우그룬은 즉각 공간 이동을 사용했다.

하얀 사신의 원혼이 있는 폐허의 앞으로 텔레포트하자, 그곳의 자이언트들이 무기를 들어 올렸다.

"하, 하이하다!"

"아, 아직 안 잠겼습니다! 시간이—"

"마나 봉인을 담당하는 녀석 제외하고 전부 튀어나와! 하이하를 막아야 해!"

철문 근처는 물론, 주변의 언덕에서도 자이언트들이 우르르 튀어나왔다.

그들은 이하를 보자마자 활부터 쏘았다.

[뮹뮹!]

젤라퐁이 이하의 머리를 감싼 게 '하이하 사단'이 갖춘 방어의 전부였다.

팅, 티티팅, 티팅, 팅—!

블라우그룬에게 상시로 둘러진 드래곤 스케일은 일반 화살 공격 따위에는 무적이나 마찬가지다.

그리고 이하 자신의 머리와 목만 완벽하게 보호할 수 있다면?

"이야, 이거 성능이 좋긴 좋네."

이하가 입고 있는 새로운 '상의'가 무엇이던가?

웬만한 수준의 원거리 직업군은 이하가 입고 있는 옷의 섬유 조직 한 올도 풀 수 없을 것이다.

"공격이……."

"안 통한—"

"젤라퐁, 〈전투 모드: 민첩〉. 그리고 블라우그룬 씨, 전부 다 죽여."

이하는 그저 앞으로 걸었다.

이하의 머리를 감싸던 젤라퐁이 좌측을, 블라우그룬이 우측을 담당했다.

이하의 손에 들린 것은 작은 단검이었다. 창을 든 자이언트들이 이하를 향해 뛰어들어 왔으나, '근위대 자이언트'보다 한참 떨어지는 이들이 이하의 몸놀림을 상대할 수는 없었다.

"카악!"

"끄으윽!"

그저 토온의 발톱에 의해 잿빛으로 변해 갈 뿐.

철문 주변의 자이언트 25명을 정리하기까지 걸린 시간은 1분이 채 되지 않았다.

"블라우그룬 씨, 열 수 있어요?"

"네. 이런 걸 마나 봉인이라고 해 놓은 건지, 원."

블라우그룬의 키에 비하면 몇 배나 될까. 이하는 추정하는 것조차 포기할 정도로 거대한 철문 앞에 선 블라우그룬은 그대로 검지를 들어 그것을 밀었다.

끼기기기……'.

스티로폼이 밀리듯 부드럽게 열리는 철문과 기름칠도 안 된 거친 경첩의 울음이 비정상적으로 조합되었다.

이하는 묘한 표정으로 미소를 띠고는 그대로 걸어 들어갔다.

이곳까지 도착한 이상 이하가 조급해할 이유는 없었다.

'당장 오지는 않을 거야. 충분한 준비를, 도대체 얼마나 충분하게 갖출지 모르겠지만…….'

시간이 상당히 걸릴 것이다.

또한 저들이 아무리 빠르게 움직인다 해도 밤에 올 리는 없다. 어둠 속의 저격만큼 그들이 두려워하는 건 없을 테니까.

'최악의 경우 일주일이나 열흘씩 병력을 모아 숫자로 밀어 버리는 것.'

그렇게 되면 이하조차 당해 낼 수 없을지 모른다.

긴장을 숨길 수는 없었다. 그러나 이하는 겁먹지 않았다.

"후우우……. 퀘스트 실패했다고 혼내려나."

"혼내요? 누가요?"

이곳엔 그가 있기 때문이다.

블라우그룬의 물음에 이하는 웃음으로 답했다.

"하얀 사신."

[……그런가.]

"그렇습니다. 과거 판린드와 크라바비 등의 국가는 이제 없습니다. 그것들이 하나로 합쳐진 연방, 샤즈라시안만이 존재할 뿐이죠. 그 샤즈라시안의 최고 권력자에게 제안을 했으나……."

[거인 녀석들은 변한 게 없구나. 그때나 지금이나, 그저 힘으로 모든 것을 짓누르려는 행태가 똑같다니.]

하얀 사신은 날뛰지 않았다.

특별히 포즈를 바꾸거나 하지도 않았다.

중년의 원혼은 그저 가만히 이하의 이야기를 듣고 조용한 분노를 표출할 따름이었다.

[그렇다면 판린드는 어떻게 되었지.]

"정확히는 모르겠습니다만…… 아마 과거 판린드 지역 어딘가에서 살고 있을 거라 생각합니다."

[내 집에 다녀온 적이 있나?]

"네? 아, 네."

이하는 새삼 '하얀 사신의 총기' 이야기를 하는가 싶어 뜨끔했으나 그는 그런 단어를 꺼내지 않았다.

[내 집으로 가는 길에, 우리 동포들은 없었나?]

"아…… 음……."

이하는 기억을 되살렸다. 확실히 하얀 사신의 거처가 있던 지역이 바로 과거 판린드 국가 관할의 땅이었다.

워프 게이트가 있던 대도시부터 작은 마을 몇 개를 걸어서 지날 동안 이하가 만났던 NPC들은 어땠었는가.

"전부…… 자이언트였네요."

모든 NPC가 자이언트였다.

찾아보면 인간형이 어딘가에 있을까? 그러나 적어도 눈에

띄는 NPC들은 모두 자이언트였다.

하얀 사신은 한동안 말이 없었다.

블라우그룬은 호기심 가득한 눈으로 그에게 무언가 말을 걸고 싶어 했으나, 이하가 워낙 눈치를 줘 그러지 못했다.

[이 땅 너머의 자원을 원한다……. 잘됐군.]

"네?"

[그대의 말대로라면…… 놈들이 이곳으로 온다는 것 아닌가?]

"네. 아마도…… 아니, 분명히 올 겁니다. 놈들이 절 노리고 있기도 하니까요."

[샤즈라시안 연방 소속 자이언트들의 퀘스트 대상이 되었습니다.]

[샤즈라시안 연방 소속 자이언트 공격 시, 카오틱 수치가 적용되지 않습니다.]

[상호 간의 PK 페널티가 적용되지 않습니다.]

이하는 징겅겅에게 귓속말로 물어보았다.

혹 자신을 공격하라는 퀘스트가 떴거나, 이상한 알림 창이 뜬 게 있는지.

'없었어. 다행이지. 샤즈라시안 국가 소속의 자이언트에게만 뜬다는 소리니까.'

퓌비엘 소속의 자이언트인 징겅겅에겐 해당 퀘스트가 적용이 되지 않는다는 뜻.

그렇기에 이하는 더욱 궁금했다.

샤즈라시안 소속의 자이언트들에겐 도대체 어떤 방식으로 퀘스트가 떴을까.

그것의 성공 조건과 실패 조건, 보상과 페널티는 무엇일까.

[적]의 퀘스트가 어떤 구조로 되어 있는지 알 경우 그것을 파헤치기는 더욱 쉽겠으나, 샤즈라시안 소속 유저 중에 친한 사람이 없다는 게 이하에겐 안타까운 점이었다.

'이고르에게 물어볼 수도 없고. 흐흐.'

이하가 농담으로 긴장을 풀고 있을 때쯤, 하얀 사신이 서서히 움직이기 시작했다.

[나는 크라바비의 후손들에게…… 판린드인의 기상을 다시 한 번 보여 주고 싶네.]

"그렇군요."

[그대의 힘을 빌려서 말이야.]

"네? 무슨—"

하얀 사신은 이하의 어깨를 짚었다.

마치 젤라퐁이 어깨 위에 올라온 것 같은 묘한 느낌에 이하가 잠시 움찔할 무렵, 그의 눈앞에 홀로그램 창이 떴다.

[되살아난 하얀 사신]

설명: "나는 이제 모든 힘을 발휘할 수 없어. 그대의 탄환에 맞은 이후로 힘이 약해지는 게 느껴지고 있지……. 내 동포들을 이곳으로

불러 달라 부탁하고 싶으나, 그대는 내 동포들을 본 적도 없다고 하는군. 미안하네. 하지만 나는 그대를 처음 본 순간부터 알고 있었네. 나와 똑같이 닮은 그대가 앞으로 어떤 길을 걸어갈지 말이야."

시모는 지상에서 사라지기 전, 당신과 함께 싸우고 싶어 한다.

샤즈라시안 연방의 점령 포기 선언과 시모가 원했던 권리장전이 작성될 때까지 이곳을 사수하자.

내용: 점령지 사수

보상: ?

실패 조건: 점령지 북측 출구로 5명 이상의 자이언트가 도착할 시

실패 시: ?

실패 페널티로 강제 부여된 퀘스트이므로 거절도 불가능했다.

'하얀 사신이 사라진다? 젠장, 역시 약화되는 수순이었나.'

이하는 빠르게 퀘스트를 읽었다.

지극히 간단한 퀘스트였다.

내용은 이곳을 지키면 된다. 저들이 제풀에 지쳐 떠날 때까지.

실패 페널티는? 간단했다. 무엇보다 '사망 시' 따위가 없다는 점이 이하에게는 새롭게 느껴졌다.

이하가 사망하는 순간, 자이언트들은 5명이 아니라 500명 이상 북측 출구에 도달하게 될 것이다.

즉, 사망 따위는 굳이 실패 페널티로 걸지 않아도 너무나 당

연하다는 뜻이었다.

"어, 그— 제, 제 힘을 빌리신다는 게……."

[그대는 나에게 힘을 빌려주게. 나는 그대에게 이름을 주겠네.]

"이름…… 이라면?"

이하는 하얀 사신을 올려다보았다.

키 차이는 별로 나지 않겠지만, 공중에 둥실둥실 떠 있는 그의 눈높이는 이하보다 조금 더 높았다.

하얀 사신 또한 이하와 눈을 마주쳤다.

[힘의 논리밖에 모르는 자들에게 그 이름이 공포의 상징이 되도록 저들의 뇌리에 박아 주겠나.]

이하가 굳이 고개를 끄덕일 필요도 없었다.

비단 이것이 강제로 부여된 퀘스트이기 때문은 아니었다.

이하가 지금까지 그토록 바라 마지않던 말, 바로 그 표현이 하얀 사신의 입에서 나올 것임을 직감했기 때문이다.

[하얀 사신White Death의 이름을 말일세.]

"아…….."

그 순간, 이하의 심장이 빠르게 뛰기 시작했다.

퀘스트 '되살아난 하얀 사신'.

이하는 이 퀘스트가 시모의 원혼이 부활하는 의미라고 생각했다.

이스터 에그라는 아이템의 효능을 보았기 때문에 더더욱 그런 식으로 생각하는 게 당연했다.

그러나 '되살아난 하얀 사신'은 그런 의미가 아니었다.

되살아난 하얀 사신은 〈판린드인 시모〉 NPC를 말하는 게 아니다.

'그건……. 나였어. 하얀 사신의 뒤를 잇는 자, 라는 뜻으로 되살아났다고 표현한 거였어!'

그것은 이하 자신이었다.

[되살아난 하얀 사신], 하이하.

이하는 조용히 눈을 감았다.

마침내 한 꺼풀 풀린 2차 전직의 실마리를 보며 그리고 자신이 미처 예상하지 못했던 퀘스트의 연결 고리를 보며, 블랙 베스를 강하게 움켜쥐었다.

하얀 사신은 그 동작만 보고도 고개를 끄덕였다.

이하의 의지와 각오를 표출함에 있어, 그것이면 충분했다.

—어때요?

—자, 장난 아닌데요? 근데 도대체 무슨 짓을 하셨기에—

—쉿, 쉿. 그건 나중에 말씀드릴 테니까. 기정이한테 말하지 마시고. 다른 분들한테도 비밀입니다?!

—진짜 하이하 씨 혼자서 괜찮으시겠어요? 여기 지금 진짜 장난 아니라니까요.

―뭐…… 어쩔 수 없죠.

이하는 징경경의 첩보를 들으며 퀘스트 창을 다시 한 번 살폈다.

되살아난 하얀 사신이라는 표현을 볼 때마다 짜릿함이 온몸을 관통하는 것 같았으나, 실상은 기쁘게만 느낄 게 아니었다.

'기한도 없다. 무기한부야. 언제 나올지도 모르는 저들의 항복 선언을 기다리고 있어야 해.'

기한이 없다는 것만큼 괴로운 게 있을까.

그러나 그것이야말로 전쟁의 한 면목일지 모른다.

언제 끝날지 모른다는 두려움을 안고, 자리를 벗어날 수 없다는 점. 이하는 조용히 입술을 깨물었다.

'아니, 근데 갑자기 열 받네? 치요나 이고르, 파우스트 그 쉐리들은 어떻게 그렇게 빨리 2차 전직을 마쳤지?'

그들에게 이런 고난이 있었을까?

왠지 그렇지 않을 것만 같았다.

치요만 해도 뜬금없이 바토리에게 물리며 변해 버렸고, 이고르와 파우스트 또한 특별한 시간적 여유도 없이, 불과 며칠도 되지 않는 시간 만에 2차 전직을 마치고 구대륙으로 넘어오지 않았던가.

'마魔의 힘이라…….'

푸른 수염이 무슨 짓을 했기 때문에? 이하는 고개를 갸웃거렸다.

'무조건적으로 좋기만 하지는 않을 거야. 미들 어스라는 게임은 절대 그렇게 두지 않아.'

단시간에 힘을 키웠다면?

그것을 잃을 수 있는 급격한 페널티 조건이 존재할 것이다.

실제로 이하는 알 수 없었으나, 과거 파우스트가 푸른 수염에게 힘을 받고, 키메라들을 이끌고 다니며 시티 가즈아를 파괴했을 때도 마찬가지였다.

알렉산더를 포함한 랭커들에게 토벌당한 파우스트는 엄청난 스탯 페널티는 물론, 공적치와 명성 등에서 막대한 손해를 입었었다.

그 외의 성장에 관련된 경험치 획득 방해와 아이템 착용 제한까지 있었으니, 이하의 추측이 마냥 틀린 것만은 아니었다.

'무협에서도 그렇지. 정파의 성장은 느리지만 확실하고, 사파나 마교의 성장은 급격하지만 반드시 반대급부가 있다.'

부러워하지 말자.

난 잘하고 있는 것이다.

이하는 스스로를 다독였다. 바꿔 말하자면 이런 생각을 해야 할 정도로 이번 퀘스트가 힘들 수 있다는 걸 예감하고 있다는 뜻이었다.

—우와, 저한테 파티 요청하고 난리 났어요. 그냥 공짜 퀘스튼데 이걸 왜 안 하냐고 성화인데요?

—……설마 파티 가입하신 건 아니겠죠?

　—서, 설마요! 하여튼 샤즈라시안 수도 곳곳에 방이 붙어 있고…… 유저들이 엄청나게 몰리고 있습니다. 기사단도 소집 중이라네요. 이거 정말 신나라 님한테 따로 말하지 않아도 되는 거 맞죠? 이런 식이라면 퓌비엘 왕실 입장에서도 항의를 하는 게 좋을 것 같은데. 어쨌든 하이하 씨는 퓌비엘의 성주 중 한 명이잖아요.

　이하는 자신을 걱정해 주는 징경경이 어떤 표정을 짓고 있는지도 알 수 있었다.

　처음 만났을 때부터, 묘하게 따뜻한 마음을 지닌 사람이라는 생각이 들었다.

　—말하지 마세요. 다른 일 때문에 바쁠 텐데. 그리고 샤즈라시안에서 공식적으로 항의할 일이 없을 텐데 퓌비엘에서 먼저 나설 필요도 없을 거예요.

　—네?

　카렐린이 내정 간섭이라는 표현을 했다.

　하지만 그것으로 샤즈라시안이 퓌비엘에게 공식 항의를 할까?

　'그건 협박이야. 말하자면 내가 제안한 협상안을 폐기시키려는 협박.'

만약 항의를 하더라도 자신을 확보한 후에야 할 것이다. 지금 당장 단순히 항의를 해 봤자 공허할 뿐 아니라, 역풍에 맞기 십상이다.

이하가 안 그랬다고 발뺌하면 그만이고, 이하는 퓌비엘 본국의 비호를 받으며 지내면 그만이니까.

'즉, 지금 시점에서 긁어 부스럼을 만들 정도의 멍청이들은 아니라는 거겠지.'

—아 참, 반탈 님이랑 아문산 삼형제한테 연락해 봤거든요.
—오! 뭐래요?

이하는 귀를 기울였다. 그러나 그가 전하는 소식은 썩 좋은 게 아니었다.

—재밌⋯⋯겠대요. 기대하라는데요. 하이하 씨가 관련되어 있다는 것도 이미 알고 있네요.
—⋯⋯그 아저씨, 그럴 줄 알았어.

이것은 마魔와 관련된 스토리 라인이 아니다.

샤즈라시안 유저들에겐 일종의 이벤트와도 같은 것이니, 당연히 저런 식으로 말할 수밖에.

이하도 그의 입장을 이해하지 못하는 건 아니었다.

'나였어도 그랬겠지. 쩝, 근데 당하는 내 입장에서는 똥줄 탄다고! 게다가 이거 2차 전직인데!'

귓속말로 살살해 달라고 말해 볼까?

이하는 고개를 저었다.

[되살아난 하얀 사신]이 원하는 것은, 자신의 이름을 [공포의 상징]으로 만드는 것.

벌써부터 그런 짓을 하는 건 '컨셉'에도 어울리지 않으리라.

―음, 하이하 씨한테 뜨는지 모르겠는데, 100일 안에 점령하는 게 뭐가 대수냐, 라는 말을 하네요?

―네? 뭐?

―100일……이요.

―100일! 확실하죠? 100일이라고 한 거 맞죠?

―어, 네. 퀘스트 이름은 〈겨울 자원 전쟁〉. 100일 내로 그, 어딘가를 점령하라. 라는 건가 봐요.

마침내 징정경의 첩보가 빛을 발했다.

"예스! 그렇지!"

이하는 자기도 모르게 주먹을 불끈 쥐었다. 옆에 있던 블라우그룬이 화들짝 놀라 이하를 바라보았다.

"왜 그러세요?"

"으하핫, 하여튼 자이언트 유저들 머리 나쁜 건 알아줘야 한다니까. 아니, 그만큼 자신이 있어서 그런 건가?"

마음이 풀어져서 그런 걸까?

반탈은 징경경에게 자신에게 뜬 퀘스트에 대해 털어놓았고 그것은 정말 '첩보'가 되어 이하에게 전달이 되었다.

"시모 님, 적들은 이번 전투를 〈겨울 자원 전쟁〉이라 명명, 100일 안에 이곳을 점령할 것을 지시했다고 합니다."

[과연……. 〈겨울 전쟁〉의 확장판이라는 건가.]

"흐흐, 그런 셈이죠."

이하는 시모의 미소를 보며 따라 웃었다.

현실 세계의 '시모'가 활약했던 전쟁이 바로 겨울 전쟁이다.

'미들 어스에서도 겨울 전쟁이었나. 하핫, 재미있네.'

그리고 지금은, 겨울 자원 전쟁.

이 땅 너머에 있는 자원을 노리는 샤즈라시안 자이언트들을 막아 내야만 한다.

'100일이라.'

로그아웃 로테이션도 없다.

오직 뜬 눈으로 현실의 20일가량을 버텨야 한다.

눈을 붙이는 행위도 미들 어스에서 잠깐이나마 가능할까?

말도 안 되는 피로감이 온몸을 덮치고 육체와 정신을 극한으로 몰아붙여야만 할 것이다.

그렇기에 이하는 기대했다.

"이 정도는 돼야지."

2차 전직의 확정이 이번 퀘스트로 종결될 거라는 확신이 들었기 때문이었다.

　　그 즈음에서야 이하는 다른 사람들이 궁금해졌다.

　　'이 인간들은 뭐 하나?'

　　이하는 삼총사의 텔레포트 창을 열어 보았다.

　　놀랍게도 두 사람의 위치는 전혀 변함이 없었다.

　　"애송이, 네 녀석이 무슨 말을 하는지는 알겠어. 하지만 내가 돈을 준다고 놈이 스스로 물러날 것 같나."

　　"보안관 어프께서 모범을 보이는 게 가장 좋은 방법일 겁니다."

　　"하핫, 요 며칠 대화해 본 것 중 가장 웃긴 농담이야."

　　어프는 모자를 눌러쓰며 몸을 돌렸다.

　　키드는 답답한 마음을 금치 못했다. 벌써 몇 번의 퀘스트를 완료했다.

　　흐름으로 느낄 수 있을 정도로 퀘스트는 막바지에 도달해 있건만, 이 시점에서 완전히 막혀 버리다니.

　　'〈데드 우드〉에 평화를 가져오는 게 나의 일. 데스페라도로 전직할 수 있는 유일한 방안이라고 생각했습니다만…….'

　　데드 우드에 평화를 가져오는 방법, 그것은 보안관 어프와 와일드 빌을 서로 화해시키는 것.

바로 그게 쉽지 않았다.

키드는 요 며칠 사이 두 NPC와 대화를 나눴고, 그들과의 친밀도를 얻기 위해 수없이 많은 연계 퀘스트를 끝낸 참이었다.

그들의 친밀도를 얻기 위해 얼마나 많은 시간을 소모했던가?

보안관 어프를 대신해 근처의 갱단을 처리하는 일도 있었고, 와일드 빌을 대신해 도박 빚을 징수해 오는 일도 있었다.

물론 그 어떤 일을 택하든 〈무력〉이 없이는 해결할 수 없는 것이었다.

키드는 자신의 실력이라면 충분히 해내리라 자신하며 모든 일에 임했었으나, 매 순간순간이 예상외로 고비였다.

'고작 동네 갱단이라고 나온 것들이 신대륙의 몬스터보다 상대하기 까다로웠습니다. 그것은 아마도 '이벤트용 몬스터 NPC'였기 때문일 터.'

실제로 키드가 데드 우드에 기거하는 도중, 지나가는 유저들에게 물었을 때, 그 어떤 유저도 키드가 언급했던 갱단을 본 적이 없다고 했다.

말하자면 퀘스트 보유자가 아닌 이상, 해당 몬스터와 마주칠 일 자체가 없다는 의미였다.

그렇게 양측의 친밀도를 모두 올렸고, 드디어 양 당사자의 화해를 종용하며 평화를 찾아오게 만들기 직전이건만!

"애송이, 나는 네가 마음에 들어. 하지만 와일드 빌 히콕과도 어울린다는 사실을 알고 있지. 무슨 뜻인지 아나?"

"……그는 확실히 손버릇이 나쁩니다. 하지만 보안관께서도 분명히 책임이—"

"책임? 내가? 나한테? 사기 행각을 현장에서 잡아내지 못했으니, 내 패배고. 패배의 대가로 돈을 지불해야 한단 말인가? 아냐, 애송이, 그게 아냐. 놈은 도박을 빌미로 이 마을의 평화를 어지럽히고 싶은 것뿐이야. 나를 죽이고 싶어 하는 것뿐이지. 그게 아니라면 놈이 직접 와서 머리를 숙이라고 해."

언제나 이런 식이었다.

그 어떤 설득도 통하지 않았다.

그렇다고 보안관 어프가 말하는 '반대편'에 가서 말한다한들 통할 리가 없었다.

"와하하핫! 내가 가서 고개를 숙이라고? 그럼 돈을 주겠다? 미쳤군, 미쳤어. 너 말이야, 제법 일을 잘해서 쓸 만하다고 생각했더니 이쪽의 생리는 전혀 모르는구만."

"……그래도 한 번의 인내로 많은 것을 얻을 수 있을 겁니다."

"아냐, 그건 인내가 아니야, 풋내기. 그건 구걸이야. 내가 데드 우드의 와이어트 어프에게 돈을 받아 냈다, 라는 소문이 퍼지는 게 아니라! 천하의 와일드—빌—히콕이 보안관 어프의 항문을 핥았다, 가 되는 거라고! 무슨 말인지 알아듣겠어!?"

쾅—!

와일드 빌은 테이블을 내리쳤다.

맥주잔이 떨어지며 깨졌으나 두 사람 모두 그것에 신경 쓰지 않았다.

"꺼져! 좋게 봤는데 영 글렀군."

"⋯⋯."

키드의 몸이 부들부들 떨리기 시작했다. 그러나 그는 꾹 참고, 주점 밖으로 걸어 나갔다.

'도대체 얼마나 더 참아야⋯⋯.'

지금까지 많은 것을 참았다. 보안관 어프에게 애송이Kid라 불리고, 와일드 빌에게 풋내기Kid라 불려도 참았다.

실제로 자신의 닉네임이 키드였으니까 할 말이 없기도 했다.

하지만 불리는 것과 별개로 그런 '취급'을 당하는 것만은 도저히 참을 수 없는 일이지 않은가.

[The Good, The Bad, And⋯⋯.—12]

설명:

"머리를 숙이고 들어와 준다면 이해해 주지. 하지만 놈이 그럴 리가 없지 않은가."

"좋아. 사실상의 최후통첩이라 이거지?! 와하핫! 와이어트 어프에게 돈을 받는 것보다 놈의 목에 총알을 박아 넣는 게 명성에 도움이 되기는 하겠어."

당신은 마을의 평화를 위해 무엇을 할 수 있을까.

내용: 〈데드 우드〉를 평화로운 상태로 만들기
보상: ?
실패 조건: 와일드 빌과 보안관 어프 중 한 명 이상 사망 시
실패 시: ?

무려 열두 번째 연계 퀘스트.
이제는 설명조차 부족한 퀘스트 창을 키드는 보고 또 보았다.
그동안의 뚜렷한 보상과 실패 페널티에 비하면 이제는 모든 게 가려진 상황.
키드는 본능적으로 이것이 마지막 연계 퀘스트임을 알았다.
퀘스트의 내용 또한 추상적이었기에, 더더욱 그런 생각이 들었다.
하지만 이젠 한계였다.
3일만 지켜 달라던 라르크나 신나라의 부탁 따위는 이제 생각도 나지 않을 정도로 오래 있었다.
오직 2차 전직 하나만을 위해서.
그러나 이게 무슨 취급인가?
'보안관 어프라고 해서 꼭 좋은 일만 하는 것도 아니었고,

와일드 빌이라고 해서 꼭 문제만 일으키는 것도 아니다……
어떤 사건이 일어나든 두 사람 모두에게 책임이 있다. 결국 문
제를 일으키는 건 두 사람 모두라는 뜻…….'

평화로운 상태로 만들려면 어떻게 해야 할까.

"처음부터 그랬던 거였습니까. 법 위의 무법자, 라는
게……. 데스페라도라는 게 그런 뜻이었습니까."

키드는 퀘스트 창을 보며 각오를 다져야 했다.

지금 자신이 생각한 건 엄청난 모험이 될 것이다.

그러나 그런 도박 끝에 자신이 원하는 결과물이 있다는 확
신이 스멀스멀 올라오기 시작했다.

'그 어떤 말도 통하지 않고, 그 어떤 협박도 통하지 않고, 그
어떤 재주도 통하지 않는다면…….'

마을의 평화를 가져올 방법은 무엇이 있을까.

두 사람이 언제나 문제를 일으킨다면?

보안관 어프와 와일드 빌은 기 싸움을 하고 있다.

서로가 서로에게 숙이기 싫어서 말도 안 되는 트집을 잡고
있다. 두 사람의 힘이 비등하기 때문에, 교착 상태는 길어질
수밖에 없었다.

그런 두 사람의 입을 다물게 만들려면?

"두 사람을…… 제압하면 되는 거였습니다."

두 사람보다 강한, 절대적인 존재가 나타나면 되는 것이다.

키드는 데드 우드에 처음 도착했던 날 보았던, 두 NPC의

말도 안 되는 속사를 떠올렸다.

그러나 이겨야 한다.

'나도 그때의 내가 아닙니다.'

연계 퀘스트를 줄줄이 깨며 또다시 빨라진 자신의 손놀림을 믿어야만 했다.

해야만 한다.

삼자 대결.

그러나 둘 중 한 명이 죽어서도 안 된다.

자신이 노려야 할 것은 오직 하나. 그들이 뽑은 총.

심지어 1:1이 아니다.

두 명이 총을 뽑는 것을 확인한 후, 그들의 총을 향해 탄환을 발사, 손에 쥔 총을 떨어뜨리게 만들어야 한다.

일반적인 대결보다도 몇 곱절의 난이도가 올라갈 것이다.

"비록 내가 The Ugly는 아니지만……. 피하지 않겠습니다."

키드는 퀘스트의 이름과 상당히 비슷한, 아주 오래전 보았던 마카로니 웨스턴 영화를 떠올렸다.

미들 어스는 처음부터 제목에서 힌트를 주고 있었다.

"으, 으음…… 그래도 연습은 좀…….

도전장을 작성하려던 키드는 〈크림슨 게코즈〉를 홀스터에서 뽑는 연습을 하며 고개를 갸웃거렸다.

아직 문제가 터진 것은 아니다.

문제가 터지기 직전까지 연습을 거듭한 후에야 그는 도전할 것이다.

"흐끄으으으윽!"

루거의 목에는 핏대가 찢어질 것처럼 올라와 있었다.

새빨개진 얼굴은 터지기 직전이었지만 그의 몸은 마음대로 움직여지지 않았다.

"이— 빌어먹을— 드워프 영감탱이!"

끼, 기기기이이이……익—

누가 보았다면 마치 지구를 들어 올리는 중이라고 착각했을 정도이리라.

그의 손에 들린 〈코발트블루 파이톤〉은 이미 과거의 모양이 아니었다.

그러나 삼총사의 퀘스트나 [관통]의 후예 자격으로 생겼던 스킬과 '전설급 대장장이 보틀넥'이 부여한 스킬은 그 차원이 달랐다.

"형태까지……. 이렇게 만들어 버리면—!"

원래도 루거의 무기는 삼총사의 총기 중 가장 컸다.

이하나 키드가 포砲라고 부를 만큼 큰 총기였으나 지금의 크기에는 감히 비할 바가 아니었다.

루거가 들고 있는 진한 색상의 총기, 〈코발트블루 파이톤〉 자체는 과거와 같았다.

그러나 그 위에 반투명의 마나로 덧씌워진 형태는 길이만 해도 루거의 다섯 배 이상, 두께가 루거의 몸통보다도 두꺼워, '팔로 지탱하고 있다'라는 말 자체가 어울리지 않을 정도의 크기였다.

알렉산더가 베일리푸스 위에서 자신의 창을 늘어뜨린 것과 비슷한 정도의 길이였으나, 가볍게 휘두르던 '빛의 창'과 온몸을 부들부들 떨며 노력하는 루거의 차이는 상당했다.

'무게는 또 무슨……!'

그것은 무게의 차이 때문이었다.

마나로 덧씌워진 스킬이 아니라 정말 강철로 만들어진 포신을 홀로 들어 올리는 것 같은 이 무게는 대체 뭐란 말인가?

'아흐트―아흐트 Flak의 포신 무게가 8,000kg이라는데, 이 미친 영감탱이가 진짜―'

루거는 보틀넥에 의해서 새로운 스킬을 부여받는 데 성공했다.

[아흐트―아흐트Acht―Acht―3]

설명: "……."

완벽한 포는 어떤 각도, 어떤 대상이라도 적중시킬 수 있다. 대공,

대지, 곡사가 가능한 단 하나의 포.

그러나 명심하라.

그것을 계획하는 것도, 만드는 것도, 감당하는 것도 오직 그대뿐임을.

내용: 아흐트—아흐트에 의한 합성 맨티코어(대상: 루거) 사살

보상: ?

실패 조건: 합성 맨티코어(대상: 루거)에 의한 사망 시

실패 시: ?

퀘스트도 더없이 단순했다.

스킬을 사용해서 코발트블루 파이톤을 강화하고, 놈을 죽이면 그뿐!

"으그그극— 끄으으읏—!"

그러나 여전히 그것을 제대로 다룰 줄 몰랐다.

유동 인구가 적은 오염된 세계수의 숲 어딘가에서, 스킬에 익숙해지기 위해 매일같이 단련을 거듭할 따름이었다.

"흐으음, 이런 느낌으로…… 아하."

"낄낄, 기분이 썩 좋지 않을 텐데."

"후훗, 그래도 시험은 해 봐야 하지 않겠어요? 매 컨디션마

다 혹 다른 점은 없는지…… 버프 상황에서는 또 어떻게 다른지…… 기후와 태양의 변화에 따라서는 어떻게 다른지…….”

“시간도 많나 보군.”

미들 어스는 친절한 게임이 아니다.

따라서 치요는 접속한 이래 매 기상 상태에 따라 자신의 몸을 체크하기 바빴다.

무엇보다 낮에 돌아다닐 수 있는 유일한 ‘뱀파이어’ 상태인 그녀로서는 이러한 확인이 필수적인 요소였다.

“아니면 저도 구대륙으로 넘어가 볼까요? 이고르와 파우스트만으로는 힘들 텐데.”

“……아니, 그럴 필요 없어. 자네는 우선 이곳에 있어 주는 게 좋아.”

“흐응, 왜 그럴까나~?”

치요는 콧소리를 흘리며 푸른 수염을 바라보았다. 그의 표정이 아주 잠깐이나마 굳은 후 펴진 것을 놓치지 않았다.

‘아무 이유가 없는 건 아니로군. 뭔가 있어.’

푸른 수염이 긴장하고 있다.

적어도 치요가 그를 만난 이래로, 마왕의 조각인 레가 긴장하는 모습을 보인 것은 손에 꼽을 정도로 드문 일이었다.

‘그런데도 긴장을 한다…… 누굴까.’

사건일까, 인물일까?

치요는 그것을 인물로 보고 있었다.

사건이었다면 애당초 푸른 수염이 이곳에서 대기하고 있을 리도 없을 것이다.

'피로트─코크리를 찾으러 갔겠지. 세 번째 마왕의 조각을 찾는 게 레에게 가장 급한 일일 텐데. 그곳을 돌아다니다가, 사건이 터질 시점에 돌아와 대기하겠지.'

그 일마저 제쳐 두고 이런 어두컴컴한 동굴에 있는 이유는?

누군가를 기다리고 있다고 보는 게 가장 합리적인 추측이었다.

'하이하는 샤즈라시안 북단, 하미나 캐슬에 있었지. 아쉬워.'

그녀는 스킬 창을 열어 자신에게 새롭게 생긴 스킬들을 살펴보았다. 그중 하나가 바로 이하의 위치를 추적하는 것.

접속한 후, 사스케를 통해 첩보 활동을 충분히 한 후에야 스킬을 사용했다.

이고르와 파우스트가 이미 날뛰었고, 이하를 비롯한 인물들은 그것을 막는 데 실패했다.

그다음은?

치요는 그가 신대륙으로 건너와 팔레오의 힘을 빌리거나 알렉산더를 찾을 줄로만 알았다.

'그래서 스킬을 썼더니 귀여운 짓을 하고 있어? 후훗.'

마음 같아선 당장이라도 이하를 찢어 버리고 싶었으나, 지금 모습을 드러내는 건 그녀가 원하는 바가 아니었다.

무엇보다 레가 그녀의 움직임을 제한하고 있는 점도 컸다.

"이고르와 파우스트만으로 드래곤을 수집하는 건 힘들 텐데요."

"낄낄, 괜찮네. 괜찮아. 두 녀석만으로 충분해. 그리고 그게 있어야만……."

푸른 수염은 말꼬리를 흐리더니 씨익, 미소 지었다.

"있어야만?"

"아니, 그걸로도 부족할 거야."

"네?"

치요가 다시 물어도 푸른 수염은 입을 열지 않았다. 부족하다. 치요는 그 단어를 놓치지 않았다.

'이고르와 파우스트의 목표는 리치 드래곤 만들기…… 그걸로 뭔가를 상대한다? 아니, 싸우려는 게 아니야.'

푸른 수염의 얼굴 근육 한 번의 움직임도 놓치지 않는 그녀는 어렴풋이 추측의 줄기를 잡은 느낌이 들었다.

—사스케.

—예, 오카상.

—이고르와 파우스트에게 당분간 나서지 말라고 해요. 아니, 극단적으로 말하면 더 이상 드래곤을 모을 필요도 없다고 전해.

—네, 네? 하, 하지만…… 그건 푸른 수염이—

—응, 알아. 그래서 하는 말이야. 이 인간, 아무래도 리치

드래곤을……. 선물로 쓰려는 것 같거든.

—그게 무슨 말씀이신지?

사스케가 혼란스러운 말투로 귓속말을 보냈으나 치요는 답하지 않았다. 현시점에서 미리 말을 꺼낼 필요는 없었다.

—하여튼 더 이상 드래곤 사냥은 금지. 어길 경우 어떻게 되는지는 그들이 더 잘 알 테니 그렇게 전해요. 그들에게도 좋은 일일 거야.

—알겠습니다.

—아 참, 그리고…… 그때 그 사람은, 혹시 연락 닿았어요?

—네, 닿았습니다.

사스케의 답변을 들으며 치요는 활짝 웃었다.

—반응은?

—찾아가겠답니다.

—그럴 줄 알았어. 원래 술과 담배, 도박, 마약…… 모든 게 그런 법이거든. 한 번 맛을 보면 끊을 수 없지.

그녀는 휘리릭, 몸을 돌려 푸른 수염을 바라보고 말했다.

"백작님? 혹시 뱀파이어 하나 더 구할 수 있을까요?"

"뭐? 뱀파이어 퀸인 자네가 나한테 그런 말을 해서 뭐 하나?"

"아이잉, 제 '부하' 하나 구하는 거야 문제없지요. 근데……
이고르나 파우스트처럼 그것과 '합쳐 주시면' 좋겠다, 싶어서
말씀드리는 거죠."

치요는 콧소리를 내며 푸른 수염의 곁에 앉았다.

레는 피식 웃으며 그녀를 바라보았다.

"도움이 되는 놈인가?"

"물론이에요. 〈불꽃술사〉 영웅의 후예니까. 지난번에 만나
보셨죠?"

"끌끌, 그놈이로군. 좋아, 데려와."

치요는 푸른 수염의 허가를 받은 후 사스케에게 귓속말을
넣었다.

—파이로에게 전해요. 기다리고 있겠다고.

영웅의 후예 중 한 명이 완전한 마魔의 편으로 넘어갔다.

《마탄의 사수》 32권에 계속